U0545782

班超傳

不敢望到酒泉郡，但願生入玉門關

郎春 著

「大丈夫無他志略，猶當效傅介子、張騫立功異域，
以取封侯，安能久事筆研間乎！」

目錄

引子　東歸……005
拜將……015
出征……035
試手……053
假使……071
探路……091
首捷……109
奇襲……131
初定……151
雲幻……171

目錄

盤桓……191
連縱……213

引子　東歸

定遠侯班超一腳邁進寂寥肅穆的墓園，那一雙昏花的老眼就酸了。

時值東漢永元十四年（西元 102）的盛夏，夕陽的餘輝從沙棗樹和松樹的枝葉間篩漏下來，把一塊塊青石黑字的墓碑染成了婆娑的血色，霍延、田慮、祭參、甘英……那一個個熟悉的名字，倏忽間化成一群活泛的生命，從墓碑上跳將起來，像當初打了勝仗一樣，向他揮劍致禮，一下子就把他的熱血提到了嗓子眼。這位縱橫西域的老將軍下意識地咳了幾下，喉嚨還是黏黏糊糊，一路上想好的告慰之語，欲說還罷，一個字也吐不出來。他不由自主地往墓塚間踅著，默唸著死者的名字，撫摩那一塊塊被炎陽炙熱的墓碑，如同在檢驗壯士們出征前的裝備。

走到白狐的墓前，班超突然雙腿一軟，直直地跪了下去。自覺西域一行三十年，愧疚良多，最對不住的就屬躺在土塚裡的這位。白狐本來是他的得力助手，一個人能頂一支勁旅，卻沒死在戰場，而是生生被他逼死了。如今悔之晚矣，有話只能到另一世界去表白。「白老弟，你等著，老哥很快就會找你去！」

跟在班超身後的長史徐幹，也隨老上司跪下祭拜，說道：「白譯長，老都護大人卸任回朝，繞道千里，專意兒辭行來了，你泉下有知，就保佑他老人家一路順利吧！」

但是，一路陪伴父親的班勇，並未隨他老爹和徐叔叔祭拜，而是木樁般站在那裡。班超不悅，卻不好申斥，只好長跪不起，用行為威懾兒子。徐幹知道這小子對白狐心存芥蒂，恨他連累母親米夏公主一起自殺，便在他腿上拍了一把，悄悄說了句「死者為大」。班勇這才眼睛一閉，極不情願地跪了下去。

「大都護，你來了，也看看兄弟我麼！」

一個熟悉的聲音，從不遠處傳來。這聲音帶著西涼味兒，非常熟悉。班超打個激靈，在班勇和徐幹的攙扶下急忙起身，環顧四周，只見墓碑如林，墳頭相接，哪裡有半個人影！徐幹往霍延的墓旁一指，那裡有一處敞口空穴。班超心頭一揪，忙問：「誰又歿了？」

徐幹咧嘴一笑，也不答話。到了空穴前，但見坑深約七尺，周壁用大小不一的石塊砌襯，穴底鋪一張草蓆，坑體前寬後窄，前頭有一孔暗窯，後頭搭著一架木梯。一個活人從陰森森的暗窯裡爬出來，猛然立直身子，尊了聲「大都護」，頭頂那切雲高冠的牛角環就升到地面，大夏天的還裹著甲冑，腰間掛把長劍，讓人心中驚悚，倒吸一口涼氣。扎眼的是他左邊的袖子空空蕩蕩，右手執著上戰場才戴的頭盔，上舉三下，向自己的老長官行禮。

班超見是董健，一臉狐疑頓時消散，心疼地躬下身，就要接這位獨臂英雄上來。「把他家的……咋就住到裡頭了？」

「嘿嘿，下面離咱弟兄們近麼！」董健黑黝黝的皺臉笑成了一朵花，邊爬梯子邊問：「老長官，你看我給自己修的這宮殿，咋個樣？」

班超喉頭哽了一陣，老淚終於滾落下來。這位投筆從戎的定遠侯，大半生和文字打交道，骨子裡還是有一些文人的脆弱。他顫巍巍地將枴棍換到左手，用習慣於使筆使劍的右手，拍拍這老部下的胸脯，又摸摸其殘臂，想幫他將汗水涔涔的甲冑脫下來，可惜一點力氣都使不上，傷心得直想哭。還是班勇眼尖，立即上前幫著卸去鎧甲。

「升達老弟，看樣子你是鐵了心留在西域，不想陪老夫回洛陽去了！」

「啫，哪裡黃土不埋人！」升達是董健的字，他怕班超一來，睹墓思人，過於傷感，於是自導自演了這一出，純粹為逗班超一樂。同時藉此告訴自己的官長，他們這些刀光劍影裡過來的人，早已看淡了榮枯生死，而且他選擇與最好的朋友霍延做鄰居，把自己的歸宿都安置了，哪裡都不去。一聽班超的話，忙率直地說：「好我的定遠侯哥哥呢，不到都城不知自己官小，那裡都是惹不起的爺！咱都六十二了，還去那裡當孫子？再說也不認識狗大一個人，去那裡幹啥！」

董健有啥說啥，不藏不掖。他是班超麾下一員戰功卓著的猛將，也是最初跟隨班超闖西域的三十六條漢子中，唯一留下的半條命。那條斷臂，就是在戰場上營救班超時丟的。因此，他與班超的感情，就不僅僅是戰友加兄弟。這不，倆人一見面就拉住手，你從頭上往下看我，我從腳下往上看你，要看看身上是否缺了點什麼。當他們都發現對方已經白髮蒼蒼、皺紋滿面、當年不再時，內心的傷感真是難以言喻。

徐幹在旁邊不忍相睹，招呼班超往陵園四處瞅瞅，看還有什麼不可心的地方。班超手搭涼棚，來回張望，看這墓園橫是行，縱是列，塚堆都一般大小，中間的甬道用石子鋪了，道兩邊還種了綠籬，酷似阡陌，又像佇列。園子周邊是一圈松樹，外面圍了好幾圈沙柳和沙棗。想必春天柳絮紛飛，夏天鶯啼鳥鳴，秋天沙棗纍纍，即使冬天也有綠色茵茵。假如死者泉下有知，該能感受到兄弟間的友情與牽掛。他想表揚董健幾句，突然高喊一聲：「董健！」

董健不明就裡，趕緊站直應道：「到！」

「你一個假請了四五年，我捎了多少信你都不回龜茲去，眼裡還有我這個老長官嗎？」班超似有責怪，略一停頓，才話頭一轉。「不過，看在你把犧牲的弟兄都招呼齊了，陵園修得這麼體面，本侯也就不罰你了。」

「得罰！」徐乾笑著插話，「都護老兄，董將軍這幾年費了大周折，把自己的錢也搭了進去。但他成天在我家混飯，把我的酒都喝光了，你得給我做主啊！」

「好一個徐老弟，看你這格局，該你的都護都叫人搶去了，每年多一千石的俸祿呢，買多少酒？」董健表面是擠兌徐幹，實際上是為徐幹沒能接班超的班抱不平。

徐幹不想提這窩心事，白了董健幾句，馬上話題一轉，對班超道：「老兄長，別聽他滿嘴放炮。朝廷讓任尚幹，自是有朝廷的道理。你到洛陽千萬別提這件事，以免授人以柄，說咱結黨營私。倒是你自己，為乞骸骨，三年間上了多少奏疏，『不敢望到酒泉郡，但願生入玉門關』，還動了令妹曹大家的關係，不易啊！你這次回去，一定好好陪陪夫人。當年你尻子一擰，出門走人。一走就是三十年，三十年啊！人家等你三十年，小媳婦熬成了老婆婆，大孫子都快娶媳婦了，你說你欠人家多少！」

聽了徐幹情真意切的話，班超的眼圈又紅了。他這一生波瀾壯闊，不枉為人，但只陪了髮妻十年，不配為夫，不配為父。也不知京都洛陽已變成什麼模樣，九六城那熟悉的驢肉火燒是否還香味盈街，他家小院的梧桐怕是濃蔭庇日了吧，賢淑溫婉的髮妻水芫兒是否還青絲依舊……「稟都護大人，祭奠儀式已準備就緒！」

一位身高八尺的軍侯，突然過來稟報。班超的思緒被打斷了，一下子沒認出是誰，用目光詢問徐幹。不等徐幹回答，董健已經搶著出聲：「我兒，把你的名字報給都護伯伯！」

「都護伯伯在上，姪兒霍續有禮了！」

原來是班超的愛將霍延的兒子，認董健為乾爹的。幾年沒見，這小子長得又高又壯，唇上還生了一綹鬍子。班超細觀他的長相，越發活脫脫一個霍延，心中甚是喜歡，疼愛地拍了拍霍續的手臂，然後與徐幹交換了眼神，告訴他：「開始吧！」

祭臺就在陵園的大門口，一塊碩大的青石板上鋪了白布，上面供著四牲、四果和四食。四牲是羊頭、牛尾、豬腿、全雞，四果是西瓜、香梨、白杏、蟠桃，四食是饊子、烤饢、米糕、油攤。臺前的空地上站滿了佇列整齊的士兵。九柱白色的羊油蠟燭已經點亮，一束待燃的胡香靜置在香爐旁。隨著徐幹一聲令下，鼓、瑟、笙、笛、彈撥兒齊起，宛如狂風暴雨，又似吹角連營，旋又戛止。

班超扔下柺棍，虔誠地跪在案前，拈香去點，無奈抖抖索索，半天也不能將香頭對準燭炬，心下正在慚疚，忽然三分鐘熱風來，竟將火苗吹到香頭，裊裊地燃燒起來。究竟是三尺地下有神靈，還是將士的陰魂感天？他突然手也不抖，腿也不疼了，仰頭作了一個長揖，將祭香插到香爐裡，然後奠酒、焚麻，叩首，起身準備宣讀祭文。

祭文是徐幹讓掾史代擬的，洋洋灑灑寫了整整一方麻紙，他掃了一眼就焚之一炬。那些書面的官話，還是走官道吧。這張麻紙還是他送給徐幹的，而他一共也沒有幾張，都是妹妹班昭託驛丞捎來的。當時的尚方令蔡倫發明了造紙術，但剛能造出粗紙，平常人家根本難得一見。班昭在宮裡教授《女戒》，深受鄧太后高看，隨夫家被稱為「曹大家」，與太后的紅人蔡倫自然相熟。班超覺得把珍稀之物獻給地下的英靈，也算物有所值。

「弟兄們，你們的軀體雖然被黃沙掩埋了，你們的英靈絕不會被風沙淹沒，我一定上表皇帝，把你們的功績錄進蘭臺，讓家人永饗你們的福澤……」

福澤！福澤！福澤！！！

班超話音剛落，身後的將士們齊聲附和。陵園裡響起久久的回聲。返巢的鳥兒受了驚嚇，撲刺刺飛向天空。西邊天際還散飄著幾朵紅雲，彷彿向陵園的生命和靈魂揮手致敬。

祭禮結束後，班超回到了盤橐城。這是他仿照漢長安城的模樣，在原址基礎上親自改建的一座小型城堡，既是禦敵的城防工事，又是他料理事務的長史府，他在這裡居住過近二十年。如今故地重遊，一切都是那麼熟悉，那麼親切：巍峨的城牆，厚重的大門，架著轆轤的水井，堆著沙袋的箭樓……他與部下一起栽種的胡楊已經粗有半抱，而葡萄架下那塊畫著棋格的石板，稜角都已經磨光。

晚上，班超與幾位高級將領喝了幾斛，大家共憶往昔時光，腥風血雨，聚散離合，歲月不我，屢變星霜，都有千言萬語，一時難以盡表。看見明月初上，夜風吹起，他便與徐幹登上城牆，似在欣賞吐曼河邊的燈火，實是做最後的交心。

徐幹自率兵援助班超以來，一直都是班超的副手，兩個人配合默契，感情甚篤。自十一年前漢和帝重建西域都護府以來，班超在龜茲主持大局，委託徐幹留在長史府，分管西域南部疏勒、于闐一帶。倆人對於西域的治理，有著共同理念。班超曾幾次上疏舉薦徐幹，西域各地方官也支持他，但朝廷沒有採納他的意見。朝廷選的繼任者任尚，之前任屯田的戊校尉，也受班超節制。這個人生性暴戾，崇武尚罰，之前在護羌校尉府曾挑動羌人叛亂然後發兵鎮壓，後來跟竇憲攻打匈奴時濫殺俘虜，缺乏仁愛之心，不是個以德服人的主。倆人交接時，班超曾善意提醒任尚「抓大放小，寬以待人」，結果任尚不以為然，還私下笑話班超「不過爾爾」。

「如今和皇帝已經長大，正式理政，也對我們『二通絲綢之路』頗為滿意。老夫此去，葉落歸根是名，尋機面聖是實，唯為將我們的管制方略，變成國家政策，以圖西域長治久安。但恐你的這個新上司，會別出心裁，標新立異，弄出大亂子來，老弟定要多多留心……」班超言至於此，憂心忡忡。

徐幹心有靈犀，一點就通。他也不是不想再升一級，但事已至此，只能看開。他覺得無論是他還是任尚，都是過渡人物。西域的官長，應該盡快讓年富力強的幹臣來充任，特別像霍續、班勇這樣父業子承、前仆後繼的「西域二代」。這代人熟悉西域，尊邦愛家，願意為朝廷守好西大門，事業交到他們手裡，應該是最好的傳承。

徐幹的態度讓班超大受感動，他準備就這麼跟皇帝進言。他倆誰也沒料到，任尚後來會敗得那麼快，上任不到兩年，西域各地便怨聲載道，五年後天山南北狼煙再起，東漢帝國派班超所營造的大漠和平，就這樣斷送在惡官手裡。他倆當時還約了去下一盤「狼吃娃」的土棋，為誰當狼誰當娃互相謙讓。忽有扈從來報：疏勒王妃來了。

這個名叫月兒的王妃，是班超的義女，帶了一群孩子，見面就跪下行禮。班超疼惜地勸她們起身，心裡喜不自禁，嘴上卻對月兒微微一嗔，「不是說好明兒去王府看你們嘛，咋大晚上就趕過來了？」

「女兒想見爹爹，孩子們想見爺爺，哪能等到明兒呢！」月兒說。她起身後，輕輕地攙扶住義父，一步一步走著，走在這熟悉的院落中，走在這回憶的月光裡。往事如煙，新月皓白。長史府是她出嫁的地方，是她沒有娘的娘家。她發現義父瘦骨嶙峋，動作遲緩，不由得傷心落淚。「爹爹，都怨女兒不孝，不能親奉你老人家……」

「爺爺，媽媽聽說你要來，高興得天天唱歌呢！」「爺爺，你去很遠的東方，還回來嗎……」

被一群孩子擁在中間問候，讓七十歲的班超如聞天籟，如飲蜜糖，幸福得手舞足蹈，話不由己。這群小可愛都是疏勒王的孩子，其中有四個是月兒生的，大的十來歲，小的只三歲。月兒的長女安兒只比母親低半頭，出脫得黛眉秀目，亭亭玉立，儼然一個小美人。她跟外公說了幾句體己話，突然發現了班勇，驚喜地喊了一聲「舅舅」，就像一隻鳥兒飛了過去……

孩子的歡笑，像一縷陽光，驅除了班超心中所有的陰霾。

第二天，班超本打算先陪班勇為米夏公主上墳，然後再去疏勒王府道別。誰知疏勒王成大早早就派車來接，父子倆只好分頭行動。到了疏勒王府，相熟的官員很多，班超盤桓了一天，累得身子骨快要散架了，仍然堅持天明就啟程東歸。疏勒王感激班超的知遇之恩，給了老長官至高的禮遇。淨水潑街，鳴鑼開道，王府大小官員隨車護送出城，兵民老幼傾城送行。鼓樂歡快，歌舞蹁躚。有孩童獻花，有老人抹淚，還有人將成籃的葡萄、杏乾和烤饢往車上塞。臨別之際，成大跪地一拜，託班超轉告大漢皇帝：「漢在疏勒在。」

漢在疏勒在！

疏勒王這句話擲地有聲，分量極重。班超感到心裡沉甸甸的，壓得木輪車「吱呀吱呀」作響。新日再升，城郭漸遠，似乎又傳來義女月兒深情的歌聲：「西域的月兒兮又明又亮，東去的河水兮又渾又涼……」

拜將

永平十五年（72）年冬月，一個滴水成冰的早晨。

東漢王朝首都九六城西北角一個普通的小院，四十歲的謄文館抄書匠班超打了一陣拳，練了一會兒長劍，又操起長槍比劃起來。這是他的早課，每日雷打不動。頂著頭帕的妻子水莞兒端半盆熱水，放在油漆斑駁的臉盆架上，撂下一句「飯就好」，轉身又回廚房。八歲的兒子班雄在牆角閉眼背誦《九歌》，聽到母親召喚後瞟了父親一眼，又接著往下背。小女班韶剛過三歲，左手拎個小陶罐，右手捧方白汗巾，吃力地邁過廚房的門檻，輕輕地扭扭肩，站在房簷臺上，烏黑的眼珠隨著父親的伸展挪移不停地轉動。等到班超把槍插在托架上，穿上裌襖，過來洗臉，小丫頭才怯生生地告訴父親，娘說家裡沒醋了，鹽也不多。班超接過汗巾擦把臉，親了親女兒紅撲撲的臉蛋，憐愛地拽了拽她的小辮子，說了一聲「知了」，就接過醋罐出去了。

柴米油鹽醬醋茶，居家生活七常事。對於班超來說，醋更是不可或缺，因為他是扶風平陵人，他的家鄉就是「醋罈神」姜太公的故鄉。那位渭濱垂釣的智者，不但鼎力輔佐了周室王朝，還以一百四十歲的高壽令後世遙望其背，而他的長壽祕訣據說與每日食醋有關。所以在周王朝的發祥地扶風、雍城兩郡，有「吃麵不加醋，等於吃抹布」的說法。那裡的冬天，家家戶戶都淋醋，離村十里都能聞到醋香。搬到洛陽後，因為地方局促，妻子做家務帶孩子還要幫他整理書簡，實在騰不出手來，就只好買著吃了。可是他剛出頭門，迎面就撞上兄長班固，尋思不年不節，這位清高的郎官，怎麼會來到這魚龍混雜的平民區，大白天的，也不怕被人說三道四了？

「快跟我走，顯親侯竇固將軍找你！」「啥事？」

班超一臉狐疑。將軍府是他的業務大戶，平時要抄書籍文獻，竇固將軍都是派人送樣，從來都沒讓他的兄長過來傳話。唯一一次讓人找他，還是在他祭奠楚王劉英被罷官之後。那次竇固非常生氣，罵他沒有政治頭腦，罵他不懂官場規矩，卻又讚他急中生智抬出了皇帝做鍾馗，堵了人嘴，否則還不知怎麼收場呢。要知皇帝做事都是給天下人看的，形式不等於內容，不見得心甘情願，大家很難揣摩皇帝的心，近了他嫌棄，遠了他猜忌，就是那些宦官近侍，馬屁也往往拍到馬蹄子上。皇帝的耳目無處不在，別看他沒安排人盯你，想邀功請賞的人多了，你也不能一概而論人家就是卑鄙小人。當官是一門大學問，不是你有知識、有能力就能當好的。

聽了竇固將軍的訓話，班超有如醍醐灌頂，豁然開竅，但他還是有一些不服氣。劉英是漢明帝同父異母的弟弟，封國就在漢高祖的龍興之地徐縣，是班超父親班彪當年未去任職的福地。漢制不許封王管理政事，所有大事均有丞相打理。劉英就國後為了籠絡官員，擅自設定了諸侯王公兩千石的官，這明顯有點僭越。他怕朝廷追究，就想著法子巴結皇帝弟弟。有一天明帝在朝堂說他做了一個夢，夢見西方有大神，頭頂光環，甚是明亮。被一幫諂媚大臣附會到佛教，明帝就派大臣到西方請神。使者走到疏勒，已經九死一生了，就從疏勒的雷音寺請來兩位身毒遊僧。僧人用白馬載來《四十二章經》，明帝就著人為他們建了華夏最早的寺院，取名白馬寺，讓僧人住寺譯經。這些遊僧漢語程度有限，翻譯的經文晦澀難懂。這就導致傳至今日的佛經，有好些地方不知所云。劉英本來喜歡黃老之術，鑽研多年，也頗有心得。為博得明帝高興，他又下功夫研究佛學，把這兩個和尚請到他那兒講經誦經，又帶著一群門客到處建寺廟，還把道教的老子和佛教的浮屠供在一起。這說明佛教初入中原時，人們是兩教一起信的，佛教在老百姓的眼中是另一類方術。

劉英禮賢下士，但交往的人太多。人多了難免魚龍混雜，有人出點子為了弘揚佛法，讓他鼓動其他封王也和佛結緣，犯了諸王不許私下走動的大忌，被明帝下詔責斥。本來這事兒挨一頓罵也就過去了，偏偏有方士算到他有災禍，需要祈求佛祖和天師一起來消災免禍。方士為了作法消災，製作了金龜玉鶴當符瑞，被別有用心的人暗中告到朝廷，說劉英有謀逆之心。謀逆這罪名一旦攤上，十有八九就活不成了。這下新賬老賬合起來算，永平十三年（70），明帝廢掉劉英王號，徙往丹陽，一路敲鑼打鼓宣布他的罪過，讓堂堂一個封王臉面丟盡，一到丹陽就自殺了。

班超與劉英認識，是在劉英來京覲見皇帝期間。劉英到蘭臺借書，兩人一見如故，相談甚歡，還曾在酒肆開懷暢飲。劉英死後，班超頗為難過，就在洛水邊奠酒致祭。不料這件事被宵小之人告發，有司要拿他問罪。他抗辯道：「皇帝陛下遣光祿大夫給劉英弔唁祠祭，按照法制賜贈喪物，又加賜列侯印綬，可見天心憐憫甚盛。難道我順天子之意，祭祀一下也有錯麼？」有司一時語塞，報知明帝，明帝責了一句「多事」。當時好像沒事，過幾天曹官通知他捲鋪蓋走人。官場就這麼晦暗，上面的意思你永遠不懂。

不服歸不服，班超對竇固還是很感恩的。班家與竇家是世交。他當了一年零十個月的蘭臺令史就罷官回家，這兩年要不是竇家的關照，不會有現在這樣衣食無憂的日子。他對兄長分析：「是不是老大人要擴建藏書館，把那些軍事典籍複製一批，那可是大買賣呢！」

「也許是，也許不是。竇將軍一向做事縝密，他不明講，我也不敢問。」班固說。他自己也一頭霧水，當然回答不了弟弟的問題。他是上班點卯時碰上朝會下來的竇固，這位駙馬爺就說叫他馬上帶弟弟來家，一句多餘的話都沒說。他想肯定是好事，於是就催著班超快回去換衣服，他就在門外等著。竇固將軍家住永安里，那裡家家高門大院，僕人成群，連狗都衣帽取人。穿得太寒酸自己丟人不說，去會見的主家也會覺得臉上無光。

「娃他媽，快把你新縫的棉袍拿出來，我要去見駙馬爺！」

班超風風火火地進門，就讓妻子拿衣服。水莞兒一向溫柔體貼，二話沒說就開櫃子取新衣。班超剛穿了一條袖子，馬上又改變主意了：「還是穿那件『闖宮袍』吧，這件留下過年穿。」

「闖宮袍」是竇固大人十多年前送的。雖說年頭多了，但一共也沒穿多少次，一點兒也不顯舊。關鍵是穿著這件袍子，讓竇將軍睹物思人，一下子就拉近了他與將軍的距離。

班固的馬車就等在街角。他的車伕是個內親，見了班超就發怵。班超今天也不打算敲打他，上車只問了一句：「最近沒張狂吧？」

「你安生坐下吧！」不等車伕回答，班固就扯了弟弟一把，兩人並排坐下。「我這一輩子欠你的，也不知啥時能還完！」

「還是文人的酸勁兒，你乾脆開個醋坊算了，也省得家裡花錢買醋！」班超不屑地說，「要說那件事，我先幫你，你後幫我，早都扯平了。」

外人聽著兄弟倆拌嘴，根本不知道內中情由。其實他們都是在人生的關鍵事情上，幫過對方的。兄弟倆都出生在建武八年（32），一個正月頭，一個臘月尾。一個溫文爾雅，一個孔武有力。他們的父親班彪曾是當朝的大文學家和歷史學家，當過望都縣長、大司空府的掾史，一生大部分時間都在研究歷史，對禮制和秦朝以來的邊疆治理頗有研究，曾多次參與決斷匈奴、西域等國家大政。他總是告誡孩子：是金子總會發光的，不管你被供在堂上還是被埋在沙子裡。理雖如此，但人非金石，一生就那麼幾十年，在沙下埋藏時間長了，這一輩子就過去了，發不發光只能寄望於來生，而來生之事佛也難明。

班家兄弟成長在一個家庭，脾氣稟性卻大不一樣。班固九歲即能屬文，誦詩賦，十六歲入太學，博覽群書，於儒家經典及歷史無不精通，他晉見過前來講經的光武先皇帝，結識了許多望族優士，官宦學者，並憑著一篇分析咸陽和洛陽優長的《兩都賦》一夜成名，成為與東漢另一位文學家傅毅齊名的青年才俊。他一心承父遺業修史，留名千古，幾經周折當上御史府裡的蘭臺令史，能夠經常見到皇帝，也向皇帝提供有關文史典籍的諮詢，熬了多年，前年總算升任校書郎。

郎官在京城雖然一抓一大把，但也是有一定身分的人。修繕宅舍，購置車馬，原本都屬正常，可班固這個人儒氣過濃，仁慈寬厚，對小他十三歲的嬌妻，百般遷就，又嬌慣孩子，不大約束下人。他僱了妻子的表弟做車伕，那傢伙是個少教狂徒，動輒載上孩子招搖過市，惹了事就揚言主人是班固。別人看在班固侍奉皇帝的份上，也不好和他計較，但由此引發許多街談巷議，知道的說班固怕老婆家教鬆弛，不知道的就罵他小人得志，傲慢狂妄。為此，班超勸過兄長幾次，建議他換人，有一次還替他教訓了車伕。班固也以為然，卻被嬌妻的喃聲酥淚一泡，先自軟了，只輕描淡寫地說了車伕幾句，反責弟弟打人有失大雅。班超忿忿然道：「你就慣著他，遲早惹出禍來！」

其實班超的學識也不差，但與乃兄人生觀不同。他的身上多少還保留了一些豪強祖先的血性，他十三歲開始到當地一座寺廟拜師學武，一年四季，風雨無阻，日日練身不輟，認為「大丈夫無他志略，猶當效傅介子、張騫立功異域，以取封侯，安能久事筆研間乎！」傅介子和張騫都是前朝通使西域的功臣，一時譽滿天下，一直是班超膜拜的英雄。還有一位當朝英雄也令他很佩服，這人就是越騎司馬鄭眾，明帝派他去北匈奴商議和親之事，他在路上察覺南匈奴對朝廷與北匈奴修和十分不滿，私下連繫北匈奴共同叛漢，便以最快速度報知朝廷，採取派兵威懾措施，到了北庭後單于報復辱沒他，讓他下跪，他只跪皇帝，不跪單于，寧死不向匈奴單于屈膝，保全了使者的氣節，彰顯了大漢的國威。

班超因為抄書太多，對孔孟董仲舒屈原以及孫武白起莊老張儀都不陌生。他研究西周以來華夏大地的群雄逐鹿和疆域消長，特別是對南北東西及屬國的山川地理特別有興趣。他認為當官要謹言慎行，經商要高調運作。當官太過高調就會變成出頭的椽子，即便沒被雨水泡爛，也會被人鋸斷；

而經商太過低調，不去推銷、不去表現、不去王婆賣瓜，美酒雖香而巷子太深，沒人能聞得到。因此他很願意結交人，和人見面熟，三教九流都有認識的，這些人都有自己的朋友圈，常常能給他招攬來生意。但結交不等於友交，市井之人格局不大，就看著眼巴前的稱高稱低，蠅頭小利，能夠推心置腹的屈指可數，他需要掌握的是分寸。有時兄長也能幫他介紹一些業務，也有人是慕兄長之名專門找到他，活多的時候還要請短工幫忙。有時候他嘆息自己命運不濟，空有大志而淪落市井，需要有人保護。郎官這棵樹雖然不是很大，但兄長總能讓他靠靠肩，避避雨，假如班固出點什麼變故，兄弟兩家現有的溫飽就會泡湯。所以班超特別關心哥哥，巴望著他仕途順利。

從社會底層過來的人太害怕貧窮了，貧困潦倒的人連腰都直不起來，遑論志節，哪怕你祖上多麼威風，天上的星星根本照不亮窮人的柴房。班超清楚地記得，自己二十二歲那年，乞假在老家養了兩年病的父親班彪，終於鬥不過病魔，撒手人寰，這突然的變故不但中斷了兄長班固的太學學業（丁憂），也很快使他家陷入了一貧如洗的困境。東漢的官俸並不厚，廉吏又無外快，班彪的薪水為年薪六百石（一石約為今二十七斤），半粟半錢。在職時維持一個家庭小康有餘，但也攢不下多少。父親養病這兩年，花銷甚大，葬父的用度全靠老人家生前舊友同僚餽贈的賻儀，而父親走後奉母扶妹是兄弟倆的責任，不當家不知柴米貴，開門七件事，錢從哪裡來？哥倆幾經商量，就在老家開個謄文館吧，幫人抄寫書信，也算不太辱沒斯文。

東漢前期，造紙技術還沒成型，書都是用麻線將竹條或木條織編起來，再把字寫上去或者刻上去的，統稱書簡。做書簡是個力氣活，要把竹子或木板剔成大小薄厚差不多的條子，再截成等長的小段，然後用力紮織。書簡也有規格，根據用途和使用者喜好，分為大中小長短粗細各種，以上奏朝廷的奏簡最為講究。最早編簡都是抄書的人自己動手，對從業人員要求頗高，要文武全行業，後來出現市場細分，編簡和抄書成了上下游的兩個專業。班家兄弟編簡的事幹不了，只能抄書，偶爾還有顧客上門請代寫信。仗著兄弟倆才高八斗，書法雋秀，大戶青睞，塾師高看，業務很快就開展起來。但當時能讀起書的人不多，需求畢竟有限，生意勉能餬口，不時還會斷頓，不得不低頭向屠戶、糧商或菜販求貸，免不了受人冷眼惡語。

三年除孝，適逢光武帝駕崩，太子劉莊即位，後世稱孝明皇帝。班固覺得譖文公不是他畢生所追求的事業，便下功夫尋找機遇。不久，遠在京城的老同學傅毅傳來消息，說明帝任命弟弟東平王劉蒼為驃騎將軍，准許他選用輔助官員四十人，這是一個出仕的好機會，班固便上了一篇《奏記東平王蒼》，舉薦了六位賢良才俊。後來，班固所舉薦的人才大部分被劉蒼所起用，但班固沒有直接推薦自己，竟與東平王失之交臂。班超為此一直埋怨兄長「假清高」，也罵東平王「糊塗蛋」。

經此挫折，班固鬱鬱寡歡，打算把出仕的事先放一放，業務之餘靜下心來研讀父親所留史簡，加以整理和修訂，以便傳世後人，這才是千秋之事呢！父親對司馬遷很崇拜，但對其所作《史記》一直有看法，認為其「崇黃老而薄《五經》」「輕仁義而羞貧賤」「賤守節而貴俗功」，所以一心想修一部經得起千古考證的正史。

漢明帝永平五年（62），市場有個屠戶小妹守寡，其婆家有十幾畝田地無人繼承，想招一個繼子頂門立戶，找上門提親，說是兄弟倆哪個都行。母親考慮到屠戶曾賙濟過他家，也算有恩，便以女方不識字為由婉拒。那屠戶以為班家讀書人臉薄，一時抹不開面子，三天兩頭來叨擾，還說不就讀過幾天書麼，那書上又不能長莊稼當飯吃頂錢花，有啥牛的！都三十的人了，別人像這個年紀孩子都會打醋了。兄弟倆感到受了莫大的侮辱，想想班家書香門第，世代為官，廣受尊敬，到了他們兄弟這一輩，竟落到市井小人也來嘲笑的地步，真是老虎下山被犬欺，鳳凰下架不如雞！班固實在氣憤，衝屠戶說了句「就算一輩子打光棍也不會去倒插門」的絕話。那屠戶求親不成反結仇，一怒之下把班固告到衙門，罪名是「私修國史」。

班固被關進監獄，書稿也被官府查抄。當時「私修國史」的罪名很大，以前就有被處死的先例。面對這飛來橫禍，全家人都十分緊張，班超急忙找朋友徐幹商量應對辦法。徐幹是時在縣衙當個小提轄，仗義疏財，乃父在郡府任土地曹，也算有權。他覺得這個案子太大了，恐怕在郡縣都無計可施，最好飛馬進京，找關係疏通。班超別無他策，便打算到妹妹班昭家去借些盤纏。妹妹嫁了左馮翊名門望族曹家，這兩年也時有接濟。徐幹罵他迂腐，到左馮翊一來一回最少四五天，大哥在牢裡要受多少罪？萬一郡守從嚴從快判了斬，金針花都涼了。當下由徐幹出資，往各方面打點一番，又賃來一掛馬車，晝夜兼程。到洛陽後，一路打聽到父親的舊故顯親侯竇固府上，聽門吏說竇固正在叔父家協理喪事，安豐侯竇融前一日去世了。

班超一陣目眩，仰天長嘆。竇融是父親的老恩主，曾位列三公，與班家也有特殊交情，八年前他父親去世時，竇家叔姪可是送了一筆大大的賻儀。想到這裡，他旋即拉徐幹買了祭品，往不遠處的安豐侯府祭拜。竇家人考慮到班家當時的窘境，路途又遙遠，根本就沒向班家報喪，誰也沒想到班家人這麼快就趕來祭拜，感動異常，安排兩人就住到府上。

班超心裡有事，哪裡住得安生！想到一母同胞的兄長還在牢裡受罪，生死未卜，急得火燒眉毛，乾脆一不做二不休，直接上疏皇帝，三十六計不是有擒賊擒王一計嘛，關鍵時刻就得用。他連夜寫了一封奏疏。起頭是一段拍馬屁的話，這個是不能少的，他成天抄書讀書，見得多了——聽說當今皇上至聖至明，不使天下失一賢才，不使天下添一冤魂，曾親往大殿為民祈雨，又親與陰太后一起為郭廢后服孝扶櫬，老百姓為有這樣的好皇帝而歡呼，都以做大漢子民而深感榮幸；接下來說正事——就是在大漢的朗朗乾坤下，發生了一件匪夷所思的冤案：班固本是個大才子，為人謹慎，文章蓋世，前兩年還為東平王舉薦過好幾個棟梁之才，眼下賦閒在家，和兄弟給人抄書為生，工餘潛心整理父親遺著，無端被地方有司逮捕下獄，抄沒書籍，鄉鄰們都感到寒心；接下來說明班固不是「私修國史」——先父班彪一生效忠皇室，不喜做官，專心研究秦朝以後的歷史，頗有見地，生前曾得到先帝光武褒揚讚許，其遺著是畢生研究之成果，堪為國寶，絕非私書，必須公諸天下才能光大國粹，宣揚國威；最後給他來一段渾的，你不放人你就是個昏君——倘若班固這麼一個正人君子不能得到寬宥，冤死獄中，則是在離天子比較遠的地方乾坤蒙陰，天下失道，失道之天下猶如危牆，孟日君子不立危牆之下，班超雖只是一介布衣，也不願在讓天下寒心的世道苟活了，願與胞兄同罪。

奏疏寫成，已是天色放亮。徐幹一看班超要闖金鑾殿，布衣庶民撞皇宮，聽起來很是刺激，也要陪著一起去。班超突然跪地朝徐幹一拜，讓他遠處看著，千萬不要扯在一起，萬一自己撈哥哥不著反被開罪下獄，還請徐幹回去後照顧自己的老娘。徐幹說你我師兄弟一場，你娘即我娘，不用絮叨。於是到早市要了幾個燒餅兩碗牛肉胡辣湯，順便向攤主打聽去皇宮的路線。京城的人都見多識廣，熱情，卻也是話嘮，一個小小的胡辣湯小販，就能把皇宮掰扯得底兒朝天，什麼司馬門、端門、卻非門、章華門、鴻德門、嘉德門、崇德殿、中德殿、明光殿、宣室殿、承福殿、千秋萬歲殿……飯都吃完了，攤主的話還沒完，班超他們只記得南宮是皇帝召見大臣議事的地方，要走平城門。

血氣方剛的班超到了門口，也顧不上比較與西漢未央宮門有什麼不同，就往地上一跪，將書簡舉過頭頂。不一會兒，一個城門侯模樣的軍官過來，簡單問了幾句，說皇帝陛下日理萬機，恐怕難有功夫過問。兩漢時期，朝廷廣開言路，並不阻擋官民上訪，只是沒有見識的平頭百姓不敢進京罷了，至於送去的奏疏會否石沉大海，那就說不清了。班超一想，城門侯的話不無道理，不如轉求馬皇后，馬皇后的父親馬援與先父頗有交情，當年馬援遷葬扶風，先父帶著他們兄弟去送葬時，馬皇后還不滿十歲。軍官一聽班超提起馬皇后，立時瞪大了眼睛，圍著班超打量了一圈，然後讓他起身，留下住址回去等信。班超剛寫下顯親侯竇固幾個字，那軍官趕忙收起牌子，說兄弟你的譜也太大了，不是皇后就是駙馬爺，令尊大人的名字下官也聽說過，你就回去等信吧！

一等就是幾天。吃不好，坐不寧，班超乾脆就和徐幹一起幫忙迎來送往，招呼弔唁的客人。竇融生前位極人臣，來的都是達官貴人。無意間覺得一個人有些面熟，那人跟在一群人後面。這時城門侯也認出了他，相互打個招呼。竇固過來回禮，好奇他們怎麼認識。城門侯說了班超上疏的事，驚得顯親侯唏噓不已，趕緊延入客廳，細細道來。竇固聽了，又感動又驚嘆，沒想到班超有此城府，又如此體諒他人，火燒眉毛的事情求他，看到他家大喪後竟然守口如瓶。班彪大哥教子有方啊！

竇固比班彪小十多歲，在西涼共事期間，一直以兄長之禮事之。班超兄弟都是他的姪子輩，班固在太學上學期間也來過他家。只因他身分特殊，前些年竇家又出了許多大事，他的堂弟竇穆、竇勳相繼赴死，伯父竇融受到責斥，自己也被禁錮了好幾年，重新啟用後他在涼州帶兵，也沒顧上過問班家兄弟的生活。現在好了，他官拜中郎將，監護羽林軍，出則車馬，入則扈從，正是能辦事的時候，他答應一定幫班超討個公道。令他感慨萬千的是一代大儒班彪的後代，竟然落到如此潦倒的地步！

當駙馬爺謁見明帝的時候，明帝已看過班超這言辭犀利、攜槍帶棒的奏疏，當著馬皇后的面向竇固感嘆：你們扶風多奇人，一個普通老百姓都敢跟朕發飆！按說後宮不得干政，但馬皇后不但人頎長秀麗，婀娜多姿，主管後宮後又謙讓勤儉，素不爭寵，本身就是個奇人。明帝常與之探討《春秋》、《禮記》，還讓她親簡奏牘，揀重要的先給他看。當日班超的奏簡送來，馬皇后閱後頗多傷感，得工夫就送給了明帝。

明帝劉莊，是個沒有經過戰火洗禮的皇帝。他要守住父親打下的江山，需要使用大量良才賢人。驀然想起是有班固這麼一個人，在太學聽過他的辯論，還是很有才華的，怎麼就長期窩在家裡！班固都幫人抄書討生活了，還不忘給劉姓漢室樹碑立傳，這人不當官是良民，當了官絕對是忠臣。他立即下詔扶風郡，將從班家抄來的書簡送達朝庭，當了未來《漢書》的第一讀者。恰逢馬皇后又給他物色了一位絕美佳人，笑問明帝對班固的案子準備怎麼處置。明帝說：「班家這小子膽識過人，文辭犀利，綿裡藏針，不依他寡人就成昏君了，朕得見見他！」

世間許多事情的發展，往往就脫離了設計的軌道，使得人力難以操控，你只能由著它、順著它，順變而動，別再想回到初衷。班超赴京時只想求竇固給郡守打個招呼，能饒過班固就是燒了高香，哪承想真要面見聖上，這令他非常緊張。他從來沒進過皇宮，對宮廷朝堂的知識完全來自於書簡，還有兄長的介紹。好在有竇固將軍從旁點撥，教他如何跪拜，如何搭話，如何掌握分寸云云，還送了一套嶄新的棉袍。他反覆揣摩練習宮廷禮儀，一夜不曾入睡。第二天到了朝堂，他只看著自己的腳尖走路，不敢往龍座上望一眼，也不敢旁顧廊下的大臣，只覺得芒刺在背，處處都是箭一樣的眼神。奇怪的是過一會兒，他倒心跳如常，反倒沒有那麼緊張了。

明帝高高在上，問他讀過什麼書。他答了《史記》、《春秋》和《孫子兵法》三部。明帝問：「一個抄書匠讀兵法做什麼？」他說：「《傳》曰『居安思危，思則有備，有備無患』，大丈夫立於世間，當有護家保國之志，豈以位卑而忘憂國呢？」這時候朝堂一陣騷動，大臣們竊竊私議，明帝也來了興趣，又問他三十六計最喜歡哪一計。班超脫口而出：「擒賊擒王！」明帝道了句「好一個擒賊擒王，你倒會用！」令他抬起頭來。他這才遠遠看見龍座上端坐的明帝，嘴上兩綹兒八字鬍，顎下一簇山羊鬍，都有半尺長，黑色的袍服配了個硃紅大領，皇冠高聳，不怒而威，似乎比三十四歲的實際年齡老成很多。明帝也不再問他班固的案子，直接下旨將抄來的書簡送御史府，讓班固到蘭臺做個令史。

一場虛驚，事態完全逆轉！班固的命運改變了，班超愣闖聖殿的事，也像風一樣傳遍扶風郡的閭里村落，大街小巷。徐幹的父親見班超重情重義，膽識過人，藉著舉茂才的名義，建議讓班超當個亭長。亭長也就相當於今天的派出所長。任命這麼一個小吏，也就是郡守一句話的事情。可郡守不敢，顧慮是皇上既然召見了，也沒褒揚，也沒責斥，也沒說此人堪用不堪用，這人就算束之高閣了，誰敢貿然使用！所以班超還繼續做他的謄文公，只不過他走到哪裡都會被人指指點點，評頭論足。趕馬車的問他金鑾殿是不是地上鋪滿了金子，賣菜的問他天子到底是神仙還是肉身，糧棧夥計神祕地向他求證皇帝放的屁真是香的嗎，賣肉的屠戶甚至提著一塊肋條肉登門道歉，承認他以前確實狗眼看人低。一個相面的甚至追著說他「生燕頷虎頸，飛而食肉，此萬里侯相也」。

班超救了班固，但班固並沒有忘記弟弟，一直在為班超端上鐵飯碗找機會。六年後，機會終於來了。這一年大漢帝國風調雨順，新谷盈倉，明帝高興。中秋之夜，邀了一幫臣子，在洛水畔談風賞月。班固與付毅等才子，紛紛作賦逗天子開心。明帝突然向班固打聽弟弟班超。班固馬上稟明帝，說弟弟有一顆報國之心，字寫得好，文章也不差，就是沒有機會，還在家抄書為生。明帝說寡人記得，你那弟弟愣頭愣腦，也算個怪才。既然還在抄書，就讓他來蘭臺幫你抄書吧！班固明白皇帝還記得那句「擒賊擒王」，趕緊跪下賠罪謝恩。不久，朝廷的提調令就到了，班超正經八百吃上了皇糧，也把母親和妻兒搬到了洛陽。

這就是班超所說的你來我往，互不相欠了。可是倆人血濃於水，兄弟之間的幫襯，哪裡能當帳算呢！班超丟了差事，回家之後重操舊業，班固一直暗中幫助他拉生意。眼下九六城裡幾家謄文館，就數他家生意好。

兄弟倆正說著，迎面碰上幾個鄰居，問班超一大早坐車幹啥去？九六城的人問「幹啥去」或者「你吃了嗎」，就相當於如今的「你好」，不是非要知道你的去向。班超笑哈哈地跟他們打招呼，甚至要跳下車，被班固摁住了。他怕耽誤時間。過了好幾條街，才到望京門。迎面來了一輛駟馬軺車，班固讓車伕趕緊避讓。能坐駟馬車的，肯定是六百石以上的官，比他這個只能坐單馬軺車的郎官職務高很多。小官讓大官是制度，犯了就得受罰。馬頭剛讓到巷子口，駟馬車已經「嗒嗒嗒噠」過來了。上面坐著一位翩翩少年，卻是班超認識的竇憲。

「是憲公子啊，別來無恙！」

「班先生啊！我這新換了一匹驊馬，出來遛一遛，你這是要去我從祖父那兒？」

竇憲是竇融的重孫，雖說父親竇勳惹怒皇上被殺了，但母親沘陽公主是明帝和涅陽公主同父異母的妹妹，身體裡流著皇家的血，朝野上下沒人敢欺負他，所有紈褲子弟的毛病他一項都沒落下。他與班超第一次見面，就是闖宮那次。那時還是個乳臭未乾的少年，聽了班超的膽大作為，笑得前俯後仰，直怨當時沒帶上他。後來班超搬到洛陽，常到竇固家送工作，也打過幾次照面。他還奉母之命送過一些禮金和家裡用不著的家具。班超見他猜到來意，也不相瞞。彼此見過拱手禮，就過去了。

城門侯見班超同裡頭出來的竇憲打招呼了，知道不是歹人，也不盤查就放行了。進了望京門就是永安里。這裡離南宮很近，是九六城貴人雲集的地方。住在這裡的官起碼是比兩千石的身價，千石以下的官員就是再富有，也不敢奢望在這裡安家起宅。竇家在光武帝時顯貴至極，一門擁有一公、兩侯、三公主、四兩千石，差不多占了永安里半條街。竇固將軍承襲了父親顯親侯的爵位，又娶劉秀的二女兒涅陽公主為妻，他的駙馬府擁有規制的氣派。門樓很高，門檻很高，把門的是個軍官。院落分為左中右三庭，左庭是當值軍官辦事的地方，右庭是家裡的僕從下人住所，中庭又分為前中後三進，前院辦公，中院家住，後院是花園，前後院以門廊相連，花園又有小門與左右庭相通，左中右庭都廣載大樹，花園裡建有亭閣，廣植牡丹芍藥文竹刺兒梅，每逢春暖，花香蝶舞，修篁蔽日，甚是迷人，遇上皇帝高興，偶爾也來串門。以竇固媳婦涅陽公主是當朝皇帝親姐姐的身分，是該有這樣的排場。倒是竇固將軍一向平易近人，從不扎勢囂張，見了班家兄弟，客氣地讓進客廳，一起用了早餐，然後才來到公事堂，往虎皮大椅上一坐，問班超：「對於漢初三傑，你是怎麼看的？」

班超和班固都以為聽錯了，面面相覷，不知道將軍大人一大早叫他們兄弟來，扯這樣的閒話，到底所謂何事？當然，班超在蘭臺讀過不少書，十幾年的抄書公也沒白幹，這個考不住他。只見他倏——地一下站起來道：「回稟將軍大人，晚輩以為，張良是個江湖浪人，功成名就後抱樸歸真；蕭何雖鞠躬盡瘁死而後已，但無節操；韓信是正人君子，功高無二，略不世出，竟遭讒害。此三人是三面銅鏡，足可戒官。只是我一抄書的，輪不著照罷了。其實西漢應該還有一傑，陳平雖是個大貪官，但在危機絕境救了皇帝的命，也算奇功……」

「深刻！」竇固滿意地捋捋鬍鬚，示意班超坐下，喝點茶水。接著又問：「三十六計你抄過多少遍了？記得多少字嗎？」

「多了不敢說，三百遍肯定有了。三十六計名共一百三十八字，解語每計七到二十九語，按語平均二百八十字，全書共計……」

班超還沒說完，就被竇固打斷了。「你既然研讀過兵法，本將軍問你，一支勁旅深入敵境作戰，核心策略是什麼？」

「深入敵境，遠離後方，糧草彈藥的補充都很困難，人馬越多負擔也越重，最好採用速戰速決的策略。否則，就可能重蹈洮水之戰的覆轍……」

「好！好！說得好！」突然從屏風後面走出一個人來，擊掌稱讚。

班固認得是好畤侯耿忠將軍，忙扯一下班超，趨前行禮。耿將軍還了禮，並向竇固拱手施禮，說道：「竇將軍真乃伯樂在世，此等將才不用，更待何人！」

「耿將軍稍安勿躁。」竇固招呼耿忠在自己旁邊落座，又對班家兄弟倆說：「叫你們來，是要告訴你們一件大事。你們知道自己祖上的輝煌麼？」不等班家兩兄弟回答，竇固便自問自答了。「你們班家，早都是貴族，很大的貴族。」

竇固喝了一口茶，然後一一道來，如數家珍。原來，班家的祖先有一位做過周文王的老師，在顓頊帝時代被賜姓羋，春秋時期是楚國的王族，後輩有一公主羋月嫁給秦惠文王嬴駟，在嬴駟駕崩後曾攝政近二十年，把秦國建成了列國中的龍頭老大。羋月的長子叫嬴稷，從這一支下傳三代，就出了華夏民族大一統的皇帝嬴政。但是班超的祖先子文不是嫡親，不能為王，只能世代為相，加之小時因戰亂被遺棄在雲夢澤，曾哺老虎之乳，為感恩老虎就改姓虎斑，再後來演變成班姓，人稱「鬥班」。

鬥班這一系特別尚武，好勝心強。傳到鬪越椒這一輩，非要和天下霸主楚莊王一決高下。結果沒能成功，就帶著家人親兵遠離中原，漫無目的地跑到三晉的婁煩（今晉北寧武及內蒙古南部）一帶。婁煩地處中原和匈奴的交接區，生存環境十分惡劣，不時有匈奴人襲擾搶掠，有時候軍隊有也趁亂搶劫，很自然就會形成老百姓自發的排外意識，民風彪悍，家家戶戶都常備刀槍，村村寨寨都有自衛隊，一群外地人要想在這裡立足，難度可想而知。

班家為了在借宿的幾個村裡紮下來，僱人在他們駐紮的帳篷周圍挖了很大的環形陷阱，並用樹枝雜草偽裝，在陷阱外又設定了攔馬索。匈奴的馬隊第一次發現這群帳篷，光注意了攔馬索沒發現陷阱，結果近百人馬全陷進去。這時班家男女老少一起上，箭射刀砍槍挑石頭砸，竟然把敵人全部消滅，還把一些受傷的馬匹分給當地人宰殺食用。這一仗打出了威風，打出了豪氣，讓婁煩土人刮目相看，佩服得五體投地。之後附近村莊爭相歸附，班家就此在婁煩站住了腳跟，影響逐步超越了所有當地大戶。到班一這一輩，已經是首屈一指的豪門了。

高祖劉邦建立漢朝初期，班家擁有田地草場數萬頃，馬牛羊數千群，年年都獻出大量財物支援邊防建設，就是進山打個獵，也高舉旗幟，鳴鑼擊鼓，搞得很隆重，以至於附近地方有人遇到麻煩，也常常打出班家的旗號消災。這種日子傳續好幾代，延綿一百多年，慢慢被地方官府看做癰疽。於是到班孺的時候，就棄武從文，按照朝廷的政策花錢買了個官。一當官就身不由己，沒幾年被調到右扶風（也稱扶風）。這地方離京兆比較近，消息也靈通，班孺聽說朝廷準備打擊各地豪強，就趕緊處理了婁煩的產業，一家人搬到扶風郡，在平陵縣住了下來。平陵是以漢昭帝劉弗陵的陵號命名的，住有不少劉氏宗人。班家從班孺到班稚四代，皆入朝為官，任令、郎以上職務。

西漢末年，朝政崩亂，一貫謙恭仁讓的王莽，在當了九年「攝皇帝」後，感到不從根本上解決問題，西漢的殘局不好收拾，乾脆廢漢自立，當了新朝皇帝。班稚原與王莽同好天文地理，共同完善了天干地支「六十花甲子」紀年法，關係不錯，後外放任廣平郡相。因不看好王莽過於急迫激進的政策，認為是找死，被免官回鄉，靠著妹妹班婕妤是漢成帝劉驁妃子、而劉驁又為王莽的姑姑王政君所生這層關係，才保留了生活待遇。久經官場風雲的班稚，怕兒子班彪捲入王莽新朝霧靄重重的政治風雲，就勸說班彪遠避隴涼，投奔世交西涼大佬竇融。那時的竇固只有十幾歲，成天纏著班彪大哥給他講故事、講歷史，後來他從軍了，沒事還老往班彪的書房跑。

光武皇帝劉秀在南陽成氣候後，班彪審時度勢，積極建議竇融歸順劉秀。竇融顧忌自己曾同劉秀打過仗，怕不被原諒，加上西涼一帶漢陽（今天水）、隴西、敦煌、張掖、酒泉等五個郡建立了攻守同盟，推選竇融為大將軍，雄霸一方。竇融產生了和劉秀並有天下的想入非非，還沒把劉秀太當回事。班彪苦口婆心，從倫理大統、人心向背和軍事實力等方面幫他分析，一再勸告，還請竇固的父親竇友一起勸說。竇融最終作出抉擇，迅速幫劉秀滅了天水的嵬囂，平定了益州。劉秀對竇融之恩寵極重，還把漢中、雍城等六個郡和屬國也劃到涼州，歸竇融管理。

竇融毫髮無損，權力從五郡擴展到十一郡國九十八個縣治，暗暗慶幸有班彪這樣的謀臣。有一次劉秀宴請竇融，酒足飯飽剔牙縫時向竇融打聽：你往常的重大決策都是誰幫你參謀的，我看那些奏摺可不是平庸之輩所能為。竇融答說是一個叫班彪的從事。劉秀佯嗔道：「好一個涼州牧，朝廷成天叫你們舉茂才，你把這麼一個大才窩在府裡，金屋藏嬌啊？」竇融說「率土之濱莫非王土，天下之士莫非王臣，金陛下高看，就拱手相送吧！」光武帝隨後就任命班彪做徐縣令，還專門召見了他。誰知班彪官運不暢，還沒來得及上任，就遭遇母親離世的變故，即時回家守制。一守三年，等丁憂期滿，竇固自己已經被禁錮起來了……「賢姪啊，我們兩家是世交。」一口氣講了班家的歷史淵源以及與竇家的關係，竇固有些激動。他站起來，拍拍班超的肩膀說：「你的父親是幫我伯父和父親做事的，如今我有事了，想請老二你去出征關外，幫本侯做些出謀劃策的事情，你願意不願意？」

「願意！蒙侯爺抬舉，已有再造之恩，哪有不願之理！」

班家兄弟倆異口同聲，回答得很乾脆。他們沒想到，繞了天大一個彎兒，原來天大的喜訊在這裡。朝廷已經決定發四路大軍討伐匈奴，命竇固為奉車都尉，耿忠為副都尉，駐紮涼州，相機率張掖、敦煌、酒泉三郡軍隊及羌胡一萬兩千騎兵，西出陽關直插天山，與其他三路大軍協同作戰。各路大軍指揮機構中郎將以下從事均自行擢拔，由朝廷下令任命。竇將軍有意栽培班超，讓他在將軍府裡做個假司馬，讓耿忠和他一起來考察考察。司馬是將軍府裡協助指揮作戰的主要從事之一，地位僅次於長史。假司馬就是代理司馬，或者以副職的身分行司馬事，秩俸六百石。此時班超那懸著的心才終於放到肚子裡，高興得差點跳起來，被兄長班固白了一眼，這才顧忌到自己已年逾不惑，趕緊同兄長一起往二位將軍案前匍匐一拜，那淚水卻已盈出了眼眶……

出征

漢帝國與匈奴人的戰爭，說起來血淚斑斑。

據說匈奴人是夏朝的遺民，在商朝時由於部族爭鬥逃到北邊的蒙古高原。為了適應寒冷的草原氣候，逐水草而生，活動在南達陰山、北到貝加爾湖之間的廣袤地區。冬去春來，子孫繁衍，人口日多，牲畜益增，現有的草場不能滿足需要，人性的弱點就赤裸裸暴露出來。各個部落之間不斷爭奪地盤，爭得你死我活，爭來爭去發現內鬥解決不了根本問題，就伺機向比較溫暖富庶的南方蠶食移動，特別當早春草枯糧缺或者遭遇自然災害之時，更是瘋狂南侵。反正他們覺得自己的祖先也曾是南邊土地的主人，在老祖先的土地上吃點喝點，不存在什麼氣短理虧。

周朝的時候，北方各諸侯國的邊民苦不堪言，辛苦一年的收成被匈奴人搶走了，自己只能喝西北風，於是就組織起來抵抗，並向政府求救。可匈奴人是從小在馬背上長大的，在冷兵器年代，占有裝備上的絕對優勢，風一樣呼嘯而來，又風一樣呼嘯而去，防不勝防。開始只搶糧食財物，後來連女人也搶，不管老幼美醜，誰要阻擋就一刀斷頭。邊民又恨又怕，官軍士兵的兩條腿又追不上匈奴馬隊，即使追上了也打不過，於是唯恐避之不及。如此一來，邊防就成了有邊無防，眾多邊民被迫遷往內地，致使大片良田成了匈奴的草場。而匈奴人更是得寸進尺，無所顧忌，奔騰的馬隊常常會馳騁到京畿城外，甚至直接攻陷了西周的都城鎬京，迫使華夏民族引以為榮的周室王朝屈辱東遷。春秋戰國時期，雖然出了不少思想家，但天下亂得一團毛線，各地豪強鷸蚌相爭，匈奴人坐收漁翁之利，乘勢占了黃河流域大片土地。

秦昭襄王五年（前 302），長久忍受匈奴之害的趙國武靈王趙雍突然開竅，他想既然匈奴人的騎兵厲害，我們為什麼不能「師夷之長技以制夷」呢？這位三十八歲的諸侯王的「腦力激盪」，在中國古代的歷史上具有劃時代的意義。而且他是想好了就幹，力排眾議，在趙國推行「胡服騎射」政策，用糧食和草料同匈奴換馬，然後請匈奴教官訓練士兵騎馬，練習馬上射箭玩刀的本領。那些匈奴教官被趙國的殷勤款待所感動，就下功夫根據這些人的體格因材施教，嚴格訓練，不到一年就幫趙國建立起一支強大的騎兵。趙武靈王就用這支威武之師，剿滅了西邊的中山國，把林胡、婁煩一帶的匈奴趕到大青山以北，並在雲中（今內蒙古托克托縣）、九原（今包頭）設立了縣治，中原才開始實現對匈奴的有效反擊。

趙武靈王作為一個有為的政治家、軍事家，廣受後世稱讚，他的騎兵被統一中國的千古第一帝嬴政接收下來，成了秦國統帥蒙恬將軍旗下的一支勁旅。有一天，秦始皇嬴政巡視北方邊境，燕地一個叫盧生的方士給他進獻一幅地圖，告訴他北方的匈奴是秦國的大患。秦始皇覺得很有道理，回到咸陽後，向朝臣問計，大家都建議先把匈奴這個大患除了再說，因此便派蒙恬領兵三十萬北擊匈奴。

蒙恬是個有名的軍事家，他的雄師一鼓作氣，「卻匈奴七百餘里」（《史記》），收復了鄂爾多斯等河套失地。為了防禦匈奴的侵略，蒙恬和他的軍隊費盡千辛萬苦建起了從隴西臨洮沿黃河至陰山的城塞，連線原秦、趙、燕直達渤海的舊長城，長達近萬里，史稱「萬里長城」。同時又修築北起九原、南至雲陽（今陝西涇陽）的「秦直道」，構成了北方漫長的防禦線，威震匈奴。此後的十多年，「胡人不敢南下而牧馬」，而不少南遷中原的匈奴人，逐漸同秦人通婚，促進了民族的大融合。

可是當年這項偉大的塞防工程，沒有做好宣傳動員。那些曾被匈奴追殺內遷的民眾與士兵，不但不感謝秦皇御邊活命的恩情，反倒覺得離開老婆孩子熱炕頭比要命還難忍受，以致怨聲載道，甚至連哭長城的孟姜女，竟然也被當做貞潔典型，在山海關老龍頭旁建廟祭祀。世人多罵始皇為暴君，他的國策為暴政，咒他趕緊去死。可憐那雄才大略的秦始皇還真不禁咒，只當了十二年大一統江山的主人，就病死在巡視會稽的路上。

同世界歷史上所有的偉人一樣，雄才大略的秦始皇也寵信小人。嬴政有痔瘡，每月都要犯幾次，每當犯病期間出恭後，中車府令趙高都不用竹片做的廁籌去刮肛門，而是趴到地上用舌頭去舔，把皇帝舔得十分舒坦。始皇帝覺得連他的屎都吃的人，說出的話雖然帶有屎臭味，但人肯定忠誠，就在趙高犯了貪汙軍餉的死罪，被蒙恬抓起來要殺的時候，念起「舔屄子」的功勞就赦免了他。他的這一次高抬貴手，埋下了毀滅秦朝的巨大禍根。他暴斃之後，趙高不但創立了「指鹿為馬」這個臭名昭彰的典故，而且同丞相李斯暗中謀劃，逼殺扶蘇，賜死與扶蘇關係密切的蒙恬兄弟，擁立了始皇的小兒子胡亥登基。

曾經不可一世的李斯也是昏了頭，竟然同趙高狼狽為奸，導致安定沒幾年的天下烽煙再起，秦國就此壽終正寢。一個宦官因個人私利導致一個國家的滅亡，趙高不是第一個，也遠不是最後一個。廢長立幼違制，天下不服，陳勝吳廣冒雨揭竿，劉邦項羽借勢坐大，然後為了誰坐秦宮的龍椅兄弟相殘，殺得赤縣土地一片殷紅。這時北方的冒頓單于，正摟著汩汩發情的閼氏，半躺在他的大帳裡，笑著割下一塊羊羔肉，烤都不烤就連毛帶血塞進了嘴裡。

冒頓是匈奴第一個具有雄才大略的軍事家，也是一個殺人如麻的殘暴魔頭。為了實現飲馬長江的遠大抱負，他射殺了自己的父親頭曼單于然後自立，一舉大敗當時的草原霸主東胡王，實力日張，很快就在剛剛立國的西漢土地上縱馬撒歡。他們迅速併吞了婁煩、白羊河南王（匈奴別部，居河套以南），復占了蒙恬所奪的匈奴土地及漢之朝那（今寧夏固原東南）、膚施（今陝西榆林東南）等郡縣。然後向東對漢之燕、代等地進行瘋狂侵掠，先後降服了西北一帶近十個部族，一時氣勢如虹。有一天冒頓生氣，把用來飲酒的漢將頭骨一摔，就領著他的人馬直接向晉陽（太原）進攻。

剛愎自用的漢高祖劉邦，當時已經準備誅殺功高蓋主的韓信了，也不放心再把大軍交給他，覺得自己連西楚霸王項羽都滅了，還能鬥不過一幫蠻夷。於是在高祖七年（前200）親率三十二萬大軍，一路浩浩蕩蕩，征討匈奴。結果中了匈奴人的誘敵詭計，在風雪交加的白登（今山西大同東北），被冒頓單于四十萬騎兵圍得鐵桶一般，進退不得。經過七個晝夜，漢軍將士凍餓致死大半，沒死的也有大半都凍掉了手足指頭，糧草又無法接濟。眼看將全軍覆沒，劉邦渾身哆嗦著，躺在冷颼颼的大帳裡後悔輕敵冒進，揣測自己的種種死法，問陳平自己的頭骨會不會成為冒頓單于的酒具。

貪財成性的陳平突然擴散性思考，想起莫頓的閼氏比他還貪財，就把漢軍出來時所帶的珠玉寶貝全部蒐羅出來，打發心腹摸進匈奴大營，悄悄送給閼氏，託其求莫頓單于放開一條生路，也是最後的計策了。莫頓當時特別寵愛這個狐媚閼氏，聽她的枕邊風吹得天花亂墜，放了劉邦好處多多，殺了劉邦會激怒漢人。加之與他協同作戰的兩路人馬未按期趕來，怕再圍這個困獸招致內外夾擊，就給了懷裡的女人一個面子，說在包圍圈上開閼氏的屁股那麼大一個口子，讓西漢皇帝鑽出去。

大難不死的漢高祖回朝後，不得已實行「和親政策」，幾十年間把一代代宗室美女嫁與單于，並贈送大量的財物，用美女和金錢買太平。然而那些摟著漢家公主美女的匈奴單于們，根本就沒把老丈人家太當回事，稍有不滿便出兵侵擾邊界，該搶照搶，該掠照掠。漢帝國在忍辱負重、韜光養晦七十年後，經濟得到較快發展，國力大大增強，對貪得無厭的匈奴忍耐也到了極點。漢武帝劉徹是個有血性的大丈夫，決定一雪高祖皇帝前恥，給匈奴單于一點顏色看看，為劉氏皇家爭回顏面。他從元光六年（前 129）開始，在長達四十四年的歲月裡，先後派衛青、霍去病等發動了漠南之戰、河西之戰、漠北之戰，殺得茫茫大漠草木帶血、屍骸塞河，匈奴王庭一退再退，幾近崩潰，只有少數人跟著當時的單于伊稚斜，遠遁漠北和天山東部一帶。

然而，匈奴人一旦喘過大氣就又活躍起來了。漢劉天下付出「國空民乏、戶口減半」（《漢書》）的代價換來的和平只持續了三十多年，而這三十多年的後期，還主要是因為匈奴發生內訌，五單于爭立，最後形成南北單于分庭抗禮的格局。呼韓邪單于「婿漢自親」，娶了漢室宮女王昭君，領著四萬多鐵騎安住在河套，由漢朝政府好酒美食養著，以其對北單于形成牽制，才沒有擦出大的戰爭火花。

王莽廢漢自立改名新朝後，企圖分化匈奴，分匈奴居地為十五部，把呼韓邪和他的子孫都立為單于。這項改革的方向無疑是具有策略意義的，但王莽犯了戰術錯誤，這些坐在長安皇宮不出遠門的貴人們，一向妄自尊大，坐井觀天，根本不把皇宮以外的官當官看，也不把京城以外的人當人待，不懂得人家也要臉面，採取的方法近乎兒戲。他先把漢宣帝當年頒給呼韓邪單于的金「璽」換成「章」，又將「匈奴單于」稱號改為「恭奴善於」，沒幾天又改為「降奴服於」。傻子都能看出朝廷在玩耍猴的手段，傷了呼韓邪後人烏累單于的自尊，導致其與漢室漸漸離心。

這時，留居漠北的北匈奴，因連年遭受嚴重天災，又受到南匈奴、烏桓、鮮卑的攻擊，力量大大削弱，多次遣使向漢帝國請求和親互市，這本來是在南北單于之間玩平衡木的良機，一幫庸臣又怕得罪南單于，廷議不准。娶不到漢室美女的北匈奴單于丟了面子，早生不滿，於是又開始滋事擾邊。恰在這時，王莽的一系列改革傷害了各種利益集團，導致新朝內亂四起。這個一心建設一個「市無二賈、官無獄訟、邑無盜賊、野無饑民、道不拾遺、男女異路、犯者象刑」（《漢書》）的和諧社會的皇帝，整天疲於應付，按下葫蘆浮起瓢，天下又一次陷入混亂。覬覦大位的各路豪強重新洗牌，群雄逐鹿。被各種充饑畫餅矇蔽了的民眾也跟著起鬨，互相殺戮。今日射殺千人，明日砍頭萬級。從南至北，生靈塗炭，哀鴻遍野，村莊空虛，幾十里不見炊煙。匈奴以及周邊的胡羌蠻夷，但凡有點想法的能叛就叛，能掠就掠，能搶就搶，華夏民族的滋養之地又變得滿目瘡痍。

光武中興，漢朝起死回生。但病久之軀還很羸弱，天下初定，餓殍遍野，百廢待興，權且用金錢美女招安了南匈奴日逐王比，讓其居住在雲中，牽制北庭。北匈奴為了離間南匈奴，再次提出和親互市，並陸續送了很多重禮。如果朝廷結交北庭，可能惹惱南匈奴，這是極不划算的買賣，朝廷上下都不願與北庭來往。唯獨時任司徒掾的班彪，上奏要求部分答應匈奴的要求，回贈與所送相當的禮品，有理不打笑臉客，互市總比對抗好。他還替皇帝代擬了一道詔書，大意是北匈奴願意恢復以前的和親修好，想法不錯，以前你們不講信義，寇邊侵地，讓漢朝很反感。但漢朝是禮儀之邦，仍然寬恕了你們，就是這幾年南匈奴想借北方災荒吞併你們，皇帝感念北單于年年貢獻，都沒有同意。現在既然想和大漢和好，那就好好過日子，也不用再送什麼禮物，你們想互市那就互市吧！「漢秉威信，總率萬國，日月所照，皆為臣妾，殊俗百蠻，義無親疏，服順者褒賞，叛逆者誅罰，善惡之效，呼韓郅支是也！」後面這幾句話，說得比較硬氣。「呼韓」、「郅支」是南、北匈奴的名號。呼韓歸附漢朝呼風喚雨，郅支叛漢受到征伐。

光武帝覺得班彪的想法比較周全，就照發了。此後相安無事了幾年，但是從呼都而屍道皋若鞮到蒲奴，三任單于都沒有得到漢朝美女，肉體沒有滿足，總覺得如鯁在喉。好一個漢朝皇帝，給你好說你不理，那就來點橫的，看你還理不理！於是他們乘東漢初定無力西顧之機，入侵漁陽至河西走廊北部邊塞，並把張騫通西域時臣服漢朝的西域三十六國，通通變成了他們的附屬國，在那裡橫徵暴斂，魚肉百姓。當時西域的于闐、莎車等國，多次派代表到敦煌，希望漢軍能出兵西域，趕走匈奴人。可是光武帝因為天下初定，百廢待興，朝廷內部的事已經夠繁雜，無力外顧，說了句「由他自去」，撒手不管了。

光武帝放棄西域，與他的成長環境有關，更與他缺乏治理國家的經驗有關，說穿了就是缺乏遠見。後人給劉秀披上了西漢高祖劉邦九世孫的外衣，以顯其血脈的正統。實際上劉秀是否劉邦後人，對於劉秀的格局和眼界，沒有任何意義。劉秀的父親劉欽雖然當過幾年縣令，但很年輕就病死了。劉秀九歲就成了孤兒，生活無著，輾轉被一個遠房農民叔父收養，十歲就跟著大人下地幹活，「勤於農事」（《後漢書》），後來成了種莊稼的把式，根本就沒有條件接受良好的教育。後人為給劉秀臉上貼金，穿鑿附會，黃簡黑字，說他在天鳳年間入讀太學，純粹是杜撰，根本就經不起推敲。這樣一個草莽皇帝登極之始，根本不可能從策略上考慮西域的安全，對於鞏固中原政權毫無重大作用。至於說他生時，有赤光照耀整個房間。父親感到奇怪，立即召人問卜，卜人說「吉不可言」，更是連小孩子都不會相信的鬼話了。

光武帝主動放棄西域的決策，給瞌睡的匈奴墊了個枕頭，讓人家高枕無憂了。到了明帝劉莊即位，北匈奴蒲奴單于一面繼續請求與漢和親，一面準備帶西域三十六國一起與漢朝簽署和平協定，明擺著是把西域三十六國歸屬到匈奴了，氣得明帝劉莊頭疼病發作，滿朝堂追著擊打接待匈奴使者的大臣。

明帝這人性子暴烈，動不動就發脾氣，發了脾氣就親自拿棒子打人。他的龍座旁老放著一個短杖，看誰不順眼就自行杖責，可能也省了執法官的編制，這倒與他處處儉省的風格相一致。他對老爹的西域政策一開始就不滿意，但為了保太子大位，在太傅的提醒下，從未發表異議。永平十一年（68）以後，河西守將不堪匈奴之擾，多次上奏請求攻擊匈奴，以通「絲綢之路」，恢復大漢帝國與西方各國的連繫。明帝考慮了幾年，充分權衡利弊，最後又諮詢了耿秉、竇固、祭肜、馬廖、耿忠等一群武將，才鄭重決定派四路大軍，從西往東沿長城隘口，向匈奴發起進攻。

竇固將軍已經五十多歲了，少年時就隨父竇友從軍，抗匈平羌，身經百戰，是個世家出身的職業軍人。竇家祖上，幾世御守經營河西，久負盛名，到了父輩，兄弟仨幫助光武帝劉秀平定了涼隴川蜀，立了莫大功勳，光武帝特別倚重，封竇融、竇友為侯，讓竇融做大司空，將皇家三個公主下嫁竇家，一時榮光無比，讓多少舊時世家都望其項背。只是堂兄竇穆（竇融之子）太荒唐，看著六安侯劉盱英武有為、風流倜儻，便想招其為婿。為此還讓兒子竇勳，找人偽造了一個陰（麗華）太后的詔書，唆使劉盱休妻娶自己的女兒。可是劉盱的妻子也是名門望族，一紙狀子告到朝廷。「偽造詔書」便東窗事發，荒唐事鬧大了。明帝本來就對前朝元老怨恨之極，到了不除不快的地步，已經借事誅殺了自己的親舅舅兼姐夫（酈邑公主駙馬）陰豐，太僕兼妹夫（舞陽公主駙馬）梁松，再殺一個城門侯兼姐夫（內黃公主駙馬）竇穆和兒子中郎將兼妹夫竇勳，也不多。殺了竇家父子之後，竇融這一支的爵位就收回了，沒殺的家人也發回原籍，就連竇固都受了連累，打發回原籍，監視居住了。

竇固父親在世的時候，一再叮嚀竇友要低調。竇家本非東漢光武舊臣，而且竇友封侯和公主下嫁，都是沾了兄長竇融的光，本身就不是那麼氣長，伴君如伴虎，一定要事事小心，千萬不要像幾位姪子那樣與人爭寵。所以他養成了為人謙和、做事穩重的性格。竇穆父子出事後，他雖然也連遭禁錮，但終究沒傷筋動骨。漢明帝後來還是器重他的，一直讓他負責西部的防務。這次在接受任務後，他很快就想到了班超，他覺得班超應該可以成為自己的得力助手，在西域打拚一番事業。這裡至少有三個原因：一是班超有膽，和他哥班固的儒雅性格完全不一樣，他是班家這一代唯一繼承了先祖豪強性格的人，愛憎分明，俠義心腸，反應靈敏，膽大而不魯莽，二十幾歲就敢為哥哥的冤案面見聖上，在楚王劉英出事後冤獄四起的情況下他還勇於祭奠，這些事情不是一般的有膽就敢為的；二是班超有志，久有立功西域的夙願，十多年的抄書郎職業既使他涉獵群書，知識廣博，思想趨於成熟，又於碌碌凡事中磨練了意志，雖未帶兵但熟習兵法，有勝不驕敗不餒的修為，這一點帶兵打仗尤其重要；三是班超有節，他長期盤桓基層，借一抄書的小手藝養家餬口，周圍皆是蠅營狗苟、三升五斗之人，燕雀喳喳，錙銖必爭，然他並未因此混跡市井、怨天尤人，辱沒祖上的高貴血統。有此三條，竇固覺得班超堪用，何況竇、班兩家兩代關誼，他這個做叔叔的有義務提攜班超。古往今來，投桃報李美談多，人情還是要講的。班超年已四旬，機會不多了，在有志者生命的關鍵時刻幫一把，可能就此徹底改變這個人的命運。於是他約了老友耿忠，對班超進行了一次小考核。

班超通過了考核，急著將喜訊告訴母親，就將班固趕下車，讓他走路去蘭臺上班，反正也不遠。自己快馬加鞭來到班固家，進門也顧不上和嫂子打招呼，直接見了母親。班母已經年近六旬了，眼不花，耳不聾，人還閒不住。她原來隨班超生活，班固的媳婦生了二胎，她就過來幫忙帶孩子了。聽說竇大人給班超找了差事，高興得喜上眉梢。但一聽說即將西行，眉頭又蹙起來了。做母親的，總是希望孩子能有出息，還不希望見不著。特別是班超要遠去西域打仗，刀槍無眼，箭弩無情，此一去山高水長，能不能活著相見都難預料，就憂心忡忡了。

「老二，咱能不能不去？我看你現在的日子也過得去，何必拋家舍口呢！」老人說。

班超一聽，這可使不得，立刻就給母親跪下了。「娘啊，你是知曉兒子心志的。如果一輩子就當個抄書匠，兒子心有不甘啊！」

「娘，叔叔這次遠征西域，壯志得酬。你老人家應該高興才對。」聞訊過來的嫂子趕緊勸叔叔起身，又用道理開解婆婆。「叔叔這是不鳴則已，一鳴驚人。這假司馬的秩奉，比她哥高一半，可是頂一個大縣令呢！恐怕她哥幹到頭，也未必拿得到呢！」

嫂子出身書香門第，又看過班固將要編入《漢書》的《食貨志》，對官俸一清二楚。但話從她嘴裡出來，似乎有點味道了。女人嘛！班超也不計較，又跟母親說了好多好男兒志在四方的話。母親終於想通了，囑他一定要好好幹，不能給竇大人丟臉。又想到自己年輕時與班超的父親分離多年，思夫的日子很悽苦，就忙讓兒子回去好好哄哄媳婦兒，畢竟人家虛歲才三十，正是花信年華，要走得把他們娘兒幾個的生活安排好。末了，又吩咐班超道：「走之前去你父親墳上上柱香，下一次上墳還不知啥時候呢！」

「記住了，娘！」班超從母親的眼神裡看到一絲憂傷，他不敢再看下去，就別了母親和嫂子，回家去了。一回家就抱起女兒，往廚房裡去找醋罐。

水莞兒笑說：「切！指望你打醋，都吃沒調和的飯了。倒是前頭的生意，今天有人要來取活。」

「是嗎？」班超放下孩子，就去了門口的店裡。

有卷大戶人家的家譜還沒完工，班超本想交給幫工的夥計，又怕怠慢了老主顧。躊躇了一下，決定還是善始善終，再最後體驗一下寫字的感覺。他一連做了三次深呼吸，極力壓住內心的激動，重新坐回寫字檯邊，潤好狼毫，飽蘸濃墨，一筆一畫抄寫起來。寫到順手時，真想虔誠地祭拜一下秦朝的蒙恬將軍，是他在戎馬鏖戰的間隙，發明了狼毫這種美妙的筆頭，讓書寫成了一種藝術的享受，再也不用硬竹籤戳了。他這人就有這樣的特質，從激動到平靜只要三口氣，一旦入靜，就能心無旁騖，專意專情。

第三天下午，竇固將軍家的管事來說，幫著看好了城東的一座院落，寧靜寬闊，鑾合司馬的身分，適逢班超外出送活，遷官之事才被水莞兒知曉。這個賢惠的女人又驚又奇，又喜又氣，又要在外人面前裝鎮靜，似乎自己都清楚事情的根根節節，客氣地打發了竇府管事，就趴在炕沿上流淚。傷心了一會兒，突然想起以前算命的說她是旺夫命，跟了誰旺誰，一下子又破泣為笑，暗想丈夫這狗屎運說不定是自己給帶來的。

天下女人似乎有一個共同的美德，她們在丈夫有了成就後總喜歡主動分享，甚至比丈夫還高興，也不管這成就與自己十竿子打著還是八竿子打不著。水莞兒以她十年相濡以沫對丈夫的了解，連繫到班超前幾天就停止接活的舉動，猜想是想給他個驚喜。

「把他家的，驚喜就驚喜吧，老娘我也受得！反正也不是第一次了。」水莞兒自言自語。上一次丈夫被任命為蘭臺令史，也是一夜之間的事情，突然就喜從天降。可是來得快去得也快，但願這次不要橫生枝節。唉，跟一個不安分的男人過日子，還真要有驅雲駕霧的心理準備，否則一會兒天上一會兒地下，真把人晃盪死了。知書達理的女人就是善解人意，她首先思索的不是丈夫向她隱瞞了什麼，應該如何同丈夫鬥氣討一個說法，而是想方設法為家庭營造溫馨的氣氛，讓家裡充滿溫情。她在院子裡擺上案桌，焚了三根香，向老天爺磕了九個頭，默默禱告老公這次能一路平順。她把一雙兒女叫到跟前，周密安排布置一番，晚上要為他們的爹慶賀人生大轉機。

就在水莞兒忙裡忙外的時候，班超把最後一批書簡向主顧交接清楚，全身輕鬆，逕自遛達到街上買些酒肉，打算晚上給家人一個交代。眼見得日影西斜，炊煙縷縷，他的心裡又浮起浪花，想這想那，幾次差點與路人相撞。離出征還有二十多天，這一去少則一年半載，多則十年八載，他要在這段時間搬一處好住處，把家裡安排好，讓妻子兒女今後衣食無憂，再也不為糴米的秤桿高低錙銖計較。人生奮鬥的目的是什麼，不就是拜將封侯嗎！拜將封侯為什麼，不就是光耀門楣、封妻蔭子嗎！光耀門楣的事情波濤起伏，趕上哪天皇帝不高興，一個聖旨就化為泡影，這方面的例子太多了，而娶美妻、食膏腴、住大宅、置田產、穿綢緞似乎才是現現實實的利益。眼下自己懷裡有美妻、膝下有兒女，膏腴田產顯眼，綢緞是不打緊的後話，只這院子馬上就該換一個。這既是竇固將軍的建議，也是自己心裡的想法。有福要及時惠及家人，否則時過境遷，會降低幸福的感覺。他不知竇家的管事幫他找好院子沒有，打算明天去問一問。

謄文公的生涯，就在這許許多多的想法中畫了一個句號。班超搖頭晃腦地進了家門，兒子班雄破天荒等在門口，俐落地接過他手中的東西。女兒則像小鳥一樣撲進懷裡，把嫩嫩的小臉往他臉上一貼，咯咯咯笑著說扎。妻子已經準備好一桌菜餚，又把他買的牛肉切出一盤，解下圍裙，洗了油手，客氣地請他坐在上席。兒女左右打橫，她自己坐在對面，往四個酒盞斟上米酒，招呼兒女一道舉起，齊敬班超榮任將軍。

「這……」班超原本想主動營造的驚喜氣氛，還沒來得及設關子，反倒讓妻子給占了先，自然有點掃興，正不知說點什麼才得體，藏不住事的女兒便透露了實情。他突然釋懷了，端起酒盞一飲而盡，復又回敬妻子一盞算是道歉。水莞兒又嗔又笑，被米酒嗆了，咳得滿臉通紅。班超趕緊幫她捶背，女兒以為父親打母親，喊叫著「爹不好」。水莞兒一把摟過女兒，緊緊貼在懷裡，笑得眼淚嘩嘩。兒子也跟著笑，笑妹妹不明就裡。

班超也笑了，笑得很燦爛，這笑容一直掛在臉上，久久定格。到了夜間，酒勁兒上身的狼婦虎夫，相擁相偎，魚水得歡，翻雲覆雨，徘徊繾綣。十年的夫妻了，突然間又如膠似漆，比平時更為放浪熱烈，倒叫兩人都意外失笑。水莞兒咬著班超的耳朵，說明天就給女兒斷奶，看臨走前能不能給夫君再懷上一個兒子。以前迫於生活的壓力，她兩個孩子都奶到四歲，怕生得太密了養不起。班家夫婦自行控制生育週期的行為，應該是中國最早的計畫生育了，條件好就多養，條件差就少生，比任何的外來干預都自覺而富有情趣。

一個男人的一生，有許許多多的選擇，娶一個賢惠的妻子該是多少世修來的福氣！在你貧困的時候她不離不棄，在你平庸的時候她溫言溫語，在你成功的時候她不嬌不作，即使有朝一日你輝煌騰達了，她也會在黑暗中默默地注視著你。班超覺得自己就是那個修了多少世的男人，而這個女人的到來，還要感謝一個無情無義的男人。就在他闖皇宮回到平陵不久，徐幹上門說媒，女方是徐幹妻子的姑家表妹，姓水名莞兒，年一十九歲，長得眉清目秀，溫婉端莊，為人賢淑，略通文采，本來是從小許了京兆一大戶人家的，只因那家公子前年舉了茂才，放到左馮翊（今陝西渭南北部）任職，在那邊攀上一門貴親，已經圓房，但一直瞞著女方。

水家知情較晚，本想告官，又怕毀了對方前程，到頭來雞飛蛋打，弄得裡外不是人。再說那邊官大，真的打起官司來，要麼官官相護，要麼拿錢說話，衙門的人原告被告通吃，有理的花錢也不一定能贏，所以息事寧人。徐幹覺得班超以前被窮蹙耽擱，如今年齡實在不小了，合適的一時還真不多見，不妨考慮一下，況且水錶妹先許的那家既然發達了，說不定真有旺夫的命呢，又何必計較她曾許過人家！

不等徐幹說完，老娘就替班超答應了。古代講的兒女婚事，唯父母之命是聽，媒妁之言傳情，圓房之前不能私下見面，哪有什麼卿卿我我、花前月下的浪漫，否則一千二百年之後一出《西廂記》，何能風靡神州南北！既是雙方同意，接下來三媒六聘，各種禮數俱到，只是老大班固當時尚未娶妻，周公禮制有「大麥不黃小麥不刈」的先後次序，班超又等了將近半年有了嫂子，才熱熱鬧鬧僱轎子抬人。這期間他已經從扶風搬到洛陽，曾經被放了一次鴿子的水家擔心夜長夢多，託徐幹催婚。

班超被徐幹拉到白馬寺，當著佛陀發誓絕不做背約之人，只要嫂嫂進門，自己馬上迎娶。其實他見過徐幹的妻子，也打聽過水家的門風，知道水莞兒蘭質蕙心。他也急著擁抱佳人，只是書香門第，禮教傳家，不能讓人說三道四。他曾多次夢見媳婦的模樣，一直朦朦朧朧，不是隔著厚紗，就是溶在水裡，總也不見真容。直到進了洞房，急猴猴挑起紅蓋頭，才發現水莞兒還真是個尤物。紅燭映照的粉臉，羞赧嬌媚，楚楚盈情，娥眉輕轉，唇啟紅雲，眸裡閃黛珠，烏髮繞白頸，一把攬住柳腰，已是魂銷香醉，意遠愛深，手重了怕傷著，口重了怕碰著。感謝老天眷顧，在鄉間給他存了個大美人！

二十九歲的水莞兒其實心裡是矛盾的，抱住丈夫就不想鬆手，生怕這一鬆手，就再也享不到那帶著野性的溫存了。她的這種擔心似乎也是冥冥之中的暗示，若是她此時能夠確定班超一去三十年，恐怕拚了命也要攔阻或者隨後尋了去的。正是風韻突顯的少婦，從生理和心理上都是捨不得，捨不得夫君去那麼遠的地方。她覺得班超當不當將軍已經不是那麼重要，錢多錢少也不重要，重要的是一家人在一起，朝夕團聚，享受一顰一笑一呼一鬧之間的樂趣。

但是，這個世界是男人的天下，揚名立萬做官封侯是口口相傳的價值取向，是每個男人追求的終極目標，是其家族子孫後代身分貴賤的標籤，也是女人能否衣著光鮮拋頭露面的前提條件。加上女人又是愛攀比的，哪個女人不希望自己的丈夫成為人上人呢！因為女人只是男人的附屬品，君君臣臣父父子子，三從四德裡沒有女人的地位，奮鬥也沒有意義。那些周公孔聖董仲舒之流的為大師者，莫非都不是娘胎裡爬出來的，咋皆以作踐女人為教化，規定了女人的一切，就只能靠男人賞賜呢？

至於搬家，水莞兒的意思還是一動不如一靜，夫君能東山再起且比以前秩高俸厚，說不定這住宅還是風水寶地呢！她聽說東市達官貴人雲集，脂粉膏腴濃豔，車旌華麗，驕佚張狂，一家比一家勢大，奴婢都是拿主人家的地位論高低，動輒馬頭相抵互不相讓，不少咱一家墊底。再說夫君出征後又不在家，小孩出門玩耍礙著誰了，人家隨便甩個臉子，都不是省油節火的角色。現在住的這個院子是夫君在蘭臺供職時買的，三間上房住人會客，東廂為廚，西廂儲物，門口的謄文館關張後可以給兒女做書房。這條街在西市算是好人家聚集區，周遭雖是人多院雜，也多是正經平常人家，相互熟悉，少有算計，住慣了，彼此也會有個照應。過幾天將軍牌子再往門口一掛，不說顯擺吧，街坊都高看咱一眼呢！

在社會底層掙扎了十多年的抄書匠，理解妻子的意思，她的話絕不是口不走心，沒有不依的道理。她是想保持低調，不想過於張揚。人在窮蹙的時候適當高調，基本上屬於打腫臉充胖子，為的是別人高看自己一眼，在狗眼看人低的社會環境下成全自己的營生；人在發達的時候適當低調，有利於給人謙遜的印象，不會拉過多的仇恨，保護的是自己和家人的安全。古往今來多少人，都是因為做事太過張揚惹禍的。你在不知不覺的時候已經把人得罪了，由於羨慕嫉妒而引發的仇恨，一旦遇上什麼暴風驟雨就會要了你的命。世間的道理說簡單也簡單，說複雜又複雜，關鍵看周圍有沒有盯你的眼睛。班超這次平步青雲，不服氣的肯定大有人在，低調總比高調好。於是兩人商定，兩日後帶著孩子回扶風祭祖，順便看望水莞兒的父母，也算衣錦還鄉。

洛陽到扶風雖然官道暢通，但隆冬季節凜冽的西北風，還是讓家人叫苦不迭，有時坐車太冷了，班超就動員一家跟車走路，自己背著女兒，走一程暖和一些，再回到車廂。這一來一回十多天就過去了，其間也去了徐幹家。徐幹剛升任郡府監獄的廷尉，家宴上囑託師兄常捎書信，給他分享西域的風土人情。水莞兒則和她的表姐竊竊私語，一會兒眼淚一會兒笑聲，甚至故意提高嗓門，要班超臨走之前多辛苦，被窩裡多體恤自己的女人。聽得他和徐幹都紅了臉，笑說女人的世界總比男人富於感性。

有個獄吏來報：「一個叫李兗的囚犯越獄，搶了一匹馬逃跑了。要不要追？」

「怎麼不追？快去追呀！」徐幹粗眉高揚，打發了獄吏，卻一點也不著急。班超見師弟有公事，怕多有打擾，就要告別。豈料拉他坐下，說：「沒事。他們追不上，咱繼續喝酒。」

又喝過幾巡，徐幹壓低聲音告訴班超：「那個李兗原是個止奸亭長，因為值夜時按規定查驗一個大人物的車駕，被栽贓陷害，蒙冤入獄。我想為朝廷積點德，故意放他一馬。」

班超看到徐幹一臉義氣，敬了一盞，什麼都沒說，一切都在酒裡。

回到洛陽，離出征的日子越來越近。都尉府派人送來三個月薪俸和緇衣、戰袍、甲冑、短刀、寶劍、乾糧袋等裝備，寧靜的小院一下子緊張起來。臨別前一夜，夫妻倆在被窩裡說了好多體己。

水莞兒像是漫不經心地問：「夫君，咱倆結合十來年，一直沒有分開過。你是三天雨水兩天雲霧，從來不曾斷頓。這回你去了西域，我不在身邊怎麼辦？你會不會想我？」

班超輕輕地撫著妻子絲滑的肌膚，幾乎不假思索地說：「給你攢著，回來一併還給你！」

水莞兒吃吃地笑了。笑罷便嘆了一口氣，道：「憋久了會生病的。你見有那些順眼的暗娼，不妨把她當做是我，放點雨水也是應該的。」

班超堵了妻子的嘴。這一夜幾乎都沒睡著。帳裡別離恨夜短，濃雲密雨繾綣起。

憋了好久都沒下的雪，竟然紛紛揚揚，把中原大地染成了白色，像是要留出征的將士在家多待幾天，寬解安慰一下戀戀不捨的家人。但是軍令如山倒，就是下刀子也要出發，何況明帝已經派了三公九卿，頂風冒雪來到城門。

一碗燒酒壯行，前途風雪無阻。

試手

從洛陽到涼州的州治武威，小三千里雲月，經州過郡，山峻嶺高，官道逶迤。班超一行人馬跟著竇固和耿忠兩位侯爺的馬車，穿著厚重的甲冑，頂著凜冽的西風，越往西村莊越少，人煙越稀，而風向漸漸變成西北，吹到臉上像針扎一樣。

班超的體格很好，又從小練武，並不感到太乏。但他不會騎馬，和他一樣的還有幾個人，竇固將軍特意給他們安排騎騾子，並有專人牽著。這個照顧本來頗見用心，但一上路就聽到有人議論：「人比人活不成，馬比騾子馱不成。騾子雖然耐力好，不馱糧食馱娘們。娘們到了陣地前，不用槍頭用奶頭。」這些人還真有文化，編排得挺順口，也不怕他們聽見，好像是半個眼睛都看不上他們。這讓班超很生氣，生完氣就鬱悶，鬱悶完就慚愧，就覺得無臉見人。

不過，仔細思索一下人家的風涼話，也不是沒有道理。一個要帶兵打仗的人不能躍馬馳騁，那還有什麼威嚴！所以他只在騾背上煎熬了一天，就在澠池關驛站讓人換了馬。好在他從小練過馬步，稍稍適應一下就能坐住。到了第三天，他讓牽馬的士兵跟在後頭，自己掌控坐騎，其間多次扯著馬勒上不了正道原地打轉，還有兩次從馬上掉下來。休息時竇固下車小解，發現他滿身是泥，嘴裡直哈熱氣，和打冷顫的軍官形成鮮明對比，一問才知究竟，卻也開眼頷首。勸他不要太過著急，到了涼州大營，會專門進行騎馬作戰訓練。

同郡人司馬耿恭，是副帥耿忠的堂弟，看班超不服輸的樣子，很是感動。過來指點道：「班兄，練騎馬，急不得。你得先和馬交朋友，讓它接受你，拿你當主人，它就不會尥蹶子了。再是上了馬鞍，不能坐實，要兩腿加緊，半立著，才不會尾骨疼。還有就是韁繩不能拽太緊，轉彎不能拉太猛。」

班超忍著腰痠腿困襠疼，按照耿恭指點的要領繼續練，果然慢慢順當起來。第五日竟然能人馬一體自由馳騁，並和耿恭、關寵等同僚一起跑馬，把郭恂等幾個先前笑話他的軍官遠遠甩在後面。及至到了涼州大營，他已經請董健重點教他馬戰了。

班超與董健，可謂不鬥不相識。竇固將軍帶領的參軍幕僚二十幾個人，有文有武，也不乏文武兼備的，加上隨從的親兵馬弁僕從近百人，只用了二十一天，趕大年三十到達武威。一路雖說曉行夜宿，住的都是驛館，但長途跋涉下來，還是很疲憊的。大家泡了個熱水澡就來參加除夕大宴。竇固雖然籍屬扶風郡，但是在涼州成長，又長期駐屯涼州，所以到了涼州就等於回到了家，處處顯出主人的好客和隨意，只象徵性地喝了幾觚就回房休息去了。耿忠也不想在年輕後生這裡當燈盞，藉故離開，讓大家無拘無束，自便盡興。

俚語說：開花開不過牡丹花，喝酒喝不過涼州人。涼州人喝酒，不是一口一口地喝，而是一觚一觚地飲。酒量不行的，早早閉嘴靠邊站，要不三下五除二就給你灌趴下了。酒至半酣，一些屯軍軍官就放開了膽子，找新來乍到的幕僚從事們鬥酒。漢代的官場和軍營，等級制度還是很嚴格的。公開場合見了上官，都必須恭恭敬敬，但到了酒會賭場妓院，誰也不在乎誰，特別是那些死人堆裡滾出來的壯士，更是不把沒打過仗甚至靠血統關係上來的所謂上官當什麼菜：「你要管我，得拿出管我的本事來！」

大家深知西涼人豪爽好飲，於是紛紛退避三舍，不敢接茬。這就招得提議者很不高興，覺得京裡人看不起他們。長史郭恂上前勸解，被軍侯董健直接將了一軍：「在我們這裡，從酒品看人品，從酒力看戰鬥力。你要我服你，你得能喝。連幾觚酒都不敢飲，就別在將軍大帳裡指手畫腳！」

郭恂被一個曲軍侯這麼一激，哪裡肯認慫，就你一觚我一觚對飲。他哪裡知道西涼酒洌，沒喝慣的人根本撐不住，幾個回合下來，已經醉臥在榻。按說董健贏了，就該借坡下驢。可這傢伙在一幫弟兄的喝采聲中也把持不住，嚷嚷著還要找人應戰，甚至指著班超要求對飲。

「我看這一群人裡，算郭長史與你年紀大。我就喜歡和年長的大哥喝。那些嘴上沒毛辦事不牢的人，我都不稀罕跟他們一般見識！」

「我說兄弟，看你這豪爽勁兒，我肯定喝不過。」班超拱手告饒，「這樣，我連飲三觚，表示甘拜下風。」

「咦——你說你連飲三觚，好像別人不會連飲三觚似的。」董健覺得班超的做法，根本是不把他放在眼裡，也連喝三觚，定要決出輸贏。班超本來有量，加上董健已經喝多，兩人就打了賭，贏家可以任意懲罰輸家。結果鬥到二十多個回合，班超已經上頭，舌頭也大得繞不過彎兒，幾乎不知道自己是誰了。忽聞一陣鬨笑，董健先他倒下，嘩啦啦吐了一地。有人鬧著要董健學狗爬，董健心裡清清楚楚的，就是眼睛睜不開，舌頭也不聽使喚，被人抬到宿舍去了。

班超一覺醒來，已是永平十六年（73）元日下午，過去的一年翻篇了。第一眼看見的是坐在炕邊的董健，耿恭和闞寵站在地上，身後還有幾個他不認識的屯軍軍官。一股冷風從門口吹進來，他的腦袋清醒許多。揉揉眼睛坐起來，喝了點熱水，覺得嘴裡還有酒味，想起昨晚的事，舉手向大家致歉。

「哦喲，司馬大人你也太能喝了！以前從關裡過來的軍官，從沒把我喝趴下過。服了，我絕對的服了。」董健說著，當下要行下跪禮向班超賠罪，被班超一把拉住了。

「耍呢麼，何必認真！」

「不，兒子娃娃，說話算話！今天你讓我學狗爬，我就學狗爬，你說爬多遠，我就爬多遠，絕對不打折扣。」

班超看董健一臉誠懇，想了想，故意賣個關子：「不行！我今天要罰就要罰狠點，省得你印象不深，記不住！」

董健馬上紅了臉。原來西涼軍營的漢子們鬧酒，以懲罰輸家頂瓦片、學狗爬、脫褲子為樂，比學狗爬再加一碼就是脫褲子。董健一再求饒不要讓他脫褲子。

「誰要你脫褲子！都是老爺們，褲襠裡那玩意兒誰沒見過！」班超擊了董健一拳道，「我想請你找一個馬戰最好的人，教我馬上掄刀使槍射箭，必須要我自己滿意才算……」

不等班超說完，後面就有人喊叫：「這還找毬誰去，董軍侯就是最好的！」

學習馬戰的這些日子，董健教得很認真，班超也學得很刻苦，因為班超字仲升，董健字升達，都有個「升」字，倆人就結拜了兄弟，成了朋友。這個小班超九歲的西涼漢子，身高膀大，粗眉黑臉，與匈奴人有殺父之仇。他在很小的時候全家被匈奴人掠去，他跟著父親放牧，喝馬奶長大，母親則被當做戰利品送來送去，最後不知所終。十五歲那年夏天，部落裡組織年輕人練射，沒有找著獵物就拿他父親當靶子。頭人的箭射到哪裡，其他人的箭必須跟到哪裡，否則就被拿去當靶子千箭穿心。讓他負疚的是父親的心窩上還扎有他的一箭，於是在葬父時，他往自己大腿上刺了一箭，讓鮮血汩汩流進墓穴，算是向父謝罪。

匈奴的體制是全民皆兵，所有的男人都必須時刻準備打仗，所有的女人都時刻準備為打仗提供兵員。這種國策時至兩千年後的資訊時代，仍然在一些國家實行，自是有它的優點。但野蠻成性、毫無人倫，拿活人當靶子總是與人類文明發展相悖的，是播種仇恨的惡行。董健這個被掠來的「野種」，一閉上眼就能想起父親慘死的情形。十八歲那年在一次與漢軍的交戰中，他瞅個機會一刀砍掉封都尉（高級軍官）的腦袋，挑在槍尖上，縱馬奔了漢營。他的名和字還是到漢營才取的。

董健馬術精熟，從飛馳的馬背藏到馬腹，一躍就能騎到旁邊的馬上；力氣尤大，擅使一把偃月馬刀，重六十多斤，砍碗口粗的柳樹如削稭稈，拍百多斤的黃羊一刀成餅；又能拉得大弓，射箭射得又遠又準。十多年來，抗匈奴，平燒襠，每戰必勇往直前，一路從士卒升到曲軍侯，深得上司的器重。而他凡有獎勵，就把大部分給下屬，在屯軍中頗有好名。

令班超心悅誠服的，是董健指出了他自小所習練的武術，花拳繡腿太多，只適合健身賣藝，與敵人格鬥不行。打仗要的是一招致命，你不在第一時間弄死對方，對方就在你眨眼間弄死你。沒人看你的動作好不好看，技術標準不標準。戰場的態勢瞬息萬變，打散、被困的事情常有發生，就是位高權重的指揮官，關鍵時候也必須能自保等待救援，沒有一定單兵作戰的能力是不行的。班超服他了，當下就要拜之為師。

董健嘿嘿一笑：「我自己雖然沒念過書，但尊卑上下還是知道的。你我兄弟相稱，我已經高攀了。教司馬馬上廝殺格鬥是願賭服輸，打死我也不敢稱『師傅』。」

早春的西涼，原野還籠蓋著厚厚的雪被，放眼望去沒有一丁點綠色。駐紮天水的美陽侯耿秉老將軍立功心切，連續給朝廷上了三道疏，請求利用匈奴糧荒草缺的季節開戰。耿秉是耿忠的堂兄，也是扶風人，祖籍在漢武帝劉徹所葬的茂陵旁，累世武將，精通兵法，也曾在西域戰勝匈奴，部署屯田，多有建樹，頗得明帝喜愛。這次討伐匈奴，他是另一路大軍的總指揮。以竇固對明帝的了解，他猜想朝廷很快會照准，事不過三嘛，不能太不給老將軍面子。

但從戰場的態勢來看，眼下並不是攻擊匈奴最好的時機。匈奴人在漠北冬窩子所儲備的草料還足以支撐，放出的多批探子都沒有找到匈奴人的影子。如果一味向北推進，尋找匈奴人決戰，猶如老虎吃天——無處下爪。而且大軍一動，馬要食草，人要吃糧，眼下天寒地凍運輸困難，軍需供給是個大問題。一旦糧草不濟，軍隊不戰自潰。根據經驗，匈奴儲草每年四月就吃空了，到時就會像候鳥一樣向相對暖和一些的南方移動，不幾天就會活動到漢軍的眼皮底下。當時以逸待勞，占盡便宜，而且天氣轉暖，冰消雪融，草木泛青，飼草可以就地解決，軍需運輸壓力也小。

竇固把自己的想法告訴耿忠。耿忠也埋怨堂兄貪功冒進。但事已至此，無有他法，只好又讓幕僚從事討論對策。最後決定於二月庚寅松柏木生之日，將分駐在張掖、敦煌、祁連、陽關等地的騎兵，經酒泉向玉門關移動，先構築好牢固的防禦體系，再積極尋找戰機，穩紮穩打。並以耿忠為先鋒，親自帶領先鋒部隊，把班超配給他，讓他多調教調教。該部的溫校尉是個世家出身，少年得志，比班超小幾歲，人如其姓。他很欣賞班超在多數人喝酒賭錢的正月，仍一門心思習練軍事、思索打仗的專勁兒，稱班超是個有大抱負的人。班超則一再強調自己是個新兵，要跟溫校尉學習，倆人沒幾天就熟悉了。

果然不出竇固將軍所料，西行大軍剛到玉門關，太尉府的命令就飛傳過來，督促西出天山、直搗務塗谷。竇固明知太尉府那一幫人根本不了解前方的情況，都是秉承皇帝的急功近利，受了耿秉將軍的忽悠，純粹是瞎指揮。由於這些人的瞎指揮，朝廷每年不知要靡費多少錢糧，前方的將士要吃多少苦，甚至白白葬送多少將士的性命！無奈軍令如山，不得不從，抗命比打了敗仗還罪大，下獄論死都是輕的。於是他留一部在玉門關作預備隊，建立鞏固的軍需供應體系，將大軍分成三撥，保持縱馬一個時辰的距離，梯次前進，後軍到，前軍進，步步為營，仍以騎都尉耿忠為先鋒。耿忠可能是耿氏軍事世家性格最好的一個將軍，與他那位急火火的堂兄耿秉完全不同，不急不慢，不溫不火，成天笑呵呵的，常常還說些笑話，與他一起行軍一點也沒有辛苦的感覺。

務塗谷位處天山東部，夏秋水豐草茂，冬春風大雪多，農牧雜間，是一塊富庶地方。因為離匈奴的主要活動區域較近，北匈奴幾百年前就在這裡設立了車師後庭（又稱車師後王國），作為溝通匈奴與西域的門戶，與設在交河城的車師前庭（今吐魯番境內）南北呼應，直達龜茲，控制西域各國。因此，攻下務塗谷，就等於掐住了匈奴在西域的咽喉，意義非凡。但務塗谷南有天山主峰博格達阻擋，北有卡拉麥里山丘依託，西部是開闊的平緩原野，眼下都由匈奴人盤踞，而東部只有狹窄的山谷可出蒲類海、伊吾盧（今哈密），通達河西，絕對是易守難攻。何況這裡是匈奴在天山以北的政治軍事中心，必有重兵把守，豈是輕易能夠得手的！班超理解這次使命的艱難，一切都寄望於將士竭力用命。不過他看耿忠老將軍不動聲色的樣子，好像並不著急，就一再用眼神試探，想知道侯爺對進攻務塗谷有多少把握。

耿忠自然是看出了班超的心思，就是遲遲不肯點題。到了中午，士兵們埋鍋造飯，耿忠才將班超扯到一邊，告訴他：「上伐謀，下伐兵。謀事在人，成事在天。謀不好難成事，謀再好也未必成。打仗的事無常理，無可無不可，一看天，二看勢，三看兵，四看器。而謀略，乃是對這四方面因素的把握和應用。肉搏是下下之策，往往又是取勝關鍵。一旦短兵相接，相互廝殺，你死我活，瞬息萬變，常常絕處逢生，倏忽見輸贏。」

「我的天！」班超望著耿忠，笑了。都尉大人這一通說辭，天上地下，雲裡霧裡，真而又真，玄之又玄，說的都是孫武的兵法，還是沒有解開他心頭的疙瘩。他想著上官自有上官的考慮，也不再打問。只是利用一切時間，仔細檢視地圖，研究地形，要把通往務塗谷的山高水低、漠荒壁野全都裝進心裡。

接近伊吾盧的時候，忽有哨探來報說：「發現大隊匈奴騎兵，在哈里爾河岸一處長紅柳的河灘紮帳做飯，鑿冰飲馬，約有兩千餘眾。」耿忠一面派人飛報竇固，一面令溫校尉派人監視。溫校尉就讓班超帶著董健的曲隊迂迴前進，摸清情況，及時傳遞，不要打草驚蛇，等待大部隊到達再戰。班超得令後，即刻帶隊縱馬疾行，順一段一段洪水沖出來的小溝摸到敵軍側翼，在一個長有一里半的小溝裡偃旗勒馬隱蔽下來，然後親自帶人摸到溝口偵查。

溝口到匈奴人最近的帳篷也就兩箭之地，居高臨下可以看得很清楚。但匈奴人在高處放了一個明哨，來回走動，限制了偵查人員抵近。必須摸掉他，還不能引起大的響動。重要的是還得派一個熟悉匈奴語言的人，換裝頂替戳在那裡，應付匈奴人的招呼，讓匈奴人不生疑心。

班超問董健：「老弟，有沒有好辦法？」

「看著！」董健微微一笑，打個手勢，就有一個叫做劉慳的屯長送來套馬索，然後學聲鷓鴣叫，把那匈奴哨兵吸引過來。董健突然拋索套脖，順勢拽拉，直接拽倒在溝邊，使勁一勒，那哨兵的小腿踢騰了兩下，立時挺直，一動不動了。然後就扒了其行頭，給劉慳穿上，叫他替匈奴當「哨兵」。

董健這一連串動作，嫻熟俐落，一氣呵成，簡直把班超看傻眼了。他高興地給了董健一個讚許的眼神，就要爬上溝沿親自偵查，被董健擺手勸阻。董健自己爬在溝沿與來回走動的劉慳對話，主要用手勢，偶爾也用匈奴語低聲哇啦哇啦，回過頭告訴班超：「這劉慳平時是個悶葫蘆，不大說話，當斥候偵查敵情打手語，那是一等一的好。你看他說了，帳篷一百二，每帳駐兵約二十，大多數集中在靠西一里左右的河灣裡；河寬五六丈，河面蓋著厚冰；匈奴人正在喝酒吃肉，不時有羊肉的羶味隨風飄來，看樣子還沒有發現漢兵的動向。按常理，如果這會兒能來個大包抄，從河兩岸把匈奴壓縮在較小的空間，絕對連鍋端，可惜人馬太少了。」

董健似乎有點手癢癢，悄悄問：「要不要突進去殺他一陣？」

「好我的兄弟，你欺負我沒打過仗啊！」班超想起溫校尉的叮囑，嗔怪地擊了董健一肘。驀然又想起「因時而動」、「瞬息萬變」、「兵貴神速」、「迅雷不及掩耳」等兵法術語，覺得眼下倒真是個機會。只是不知道匈奴人為何在這荒無人煙的地方紮帳，附近還有沒有別的部隊。他一邊差人向耿忠溫校尉傳遞軍情消息，請求後隊跟進，一面與董健商量設伏誘敵，在這小溝裡打他一仗。

這條溝雖然不長，但拐了幾個彎，完全是洪水沖出來的模樣。溝尾斜坡伸向茫茫戈壁，溝口最深約兩丈五，兩面峭壁露出一層沙土一層卵石的茬子，一碰就會滑落，只有很少幾個地方比較平緩，人馬可以攀登。整個地形好似碩大的木楔，具備三十六計中「關門捉賊」的基本要件。董健的意思是他帶幾十精騎，乘敵不備先衝一陣，等敵人反應過來就佯敗退回溝裡；在他出發的同時，班超把大隊人馬悄悄開上小溝兩岸，強弩大箭伺候，等敵放馬進來一批，弩箭齊發，射住後隊；然後兩邊一起壓下，向溝尾呼嘯而去，由他在溝尾接應，也不戀戰，得手就向主力靠攏。

班超覺得董健的想法是一條好計，但這裡的地形只是小利，無大險可憑，必須有機會之利方為可行。因為敵眾我寡，力量懸殊，萬一敵人蜂擁而來，突破我防線，我方即刻處於下風。雙方都是騎兵，運動速度很快，一旦廝拚，難以應付，就算逃回大營，已經挫了漢軍銳氣，如何面對兩位侯爺？不如先行部署，等待大隊殺到，敵軍傾巢出動，過去大半，然後再誘敵進溝，狠狠地咬他一口，再與大隊匯合。

董健覺得假司馬的想法更為成熟，給班超豎了大拇指，轉身吩咐下去，全隊退到溝尾，只留五十精騎，準備隨時行動。正在這時，派出的連繫兵帶著另一曲人馬摸上來了，軍侯是霍延，說是半路碰上的。原來耿忠在班超出發不久就派霍延接應，另報大軍據此不過小半個時辰的路程，馬上就會發動進攻。霍延是董健的好朋友，溫校尉曾經比喻他倆是「胡蘿蔔不零賣，一賣都是一把的」。打仗時總是互相關照，不把對方獨自放在險地。

關於這倆人的關係，還有一個少有人知的祕密。有一年霍延得了瘧疾，病得快死了，叫董健通知他家人。董健到他家門口轉了轉，根本沒進去，而是多方打聽能救命的良醫。恰好遇到一位道長，說祁連山有一種青草能治瘧疾，但過了採收季節。董健也不管那麼多，騎了兩天馬找到採藥人，背著那個老藥師爬到山頂，找遍半架山採了一點點，老藥師說夠不夠就看造化了，你快回去吧！董健二話沒說，又騎了兩天馬趕回來，親手為他熬湯服用，才救了霍延一條小命。

病好以後，霍延大恩不言謝，直接捎信給家裡，想把自己的小妹嫁給董健。父母也同意，不料被董健一口回絕，氣得霍延將董健拉出去揍了一頓。「我妹子長得一朵花似的，你個黑不溜秋的浪子還有啥彈嫌的！」

可是，不管霍延如何拳打腳踢，董健就是不還手，也不吭氣。後來打仗，董健胯上被匈奴人刺了一刀，眼看就要跌下馬去，是霍延趕過來架住匈奴馬刀，才使董健逃過一劫，趴在馬背上逃出激戰漩渦。

養傷的時候，霍延去看董健，董健趴他臂上哭了。這時他才知道董健小時候見匈奴人輪姦他的母親，撲上去拚命，被一個壯漢一腳踢出好遠，疼得他半天喘不過氣來。成年後也很想有男女之歡，也很想有個屬於自己的女人。有一次跟老兵去逛窯子，結果很敗興。窯姐兒說是性太急了，點不著火也是有的，要他過幾天再來。這個實誠的小夥子一連去了好多次，都是無功而返。後來那窯姐兒白拿許多錢過意不去，建議董健找個郎中好好看看。董健訪遍涼州郎中，一個個都誇海口能治，但一個個都治不好，只把他這毛病歸結為天生。董健花光自己拿血和命換來的所有錢，才有一位有良心的老先生勸他別治了，治也白治。

從那以後，霍延就不再在董健面前提女人了，可是對董健卻更加關心。他家就在涼州城裡，有時能請假回家，每次回來都給董健帶好吃的，還將董健的衣服拿去家裡縫補。董健過意不去，就跑到霍延家拜了兩位老人為義父義母，還要和霍延一起奉養老人，這倆人就真成兄弟了。據溫校尉長期觀察，董健勇敢膽大，這個世界好像沒有他怕的。他手下也沒一個怕死的，就是好賭，常把自己的錢財讓部下贏得乾乾淨淨。霍延心細，考慮問題比較全面，經常幫部下解決實際困難，但過於小氣，誰想喝他一口酒都難。這倆人互補，的確是少有的搭檔。班超猜想今天也是他們前腳出發，霍延就主動要求跟來的。

霍延雪中送炭，來得正好，太好了！這下有五百多人馬，真可以演一出關門捉賊的大戲了。妙的是霍延又帶來一百斤桐油，和董健曲隊先帶的加起來有二百多斤了，夠燒一通大火，給班超布陣增添了更大的信心。他立即重新部署，令董健領五十精騎在溝口隱蔽待命，其餘人馬全部從溝尾退出，將馬匹隱蔽在低陰處，然後馬銜枚，人銜枚，弩開機，箭上弦，多揀拳頭大的石頭，騰了炒麵袋裝沙土，沿兩邊溝沿臥倒布防，重點防禦緩坡地帶，只要不出大聲音，河灘的敵人是發現不了的，騎兵變步兵。令霍延組織四十匹戰馬，每二十匹一列，鞍轡連鎖，形成「馬牆」，代替柵欄，直接列在溝尾，只留一邊緩坡為「安全門」，待董健的馬隊衝出後，立即向前驅動馬牆封堵溝道，使敵人無法踰越，萬一有個別漏網之魚，讓董健回馬撲殺，絕不能讓一個敵人跑回去，透露漢軍陣情；再令一個叫馬弘的屯長，帶人將裝桐油的布袋連線起來，點燃火繩，隨時準備引燃油袋，只等時機成熟，便讓這條小溝前有無法踰越的「馬牆」，後有熊熊燃燒的火海，變成匈奴騎兵的大墳墓。

馬弘是敦煌當地人，讀過幾年私塾，家裡做桐油和雜貨生意，但一直遭當地強人欺負。自從他當了兵特別是當了屯長，就再也沒人敢小看他家了。以前老欺負他們的強人甚至找上門提親，把女兒嫁給了他。馬弘玩火很有一套。以前董健作戰，凡有火攻之事，都是交給他，保證搞得妥妥帖帖。

偏偏在這個時候出了意外：匈奴人要換哨，新來的哨兵被假哨兵劉慳摟著肩膀捅死了。但很快底下有人朝這邊喊叫，劉慳暫時以「解手」應付，同時用手勢告訴董健：怕是緩不了多時，很快就會引起敵人懷疑。

只能提前行動了。

班超第一次指揮戰鬥，有點緊張，有點激動，最典型的表現是心跳加快，呼吸急促，牙關咬得緊緊的，用中氣往上提肛門。但關鍵時刻，他還是表現出當機立斷的良好素養。他命令董健立即出動，盡量在敵人的營地多盤桓一些時間，以騷擾為主，不要去得太遠。董健跳上坐騎，大刀一揮，身被鎧甲、手執鋼刃的五十員騎士風馳電掣，一溜煙衝了出去。勇士們突入匈奴的營地，見人就殺，見馬就砍，如入無人之境。那些手裡還抓著肉塊酒囊的匈奴騎兵，沒等得及反應，就帶著一臉驚愕去見閻王了。滾落的頭顱碰上猛撲的馬蹄，發出橐橐的聲響，瞬間被踢得腦漿滿地。被砍傷的戰馬也亂嘶瘋竄，扯倒了帳篷，踢翻了鍋灶，有的竟滑到河面的冰上掙扎。匈奴營地立即人喊馬叫，亂成一團了。

然而，匈奴人畢竟是在戰火中出生、在馬背上長大的。面對突然遭遇的襲擊，有點受驚，有些慌亂，但卻沒有恐懼，一個個迅速操刀上馬，就同漢軍廝殺起來。一時間矛戈映日，旌旗遮天，喊殺聲震得溝壁上的小石子刷刷直掉。站在溝沿遠遠看著的班超，心不由得揪緊了，眼見幾名騎士被匈奴人砍下馬去，壯士捐軀，而他一點也幫不上，心揪得更緊，以至於手心都滲了，想尿。好在董健的人馬並未有大的損失，他們交替掩護，且戰且退，一直退進溝裡三四十丈，才奔馬逃向溝尾。匈奴人哪肯善罷甘休，窮追不捨，魚貫而入，塞了半條溝。等到懷疑中計，勒馬欲退，顯然為時已晚，鑽進漢軍精心布設的口袋陣了。

班超長劍一指，幾百支弩箭齊發，當下射死幾十人馬，再令劉慳動手。劉慳等人把點著的桐油布袋使勁往死屍傷馬堆上一拋，立即燃燒起來，越燒越旺，熊熊烈焰，燃天鑠地，牢牢封住了溝口。跑到溝尾的董健邊跑邊招呼霍延，等他的隊伍一出，霍延就將兩列「馬牆」推了進去，死死地堵住了溝尾。有追得快的匈奴騎兵來不及勒馬，就被「馬牆」撞翻踩在馬蹄下。他們就是砍傷了頭排的馬頭，那「馬牆」也是扯不開口子，後排推著前排，像戰車一樣緩慢向前移動，根本停不下來。匈奴人第一次看見漢軍用「馬牆」做障礙的陣勢，霎時傻了眼，只苦於被困在短短的小溝裡，前有「馬牆」當道，後有大夥斷後，兩邊是洪水沖刷的峭壁，頭頂飛石如雨，利矢若風，瞬間成了鑽進風箱的老鼠，掛在網上的鯽魚，進又進不得，退又回不去，上又上不來，只後悔剛才沒吃飽肚子就等著絕命。

漢軍是關起門來打惡狗，又不和敵人接觸肉搏，一個個興高采烈，沒想到騎兵變成步兵原來是這樣的打法，跟玩兒似的。班超要求大家瞄準了再射，看清了再砸，不要瞎費力。眼瞅著匈奴人一個個歪過腦袋掉下馬去，他不住地叫好，發現殘敵想組織起來做困獸之鬥，他自語了一句「做夢吧你！」用力將指揮刀投下去，正好穿進匈奴指揮官的後脖，然後高聲大喊，叫士兵揚沙拋土，用腳踩溝沿，致使溝裡變得烏煙瘴氣。匈奴人連眼都睜不開，哪裡還有什麼戰鬥力，以致馬頭相撞，刀戟互傷，鬼哭狼嚎，一會兒全被石頭砸成了肉泥。

就在這邊打得熱鬧之際，耿忠將軍的前部已然殺將過來，竇固將軍的主力也隨即趕到。匈奴人一看漢軍勢大，不可抵擋，就調轉馬頭爭相逃命，跑得慢的，即刻就成了爛肉，不想死的，舉手當了俘虜。其實匈奴人早已知曉漢朝發兵的消息，只不知竇固已經抵達玉門關，這隻匈奴部隊本是西南呼衍王親自帶領去偷襲敦煌的，走到哈里爾河邊突聽巫師說南下危險。匈奴人特別信巫師，把巫師奉為神的代表。神有旨意，自然是不能輕舉妄動。但呼衍王已經快摸著敦煌的關門了，又不肯罷兵，躊躇之間，就在此紮營暫留，沒想到被漢軍發現，偷襲了一陣。耿忠老將軍一見到班超布的口袋陣戰，先是驚愕得「呀呀呀」叫了幾聲，旋即又暗暗稱奇，由衷地讚了一句「做得好」，就指揮大隊追匈奴去了，囑咐班超他們打掃完戰場向伊吾盧靠攏。

耿忠走後，班超突然覺得腿軟，一屁股坐在地上，著實後怕了：要不是大部隊及時發起攻擊，萬一敵人像螞蟻一樣撲上來，他的部隊被反包圍在小溝兩邊，恐怕就剩下與敵人同歸於盡的選擇了，戰場的複雜往往超出原先的預料。感謝上蒼的庇佑，感謝大部隊的排山倒海，給了他險中取勝的機會。他這時才覺得自己不再是那個筆下生風的抄書匠了，真真正正，他的身分從此換成了血雨腥風裡的戰士，一名漢軍的指揮官。所以他要站起來，立直了，戰士首先要腿硬。他拍打了兩下屁股上的沙土，長長地舒一口順氣，心裡立即跳躍出四個字：我們贏了！再看看身邊笑得嘴都合不上的董健，和幫他找回了指揮劍的霍延，看看在橫七豎八的敵屍中間取刀拔劍打掃戰場的騎士，他們喊著、叫著，給忙得焦頭爛額的功曹報數，好像一群玩野了的孩子，一時不知如何下達命令。

戰場的勝利實在是太讓人激動了，比接到蘭臺令史的任命激動得多，比聽到讓他當假司馬的消息激動得多，甚至比那個新婚之夜還讓他激動。他突然想起妻子，很想與她分享自己的成功，俄頃又覺得不能讓一個賢惠善良的女人知道戰場的殘酷。他又想起父親班彪，曾在一個冬夜的油燈下，對他講述祖先在婁煩坑殺匈奴的故事，那情景與今天他在這裡「溝殺匈奴」的情景，是何其相似，何其如出一轍！莫非這就是先人英靈保佑，抑或是骨子裡流淌的豪傑壯氣？他們班家人骨子裡就有藐視敵人的血性，這種血性絕不會以忍辱負重為藉口，任憑別人欺負而毫不反抗，或者以韜光養晦為遮羞布，犧牲個人、家庭甚至民族和國家的利益，換取一時的安寧。血性是一種魂的傳承，是滲透在種姓裡的印記，它會因為你身處順境而光大，絕不會因為你身處逆境而滅失！

「報——」一陣馬蹄聲由遠而近，一名騎士匆匆勒馬。他的手裡舉著一條滋滋流油的羊腿。「匈奴人的大營裡有許多給養，奶茶還在壺裡，酒囊也丟下不少，篝火上架著羊腿，骨酥肉爛，這味道，實在是美極了！」說著，便咬了一口羊腿。

這個人叫田慮，是董健的軍需官，一個燒當羌種，長得高挑，黑臉高鼻，眼白比較多，最顯著的特點是長頭髮老遮住半個臉。據說這是因為他們的祖先無弋爰劍，是個從中原逃走的奴隸，在湟水上游的深山間躲避追兵時，遇到一個受了劓刑的婦女。倆人同病相憐，在山洞結為夫婦。後來生下了孩子，怕孩子看見母親被割掉鼻子的樣子嚇著了，就把瀏海留得很長，遮住大半個臉。孩子長大後為感念母親的養育之恩，也用頭髮遮臉，這習俗就一代一代傳了下來。有一年朝廷派竇固監軍平虜將軍馬武，率四萬人去打羌首滇吾，時任屯長的董健和滇吾的猛士田慮殺在一起，兩人大戰幾十個回合，沒有分出個勝負。董健英雄惜英雄，就不忍殺他了，露個破綻拍馬就逃。田慮不知是計，緊追不放。到了漢軍陣前，董健突然回頭，將馬刀猛丟擲去，正好割斷田慮馬腿，人就栽下來被董健俘虜了。

被虜後，田慮多次逃跑，都被董健追回。按律都斬幾回了，但董健一直請求上級，執意要留下田慮，還找人給治療腿傷。腿好後田慮還是要走，董健見實在留不下就給了一些錢，送他出關，希望下次不要在戰場相見。沒想到過了兩天田慮又回來了，說感念董健仁義，不忍離去，願意留在漢營，但提出一個條件：不打羌人！董健報知上級，獲得預設，田慮就成了他的軍需官。說是軍需官，打起仗來也是不要命的主，而且一喝酒就說不服董健，當初是被設計陷害的，要和他上馬論輸贏。董健也不示弱，說打就打，誰害怕誰！酒後一笑，什麼事又都沒有了。

班超很喜歡西涼軍營裡這種簡單豪爽的人際關係，這不是多少金錢能夠買來的。他也很願意和他們在一起，喝酒、猜拳、說粗話、罵髒話，不管誰和誰有什麼過節、矛盾，酒一喝睡一覺，第二天什麼事兒都沒了。

田慮還有一大優勢是粗通吐蕃和西域南部的語言，一般事情都能掰扯明白，加上鼻子又特別好使，好幾里就能聞到肉香，這讓班超對他印象深刻。這時聽說有吃的，大家似乎都餓了，一個個不停地嚥口水。班超鼻子不由自主抽了兩下，似乎真聞到呼呼的風裡，雜著濃郁的羊肉羶味，緊接著肚子也咕咕亂叫。把他家的，餓了。經過半天的行軍打仗，確實是餓了。他向馬上的田慮道了一聲辛苦，就讓董健和霍延收隊。等人馬都聚攏了，他長劍一揮招呼道：「走，吃他娘匈奴的肉去！」

假使

竇固將軍率領的征討大軍一鼓作氣，一路追殺匈奴西南單于，從其駐紮的紅柳灘營地追到伊吾盧，又從伊吾盧追到蒲類海，殺得天昏地暗，煙塵四起。匈奴騎兵只有招架逃跑之勢，無有還手反擊之力，三百里路上留下一千多具屍體，損失過半，剩下的殘部向務塗谷遁去。

適遇大雪襲來，四野朦朧，百步不見人影。竇固下令窮寇莫追，就此紮營布防。大軍的指揮中樞後撤至伊吾盧，部隊分別向北、東、南幾個方向挺出，進入以前漢軍營地、宜禾校尉（屯田）基地駐紮。這些營所均為西漢政府建設，後來被匈奴所占，現在只是重新恢復重建，並不費過大的力氣。重要的是必須迅速向周圍滲透，肅清匈奴勢力，宣示大漢國威，安撫當地百姓，恢復行政系統，建立並鞏固經伊吾盧、玉門關、酒泉直達武威的後勤補給線，以靜制動，等待戰機，並抓緊把漢朝政府以前在西域設立的屯田制度恢復起來，以為長久之計。

溫校尉在追殺匈奴時受了箭傷，被送回涼州大營，前部的校尉由耿忠代理。班超就跟著耿忠，留駐下來。蒲類海是個高原海子，方圓千里，得天山陰坡降雪之精華，納山泉雪水於一體，夏秋碧波蕩漾，山峰雪松倒映，冬春一片晶瑩，略與皚皚白雪不同。由於只納不洩，經年累月的蒸發，漸漸成了鹹海，枯水期海邊常有結晶的鹽塊，都是被牧人撿去食用。

在海子的南沿不過一里來遠的地方，有一個因海子得名的小鎮蒲類城，前朝曾設蒲類前國，後來歸了伊吾盧。三條小街，住著二百多戶人家，這規模在當時的西域已經不算小了。鎮上有一家客棧、一家糧棧，一個酒坊，一個鐵匠鋪和一個雜貨鋪。業主都是農閒時經營，平時兼營，居民最根本的還是種地，以農為生。家家都養一二馬匹和牛羊豬雞之類，作為交通工具、生產工具和生活補給。

在小城周圍方圓百多里的一座座山丘之間，還有十幾個五戶到十戶人家的小村子，以及散居的幾十戶游牧人家。按說這片廣袤的原野是寧靜的，寧靜得像蒲類海的水面一樣。可是因為戰爭的關係，這裡成了漢匈交戰的前線。據哨探所報，匈奴西南呼衍王這次遭重創，率殘部逃回務塗谷老巢，元氣尚未恢復，一時不敢來殺回馬槍。而漢軍到達蒲類海已經孤軍深入，南北兩翼千里的縱深均為匈奴勢力範圍，也不敢再貿然前進。雙方相隔四百餘里，遙遙相望，戰爭進入相對平靜的僵持階段。

僵持的時候，雙方都急於摸清楚對方的底細，就不斷地派出哨探、細作，一場看不見刀槍的較勁正如火如荼。班超不但要部署人出去偵查，還要應對潛伏偵查的敵人。為了造成敵人的錯覺，他以軍營住不下為由，租了一些民房安排駐兵，有的一伍，有的一什，要求掃院打水這種家務全由士兵負責，這樣既可藉機同老鄉拉好關係，又能隨時觀察生人異動。他還在附近的兩個小村莊建立草料堆放點，乘夜黑將草料從大營運出，白天又與運糧草的車隊匯合運進來，大肆虛張聲勢，正所謂兵不厭詐。

有天上午，班超剛從草料場檢查回來，就見霍延帶著兩個士兵來找他，那兩人一人手裡拎著一條大鯉魚，長約二尺，寬約兩寸半，雖然快被凍硬了，腮幫似乎還在動。原來他們是去海子邊取滷水，想探探冰層的厚度，就往裡邊走了走，結果剛砸個甕口大的洞，就有兩條鯉魚鑽出來了。他們拿回來報告，問敢不敢吃，因為當地居民世世代代是不吃魚的，也說不出有什麼講究。

班超接過一條魚翻來覆去地觀察，除了鱗片較大，也沒發現這鯉魚與洛水裡的鯉魚有什麼區別，用舌頭一舔，有濃重的鹹味兒。他認為能吃，既然海子裡的滷水能夠當鹽巴調飯，海子的鹹水魚為什麼就不能吃呢？儘管如此，為慎重起見，他還是讓霍延安排幾個人試吃一下，萬一有什麼不測，也不至於引起大面積的食物中毒，造成嚴重的非戰鬥減員。

到了吃飯時點，霍延垂著頭來見他，看樣子沒人捧場。這也不能怪大家，又不是打仗，誰願意做無謂的犧牲。第二天，他親自帶了幾個士兵，拿著鋤頭、鐽子到海子面上砸冰，砸出笸籃大一個大洞，撈出冰塊，早有鯉魚跳將出來，落在洞旁的冰面上，撲騰幾下不動了，更多的魚則爭著搶著往洞口湧，猜想是在冰下待久了，想換口鮮氣兒。他讓士兵隔十丈遠再砸一個洞，鯉魚們還是那麼爭先恐後，似乎在爭睹外面你奪我爭的奇怪世界。一連砸了五個洞，洞洞見魚，而且越往海子裡邊，魚好像越肥越大。他突然有些興奮：這麼豐富的鯉魚資源如果能夠利用，不僅可以改善士兵的夥食，也可以減輕軍需供應的負擔啊！軍隊的糧草，朝廷的不堪之重。蒲類海及其周邊駐軍近三千人，每人每天省糧三兩，一個月下來就是一座小糧倉啊！

「我要親自試，不信吃不成！」

班超重重地揮了一下拳頭，打發人拎了兩條魚，直奔夥房。一會會兒，一條清蒸大鯉魚端上來了，聞起來又鮮又香。他拿起筷子，往魚頭後面兩指的地方輕輕一戳，一塊拇指大小的肉塊就脫開了，夾起來往嘴邊一送，那噴噴的香味撩得人滿嘴口水。

「等等！」這塊魚肉班超並沒有吃到嘴裡，就被飛撲而來的董健搶了筷子，直接掉地上了。「司馬大哥，你『二』啊！你是長官，命貴，咋能拿命不當事呢？今天有我董健在，就不能讓你冒這個險！」

董健幾乎是拍著胸脯衝著班超吼叫的，臉膛賺得通紅，兩個黑眼珠子瞪得銅鈴兒一樣。班超感激董健的真情，只是納悶他是怎麼知道的，眼下還不是開飯的時點。於是勸道：「軍侯老弟，你不要摻和。你是咱西涼鐵騎的骨幹，大英雄，不光要打仗，還要訓練騎士，你不能挺身涉險！老哥我比你年紀大，就是有個三長兩短……」

「狗屁！」不等班超的話講完，董健直接爆了粗口。「咱倆雖說都是六百石，但你是上官，我是部下，哪有下官比上官命值錢的道理？再說，我一人吃飽，全家不餓，你老兄還有一大家人要養呢！」

董健邊說邊搶筷子夾魚肉，由於使勁太大，魚肉都被他夾成了碎渣渣，索性筷子一摔，準備直接上手去抓，誰知盤子又被突然出現的一隻大手搶走了。董健氣得要罵，一看是霍延。這傢伙搶到魚盤就跑，跑到夥房門口，抓著魚肉就吞。眨眼功夫，半條魚沒了。班超和董健都傻了眼，面面相覷，馬上追到門口，一面觀察，一面嗔怪。但見霍延腮幫鼓得老大，眼淚在眶裡直閃，突然一個噴嚏，魚肉和魚刺噴了班超半身。他被魚刺卡了喉嚨。

「咦——你咋比我還『二』呢？」班超也顧不上身上的汙穢，和董健一左一右給霍延捶背。

「這下誰都不和你搶了，好賴死活都是你。你就坐下來慢慢吃吧！」董健無可奈何地說。

於是，三個人圍坐在一張桌子上。夥伕遞上熱氣騰騰的饃饃，讓霍延就著魚肉吃。班超和董健眼裡都噙著淚水，默默地看著戰友搶著試險，誰也沒有出聲。不一會兒，一條大魚吃完了，霍延打個飽嗝。

董健著急地問：「怎麼樣，有啥不欠和的？」

「眼下沒有。」霍延笑著說，「要是我中毒死了，我兒子就是你兒子了。」

董健拍拍霍延的肩膀：「這個你放心，你兒就是我兒，你爹媽就是我爹媽，我一定養他們！」

這話說的，讓班超眼圈都紅了。約莫半個時辰，到了開飯時點，董健要回隊就餐。班超就帶霍延躺在自己的宿舍，一邊吃飯，一邊繼續觀察。一會兒霍延睡著了，呼嚕震天，他讓人找來醫官，一起盯視了大半天，也沒發現任何問題。

天快黑的時候，董健來了，對班超耳語道：「我咋眼皮老跳，不會真有事兒吧？」

班超也有此擔心，不過不說破罷了。就在這時，霍延忽然一咕嚕從鋪上爬起來，大聲叫道：「餓呀，末將快餓死了！司馬老兄，能不能再來兩條大魚啊？」

「看把你饞的，還吃上癮了！吃吃吃，來點狗屎成不成！」董健心裡的石頭落地了，重重地給了霍延一拳，「躺在司馬的床上裝死狗，害得我們提心吊膽，該當何罪！」

「升達老弟，留點口德吧！霍將軍搶著以身試險，人品、胸懷都是極難得。有這樣的兄弟，是我們的福氣。霍將軍是咱倆的恩人，是整個蒲類海駐軍的恩人。」班超拉過霍延的手道。「我一定要上報耿忠將軍，給你記功。」

「別別別，千萬別報！」霍延一聽說給他報功，趕緊下床，臉霎時漲紅了。「要說這個試吃，末將還對不起司馬大人呢！前幾天沒找到願意試吃鯉魚的人，我就該自己試吃。都是私心作怪，擔心中毒死了，兒子才三歲，以後靠誰來養。所以一直在猶豫，心裡也很苦。今日猛然說司馬要親自試吃了，心頭的結才打開。總要有人蹚渾水的，誰的命不是命，長官都不惜命，咱還惜個屁啊……」

這就是戰場上的兄弟之情！

人都是爹娘所生，父母所養。誰的命都只有一條，誰的命都是命。這條命來得稀裡糊塗，長一長就有了各種牽掛，家庭，財富，名望，親友，甚至熟悉的晨曦晚霞，以及花間的蜂飛蝶舞。螻蟻尚且貪生，為人何不惜命！誰也沒見過人死後能去的天堂，為何早早向那個未知的世界報到呢！但戰爭這種鬥爭，又偏偏是人類互相要命的骯髒遊戲。這種遊戲關乎統治者的面子，關乎勢力範圍的大小，關乎將軍的榮譽，也關乎老百姓的安寧。上戰場的人，都是奔著前程來的，誰也不是純粹為了送命。但仗一打起來，隨時都會犧牲，誰也不能保證活到最後。只有活到最後才能笑到最後，才能獲得獎賞，才能升官晉爵，才能從戰爭中得到好處。所以，人都希望自己是那些僥倖的人，是血雨腥風中活下來的人。

但是，今天的搶著涉險，讓班超改變了認知。如果他不來投軍，天天都徘徊在筆墨竹簡裡，聽著京都的宦海沉浮，盯著街頭的蠅頭小利，哪裡能領略如此高尚的兄弟之情，如此超越親情血緣的仁義大愛！他把這件事的來龍去脈和試吃結果一併上報耿忠，老將軍半天未置可否，突然盯上他的臉，目不轉睛地上下打量。班超被他看得不知所措，還以為自己做錯了，正在思索錯在何處，忽然聽到耿忠感嘆「顯親侯真正識人啊！」一顆緊縮的心才舒張開來。耿忠要他組織人力，下海撈魚，保證每人每天半條魚，臨了兒又叮嚀一句：「讓送給養的車，回頭拉上一些，讓駙馬大人也嘗嘗！」

「得令！」班超高興地行個不大標準的軍禮，安排部署去了。

三月的蒲類海，大地的雪被絲毫沒有減薄，源於北方的寒風似乎更加凌冽，睫毛掛霜，滴水成冰。可是海子裡的鯉魚卻很容易打撈，只要在厚厚的冰面鑿出一個大洞，就有魚群自己趕過來透氣，下個網子就有收穫，都是二尺見長的大塊頭，肉肥味美。騎士們見天有魚吃，體力大增，訓練時往往只嫌馬力不濟，少有自己喊累的。唯有當地人看他們撈魚、吃魚，紛紛投來驚異的目光。當班超親自將一盤熱氣騰騰的清蒸大鯉魚端到糧棧，請與他年齡相仿的店主品嘗，店主竟然堵在門口不讓他進去。班超好說歹說，用筷子扒拉下一塊，去了刺兒，餵在店主嘴裡。店主吮了一下馬上唾了，嫌腥氣，吃不慣。

這事放到現在，人們一定會笑掉大牙。其實，這正是海洋文明與大陸文明的差異。

從遠古開始，這裡的老百姓就依據其生活方式，自然地分為兩種：一種是放牧的，夏秋逐水草而居，冬天散住在靠山的冬窩子，烹牛羊為食，燒牛糞取暖，靠飼草養畜，喝馬奶解渴；另一種是種地的，住在地勢平坦向陽坡，喜歡扎堆，一戶挨著一戶，慢慢就形成了村落、集鎮，春種秋收，麥黍豆薯，以吃糧食為主，平時飲茶消食。這兩種居民中也衍生出木匠、鐵匠、皮匠之類，但只是作為副業，不改主要身分。

這裡的人們不吃天上飛的，也不吃水裡游的，有時候也互換一些食品做調劑，但終究只吃土裡長的、地上跑的，一直就各安其分地生息繁衍，與世無爭。他們春夏各忙各的，冬春互相走動，喝茶品酒，單調而又純樸。在很長的歷史程序中，這裡只有頭人大戶財東，沒有什麼國家概念。後來有了盜賊，鎮上人自願武裝起來，平時各自忙活，戰時一起打仗。再後來各地紛紛建立王國，領袖也就自稱為王，這支武裝也演變成了軍隊。

自從匈奴人的馬蹄踏進蒲類海，這裡又多了一種人——胡人，這第三種人的到來攪亂了原住民的光景。他們搶走牧人的馬匹飼草，搶走農家的糧食蔬菜，動輒還放火殺人，弄得民不聊生，原住民紛紛逃往烏孫大宛等地。匈奴人覺得要一塊空地意義不大，就打發人找到所謂的國王，說：「只要你歸順匈奴，還做你的國王，我們不再殺你。你只要把你的國民找回來，該幹啥幹啥，然後按照十抽二的規矩交稅就行。」這些人就又回到祖地。

若干年後匈奴走了，漢朝政府派官吏管理他們子孫，國王也沒換，採取百抽五或十稅一的稅制，這代人覺得漢朝仁慈很多，而且漢朝帶來了陶瓷、絲綢、麻布和文字等稀罕物品，結束了他們穿獸皮、裹蓑衣的歷史，讓他們知道了什麼叫文明。他們十分高興歸化漢朝，成為大漢王朝的子民。可是沒繁衍幾代，匈奴又打跑了漢朝的官吏，重新又按照匈奴稅制交稅。這樣幾經反覆，人們也就無奈了，誰來就歡迎誰，尊服誰，因為老百姓沒有選擇的權利。

老百姓說到底是弱勢群體，弱勢群體睜眼看到的就是平常的生活，吃飯、勞作、休息、娛樂。吃飯是天大的事，是生命得以延續的根本；要吃飯就得勞作，不管是給自己幹還是受僱於人，因為天上不會掉餡餅；幹累了就要休息，否則沒有繼續幹下去的體力，而休息的方式主要是睡覺；至於娛樂，在社會經濟文化發展的較低階段，常常與勞作、休息和吃飯相伴而行，譬如田間的號子，牧馬時彈琴歌唱，吃飯時說句笑話等等。

弱勢群體從來都沒有安全感，總是需要依附於人，而依附從來就沒有選擇，不能由老百姓自主決定。不管是作為原始部落的一員、奴隸、僱工，或者是自由耕種人家的農夫、手工藝者、販夫走卒、雜役小吏，還是有一定經濟基礎的地方勢力、商賈大戶、遺民舊貴，只要有部落以及後來的國家這種政治組織存在，就只能在強權面前逆來順受。只要有兩種甚至多種政治力量的爭雄鬥銳，就需要選邊站隊，依附關係就只能交給實力來裁判。誰能在大爭之中戰勝對手、脫穎而出，誰就有資格對弱勢群體頤指氣使，行使駕馭的權力。

說老百姓首鼠兩端也好，沒有氣節也罷，歸根結柢人生只是曇花一現的過程。老百姓沒有參與皇權的爭奪，體會不到它的金貴，江山社稷對他們來說就像天上的雲彩，看得見，搆不著，也不清楚會飄到哪裡去。行使駕馭管理權的國家政府，要的不僅僅是地盤，不僅僅是地盤上能夠提供稅源的百姓，更需要王權廣達，四海歸化。國家要有足夠的策略縱深應對來自外部的威脅，所以首先要給老百姓安全感，給他們希望，給他們盼頭，讓他們能有夢想，覺得跟著你會有更好的日子，會做更好的夢，他們的後代將一代比一代過得好，這才叫天下歸心，才叫民心所向。

有時候，班超也會為自己的這些想法感到可笑。這才從社會底層上來幾天，整個人的思維方式就變了，就好像京都九六城那兩座富麗堂皇的宮殿，也有自己的一塊磚頭或者一塊瓦片一樣，他有義務保護它不被人偷竊或者損壞。於是他就想從吃魚這件事開始，讓當地老百姓的生活有點變化。有人議論獨食多好，何必找人吃搶？一旦當地居民全都吃魚，很快就會打不著魚的。班超覺得那是井底之蛙，不明白被幾百年後蒲類城的子孫端起魚碗追念的文化價值。他一改以前不許在居民家中用餐的規定，下令住在居民家中的士兵，一律將飯菜端到居民家的磨坊去吃，讓居民近距離感受他們吃魚的愜意，但不許給居民吃，剩下的魚刺魚骨都要送回夥房統一處理。

幾天下來就有變化了。每家每戶都有孩子，少則一兩個，多則五六個。那些孩子先是扒窗戶上看，再是進到磨坊轉，最後是往盤子裡盯，有的小指頭貼著嘴角，口水都流下來了，也有的扯著士兵的衣角，眼裡充滿了期待，任是家長怎麼招呼恐嚇，有機會還是往士兵跟前踅摸。十天之後，班超覺得火候差不多了，又下令給孩子嘗魚，但要把刺兒挑乾淨，不許卡著。有的孩子靦腆，還要扭捏一番小心吃下；有的孩子率真，直接就狼吞虎嚥。不約而同的表現是吃一口後都不走，吃到兩三口後有說香的，有說好吃的，也有的大喊著跑進屋告訴父母。

誘惑的力量是很大的，誘惑形成的習慣更是可怕。不幾日孩子們吃習慣了，每日就眼巴巴等著漢軍開飯，吃幾口魚肉後歡蹦亂跳。到了第十天，班超再次下令，為了整肅軍紀，不許拿軍隊的魚給居民吃，違者重罰。此令一出，立竿見影。那些孩子的饞蟲早被勾出，看著當兵的吃魚就流口水，紛紛纏著大人要吃魚，又哭又鬧。大人們被孩子纏得沒了法子，就紛紛找糧棧老闆討主意。

糧棧老闆姓黃，四十多歲年紀，一臉鬍子，祖父曾是屯兵，戰亂時流落到此，慢慢生根結蔓，家傳一點文修，是鎮上不多的識文斷字人之一。此人為人和善，鄉緣很好，匈奴人任命的鎮長跟著匈奴大軍逃跑後，鎮上的人有事就找他商量。漢軍到達後，曾想在此建制設鄉，任命他為嗇夫，但他寧願啥事都管，死活不肯當官。鑒於當下大局未定，居民對漢朝沒有信心，也只好先由他去。

老黃被居民聒噪煩了，就找到大營見班超，問鯉魚到底咋烹。班超很熱情地接待了老黃，送他一包茶葉，並親自帶一個夥伕拎幾條魚和佐料到他家裡，做殺魚、烹魚、吃魚的示範。老黃招呼鄉親們都來學，竟然沒人再覺得腥氣難聞了，只是有人說吐刺不習慣。原來魚肉和羊肉味道不一樣，還是很好吃的，怨就怨祖上沒口福。這裡剛吃完，就有人下海子抓魚去了，見了士兵也不再生分，有說有笑，還提供了一些匈奴人的情況，這可是班超「摻沙子」駐兵民居都沒有達到的效果。

四月初八，是鎮子上一年一度的廟會。廟不大，在鎮子東頭，只有一間土房，供著各種穀物、弓箭、還有牛骨之類的物件，是典型的薩滿教風格。廟裡也沒有專職的巫師，平時都是居民信眾自己張羅敬神。說是廟會，實際上是物資交流會，會期三天。因為冰雪已開始消融，四面八方的農牧人家都來採購開春的生產生活用品，如鋤頭、鏟子、剪刀、奶桶、馬靴、馬鞍、韁繩等等。

為了辦好這次交易會，彰顯漢朝政府的治理能力，耿忠特意請竇固從酒泉動員來幾家客商，還有一個雜耍團隊，搞得很是熱鬧。本著外鬆內緊的原則，漢軍除了明哨，還派了很多便衣混在街市的人流裡，防止敵人乘亂刺探軍情。班超倒是大模大樣，帶著幾個隨從往廟裡上了香，敬了兩個銅錢的布施，就到街上閒逛。走到糧棧門前，忽見老黃使了個眼色，就以採購糧食為名，進到裡頭看貨。老黃說看見白狐進了酒家，正要找他，只脫不開身。班超謝了，出來後馬上安排人盯上，到了下午，就把人抓到了大營裡。

老黃說白狐是匈奴的徵糧官，曾在鎮上住過一段時間，三十一二歲。可班超軟硬兼施費了許多周折，白狐咬定他是個商人，長期遊走於匈漢之間，熟悉兩邊語言習俗，也會說西域各地方言，有時往匈奴大營販茶販糧，有時往關內販馬販羊，這次是來買糧食的。班超從談吐中發現這個人見多識廣，一定掌握匈奴重要情況，就想把他策反過來，為漢軍服務。

當夜，白狐被安排住在漢軍大營。次日班超又大張旗鼓請他下館子，酒肉伺候，借杯中物說出許多白狐真是漢軍的好朋友、希望白狐打探匈奴情報之類的話，故意傳揚出去，臨走贈他一袋銅錢，和一塊通關令牌，還派董健送出很遠。白狐久走江湖，閱人無數，明白班超在做戲，本來也是虛與應付，但一回到務塗谷就被西南呼衍王關了起來。匈奴人一從他身上搜出漢軍的通關令牌，就不再相信他的任何狡辯，準備下次出征時拿他祭旗。

白狐暗暗叫苦，心想這次被害死定了，但他想著自己在樹林裡還埋了一包金子和珠寶，在死之前送個人情，沒準這人到時能給自己收屍。好在匈奴出征的日子還早，他有的是時間。這天晚上，他乘看守鬆懈，就把埋金子的地方告訴了送飯的夥伕。夥伕得了這麼多財寶，覺得過意不去，說要救他出去。看來錢還真是個好東西！白狐也是將信將疑。過了兩天，關押他的氈房突然起了大火，看守忙著招呼人救火，夥伕卻突然閃進來拽上他就跑，跑到一匹馬跟前，塞給他一包肉塊，叫他快跑，逃得越遠越好。他一口氣跑出二百多里，看看馬累得不行了，就在一個牧民家換了一匹，然後直奔到蒲類海，站在大營外面，跳著罵班超：「羞你先人呢，砸了老子的飯碗！」

反間成功的班超心下正喜，讓人帶白狐進來卻故意帶搭不理。

白狐急了，說：「匈奴人正磨刀霍霍，等著生宰漢軍。你還在這裡教農家人紮羊皮筏子撈魚？」「嗐，你懂個毬！」班超故作鎮定。「教老百姓撈魚是長久生計。眼下冰消雪融，魚兒四散游走，不紮筏子不撒網，哪裡能得？至於你說匈奴人要宰漢軍，我早都知道了，還真得看他刀子快不快。」

白狐更急了，他有明人不說暗話。「你才是毬都不懂！西南呼衍王已經派人串聯西域各國，不許漢軍入境。要等草長馬肥之後，從務塗谷反撲伊吾盧，並叫車師前庭、龜茲、焉耆等地發兵截斷漢軍後路，其中龜茲就是我去連繫的……」

班超這才覺得軍情重大，趕緊讓座，並以朋友禮相待。叫白狐詳細道。「本司馬剛才聽你用關中話罵人，在這遙遠的西域，感到親切，是逗你耍呢！」

白狐的情報很重要，比漢軍以前獲得的消息都準確。班超馬上帶白狐飛馳伊吾盧，向代司校尉之職的耿忠報告。耿忠一面召集從事參軍會議，商討對策，一邊下令各部曲加強戰備，同時派耿恭連夜出發，日夜不停馳回洛陽，向在洛陽述職的竇固報告。

竇固倒是沉著冷靜，不緊不慢，似乎一切都是意料之中。眼下有一個祭參，正搞得他頭疼。原來東漢朝廷派出的四路大軍，除竇固、耿忠部重挫匈奴西南呼衍王，斬首一千二百多級、繳獲許多馬匹兵器、收復務途谷一帶失地，能讓皇帝稍微長臉以外；謁者僕射耿秉所率武威隴西天水及羌胡萬騎出居延塞，襲擊北匈奴南部勾林王，跟著人家屁股跑了十來天，進至三沐樓山，空望無人，掃興而歸；騎都尉來苗率太原雁門上谷漁陽右北平定襄各郡萬餘兵馬出平城塞，進至勾河水上，匈奴人堅壁清野盡往北去，空手而歸；太僕祭肜率河東西河及南匈奴左賢王信一萬一千多騎出高闕塞，判斷失誤，致使匈奴從漢軍側翼逃遁，連敵人影子都沒見到，喪氣而歸。

一時間朝堂沸騰，明帝大怒，拽著來苗就要揍，嚇得來苗爬到龍床底下躲避。明帝喊著「將出將出」，來苗在床底下答道：「天子穆穆，諸侯煌煌，未聞人君，自起撞將。」明帝聽著，轉怒為笑，擲杖饒了來苗。但太僕祭肜卻沒有那麼走運，被人蔘了一本，詔令下獄。幾天後明帝還是意識到，這結局都是自己輕率造成的，缺乏的是認錯的勇氣，只能用行動來改正。他一面隆重褒獎竇固以揚軍威，並下令耿秉所部一律聽從竇固調遣，暫時罷去東面兩路兵馬，一面聽從竇固建議，決定踵行漢武帝以前的政策，招撫西域，重開絲綢之路，截斷匈奴右臂，然後再圖向北打擊匈奴。

竇固小功獲大獎，內心慚愧，但他認為明帝這次的決定無疑是正確的。正在他準備啟程的時候，京城發生了一件令人心寒的事情：太僕祭肜死了。

祭肜是朝中重臣，長期在烏桓、鮮卑一帶卻寇安邊，深得民心。這次出兵無功而返，詔令下獄，也是皇帝一時氣急，不幾天就放了。但老將軍氣不過名節受損，竟至一病不起，不幾天就絕了命。臨終囑咐長子將以前所獲朝廷賜物全部上繳，讓次子祭參子承父志，沙場立功，報效朝廷。祭參葬了父親，就拜到竇固門上，要求從軍，這無疑把一個燙山芋送到他手上。

按說以竇固的地位，安排個參軍從事，都是稀鬆平常的事，而且祭氏幾代忠烈，他也深為憐惜，只是眼下時機敏感，他不能投鼠忌器。想了好幾天，決定還是讓妻子探個口風比較穩妥。涅陽公主以探望陰太后的名義進了宮，盤桓見了馬皇后，從馬皇后那裡得知明帝惋惜祭彤之死，準備撫卹祭家，正不知找誰來提合適。如果顯親侯能體恤陛下，上個摺子最好不過了。竇固謝過公主，即刻上奏明帝，當下准了祭家撫卹，就帶著祭參回伊吾盧大營了。

仲夏的漢帝國熱土，處處是盎然生機。洛陽的麥子已經熟了，農夫們揮著熱汗開鐮；涼州的油菜花才開，引得蜂飛蝶舞。牛駕農車，鴨游池塘，喜鵲鳴枝頭，娥眉晃阡陌，好一派秀美圖畫啊！然而西行路上的竇固將軍，卻無心欣賞風景，得得的馬蹄聲響，有時竟會讓他煩心。他一路都在思索出使西域的人選，第一個想到的就是班超，又拿他同別的人選來比較，把那些可能的面孔都齊齊想了個遍，斟酌再三，覺得還是班超略勝一籌。他不知道是自己給班超一個機會呢，還是班超有幫他完成一件重大任務的潛質。回到伊吾盧軍中後，聽耿忠講班超教當地居民吃魚的故事，講收白狐的經過，覺得這傢伙越來越成熟了，玩軍事、玩政治都上道兒了，真是響鼓不用重錘！

奉車都尉很欣賞班超在吃魚問題上所做的大文章，但他更看重班超在上次戰鬥中的表現。他認為一個初次指揮戰鬥的軍官，竟然臨機處置，謀密略深，用兵得當，以死七人、輕傷六人的微小損失殲敵二百三十一人，繳獲軍馬五十多匹、軍械帳篷若干，已經初步表現出獨當一面的指揮才能，真是了不起！但是班超當時執行的是監視任務，是不斷報告情況等待上官的指示，上級並沒有授權他挑戰開仗，他的自行主張明顯越權，屬於違令。

不過班超人緣太好了。好時侯耿忠為他說情，說不記得說沒說臨機處置。溫校尉也替他打馬虎眼，強調打了勝仗就不該處罰。他其實也捨不得處罰班超，入伍才幾天就給他獻了這麼一份厚禮，稀罕還來不及呢！但他是前線最高指揮官，他要強調軍紀，就把班超叫來連嘉勉帶訓誡，給點教訓，讓他和獎勵無緣。

難能可貴的是班超一點也沒鬧情緒，一再檢討自己缺乏實戰經驗，說這次勝仗全靠董健與霍延，他要為這倆人請功。董健軍事素質高，作戰經驗豐富，打仗根本不惜命，衝到敵陣中如入無人之境。霍延很靈活，善於隨機應變，完善作戰方案的細節。比如他是命令騎士們騰炒麵袋裝沙土的，霍延怕大家餓肚子，改成用箭囊，反正箭要拿出來擺在身邊。

竇固突然發現班超不與部下爭功，這是為將者難得的品德。綜合來看這個人是能擔此大任的，不足之處是在官府和軍隊的時間太短了，拿捏政策的能力還不能使人放心，必須有一個人制衡。耿忠建議讓郭恂協助班超，因為郭恂一直在太尉府工作，比較穩重。竇固的嘴角劃過一絲輕笑。他想讓郭恂領導班超。耿忠不大理解，意思是給老虎綰個籠頭，它還咋發威！不過最後咋決定，是人家顯親侯的事，他要盡快回蒲類海去。這些天在大營替竇固頂著，蒲類海那邊的事情都是班超在忙。竇固打算去一趟蒲類海，就挽留耿忠又住了兩天，把大營的事情安排妥當後。倆人一起，帶著耿恭、祭參等人，直接往海子邊，看班超組織騎士用羊皮筏子撒網打魚。

坐在蒲類海邊聽白狐講西域各地故事的班超，遠遠看見竇固和耿忠兩位將軍朝他走來，倏——

地一下站起來，蹬蹬噔噔就迎了過去，敬禮，問好，然後就傻傻地笑著，等竇固告訴他家裡的情況。竇固說了母親安好、妻兒老小都想他、家裡一切都好，又遞給他一卷信簡，他這才想起問下一步有什麼安排。竇固並不急著談工作，指著白狐問是誰。班超介紹了白狐的來歷，強調此人是個「西域通」，走過西域一半以上地方，將來會派上大用場。

竇固和耿忠相視一笑，見了白狐，就問他為什麼叫這個名字。白狐說他從小長在狐狸窩，也不知爹娘是誰，何方人氏。有一天跟著老狐狸到人家偷雞，被套子給套住了，主人看他一副人模樣，就沒殺他，他就跟了這家鮮卑獵人。鮮卑獵人教他說人話，學人走路，過人的生活，還給他起了名字，讓他和他們家的孩子一起學打獵。過了幾年，鮮卑和烏桓打仗，獵人受了傷，老婆孩子都被抓走了，他爬在雞窩躲過一劫。烏桓人走後，他就在林子裡打野兔抓山雞照顧獵人。後來遇上販馬的婁煩人，獵人說他老了，要給孩子一個出路，就把他交給了馬販子。馬販子說他那時大約十歲的樣子。

少年白狐跟著婁煩馬販子往漁陽、上谷、南陽、涼州甚至荊襄濟兗等地販了近十年馬，被匈奴右日逐王用三匹馬給換下來，叫他幫自己做漢朝的茶馬生意。他那時生意經很精，六年時間幫王爺賺了不少錢。這位王爺是漢朝和親的宮女王昭君的親孫子，因為記著呼都而屍道皋若鞮單于殺害父親伊屠智牙師的仇恨，就用白狐幫他賺的錢招兵買馬，搶占地盤，並滅了周圍兩個王爺，一時勢力很大，想伺機進攻蒲奴單于。蒲奴單于就是呼都而屍道皋若鞮單于的次子，他感受到威脅後就以大單于的名義，發十幾個部落王庭之兵，把右日逐王趕到烏孫。烏孫不敢收留，又往西跑了。

白狐在烏孫遇到解憂公主的後人，留他往中原採辦絲綢茶葉瓷器等貨物。他跑了兩趟，又被西南呼衍王給弄來交通西域各國，傳號令，送文書，辦採買，順便打探漢朝動靜。呼衍王還送給他一個女人。那女人見天就要鑽帳篷，他實在受不了，就送還呼衍王，沒幾天又被賞給另外一個人了。聽到這裡，大家都發了笑。不過在匈奴這是常有的事情，那裡子承父妻，不從漢家的倫理習俗。

竇固讓班超單獨陪他在海子邊轉一轉，但見斜陽映照的山巒，嵯峨參差，松翠雪白，齊齊地倒映在湛藍的海水裡。水鳥振翅，盤旋而去，魚躍水面，波光粼粼。有士兵乘羊皮筏子撒網，又像在水裡，又像在山間，笑說班超把虎狼一樣的騎兵帶成水兵了。班超沒接竇固的話茬，想說別的，幾次欲言又止。「伯樂」似乎看出「千里馬」的顧慮，叫他但說無妨，就算是幾個人閒聊。

班超這才認真地彙報導：「出征前兩位大人曾考過我深入敵境的問題。這裡雖然不是敵國地盤，畢竟遠在塞外。大隊兵馬布在這裡，需要盡快決戰。似這樣離開長駐的軍營，僵持在前線，不戰不退，靡費過大，士氣也會逐步消沉，不是長久之策。為今之計，不如將大部隊撤回涼州各大營，只留部分部隊監視匈奴，等待決戰機會；再派一支小部隊，從陽關入西域，避開匈奴鋒芒，效張騫故事，重建漢朝與西域各國的連繫，瓦解匈奴勢力，斷其右臂；那時再向北進擊，就無後顧之憂了。」

「這是你的想法？」竇固驚訝地停住腳步，與耿忠相視一笑，說：「朝廷正有此意。那你覺得出使西域，派何人去合適？」

班超沒想到自己的想法，與朝廷的旨意不謀而合，內心非常激動，乾脆來個挺立，朝竇固行了軍禮。「稟報都尉大人，真有成熟想法也就在白狐來了之後，以前都是朦朧的。如蒙大人不棄，末將願意前往，雖是赴湯蹈火，也在所不辭！」

「那好，你先去探個路吧！」

將軍一言，真是駟馬難追。一位未來的侯爺，就此開始了立功西域的征程。

探路

位於伊吾盧以南的盆地，一旦進入盛夏，完全就是個魔鬼。白天熱得像個燜鍋，一絲不掛的太陽在頭頂任性地炙著，滾燙的沙石在底下持續地烘著，走在沙漠上的人馬如同被放進烤爐的羊腿，要不了多少時間就會被烤成肉乾。

與炙熱天氣抗爭的第一要務是飲水，而人馬按負重極限帶水，也遠遠滿足不了需要，必須僱駱駝專門馱水。駱駝被譽為「沙漠之舟」，但承載能力有限。隨著時間的推移，五峰駱駝所馱的羊皮水囊一個個被喝癟，可人和馬似乎都沒有出汗的感覺，走一天連一泡尿都憋不下——人硬生生排出一點，褲襠那物件裡頭熱辣熱辣，沙堆上滋兒一聲，鼻下一股騷味，就什麼痕跡都沒有了；馬條件反射尿一點，把頭使勁搖晃著，蹄子在地上亂刨。看來動物的生理構造大致雷同，難怪人在罵人的時候嘴上老掛著「畜生」兩字。

黃昏之時，突然起了大風，颳起的流沙就像水浪一樣流動，把地上一切車轍腳印都掩得無影無蹤。人就像飄在海市蜃樓中，連駱駝都要瞇上眼睛。到了後半夜，風停了，氣溫急遽下降，又冷得像掉入冰洞，吸一口氣都瘆得鼻骨痠疼。舉頭望天，深邃朦朧，冷暈如霾，星星似也遠遁；低首看地，黃沙抹霜，蜥蜴探頭，偶有駱駝刺生。馬腿搖擺，坐騎像散了架。人頭亂晃，腰背又麻又酸。有幾個人在咒罵：「這兔子不拉屎的地方，咋就這麼作踐人呢！」

這是從陽關通往鄯善的路上，行軍最艱難的一天。班超和郭恂帶著三十六名騎士，還有臨時找來的駱駝客兼嚮導，在荒蕪人煙的大漠深處與天地抗爭。他們要去連繫鄯善，勸其絕匈向漢。這任務很艱鉅，富有挑戰性。一百五十年前傅介子幹過，走的也是這條路。因為不是武力解決，班超帶的是一支輕騎兵。雖然人少，但都是竇固將軍讓他從三千多人裡挑選的戰鬥骨幹，真正的百里挑一，光曲軍侯就有兩位，還有屯長兩人（相當於現今的連長），隊率六人（相當於現今的排長），最低的職務是什長（相當於現今的班長），絕大部分參加過三次以上戰鬥，戰鬥力還是很強的。

本來班超只想帶董健做助手，但霍延一定要來，強調他向來和董健「不零賣」。溫校尉考慮到最近無戰事，就讓他倆都跟著。白狐是班超必帶的譯官，他覺得自己越來越喜歡這個傢伙了，跟什麼人打交道都有兩下子，心眼兒又活。在離開蒲類城的前幾天，白狐請他送了一條有襠的褲子給糧棧黃老闆，告之漢朝已經在七八年前就不穿露屁股的褲子了，並讓班超打開自己的外衣讓給黃老闆看，褲子確實不像匈奴無襠。黃老闆發了半天呆，之後臉頰漲得通紅，好一陣子才搔著腦袋說：「還是漢朝好，你那個啬夫，我當了。」

困擾班超好長時間的移風易俗問題，就這麼輕而易舉解決了。班超回到大營，發現祭參等在門口。祭參本來在竇固將軍帳下做掌管地圖的令史，卻死纏硬磨要來，發誓哪裡有戰鬥他就要去哪裡，死都要死在立功的路上，不能負了自己對父親的承諾。班超感念他一個世家子弟，對朝廷一片忠心，才二十歲剛出頭，之前在太學讀書，萬一有個三長兩短，對不住祭家。最後還是竇固將軍拍板，祭參就成了他最小的隊員。

在此之前，班超雖然從典籍裡了解過一些西域的地理，但從沒體驗過這裡奇特的「一日四季」。正不解老天爺怎麼會如此造物呢，嚮導來報：離當天的目的地甜水泉只有幾里了。隊伍在後晌因為颳風走了一些冤枉路，駱駝總是記著泉水的位置，大方向沒有錯，作為路標的三塊石頭找到了。班超正要招呼大家前行，甘英聽到一聲怪怪的響聲。大家都屏住呼吸，卻再沒聽到。這時董健喊叫起來：「左方沙梁上，好像臥著一頭駱駝！」

過去幾個人一看，不但有一頭駱駝，旁邊還有一個人，被沙子埋了半個身子，鼻孔嘴裡都是沙，眼睛緊閉，用手一試，還有微弱的呼吸。大家覺得奇怪，在這茫茫的沙漠裡，怎麼會有一騎獨行？拉駱駝的嚮導圍著駱駝轉了幾圈，摸摸駝峰上乾癟的羊皮水囊，突然發現水囊下面還有一個褡褳，伸手去摸，全是針頭線腦、梳子篦子、髮飾別針之類小物件，還有幾個納鞋底用的錐子。

幾個人正在胡亂猜測，嚮導「啊呀呀呀」地喊了起來。憑他的經驗，一定是駱駝避風下臥時錐子戳破了水囊，水漏光了，人脫水了。颳大風時走到這裡，人沒精神掉下去了，駱駝又捨不得離開主人，就在這裡臥著。田慮將自己水囊裡僅有的水全部拿過來，給那人沖洗眼睛、嘴巴，接著就往鼻孔灌水。那人被嗆著了，咳嗽了一下，這才能略張嘴巴，弱弱地吮了些水。看樣子能活！

「帶上吧！救人一命，勝造七級浮屠。帶到前面救活了，交給當地居民，沒準就是附近的人。」

班超說著，招呼人將半死的人架到駝峰上，拉起駱駝。剛要走，卻有一匹馱草料的馬臥下起不來了。

白狐冷冷地說：「來一個，去一個，看這世道，沒有白撿的便宜。」

大家也不管他，給行將死亡的馬卸了重，勻給幾頭駱駝。

董健輕輕地抱了抱馬頭，捋了捋馬鬃，似乎有一聲微弱的短嘶。那匹曾多次馳騁沙場的戰馬，就躺在沙堆上一動不動了。這是五匹備馬中的一匹，還沒到戰場就掛了，不禁讓人暗嘆自己的命硬。其他的馬像是聽到了同伴的哀號，齊齊地嘶了幾聲。大家睹馬思人，誰也沒有出聲。董健帶頭牽上坐騎步行，其他人也不好意思騎了。郭恂沒話找話，試圖緩和一下氣氛。霍延悄悄跟他講了這批馬的經歷，希望郭長史理解大家的心情。一行人昏昏沉沉走到甜水泉，突然聽到雞叫，一下子恢復了靈性。根據田慮的安排，人馬都不能暴食暴飲，否則就會脹炸而死。

甜水泉是沙漠腹地的一片小綠洲，只有幾戶人家。西漢在這裡設驛亭，才起的名字，因為綠洲中間有一眼湧泉，日夜噴流，水頭有二尺來高，水質清冽，帶有淡淡的甜味兒。西域這種情況不少，往往是在遠離河流山地的沙漠中，突有一眼湧泉出水，吸引一戶或幾戶人家傍水而居，繁衍生息。俗話說有水就有命，一點也不謬。

不知從何時開始，月暈消退了，明亮的下弦月斜射過來，給小村莊披上了淡淡的銀裝。幾棵大榆樹護衛的泉源，是一個丈把方圓的小池塘，中間的水柱湧得老高，四散著瀉下來，猶如一朵蓮花。周邊是卵石砌的塘岸，留下一個臉盆大的缺口，導引泉水緩緩流出，順一條小渠漸漸遠去。幾隻不知名的鳥兒因為受驚，撲稜稜飛出去，又悄悄地回到樹上，看來老窩難離。

建於一百三十多年前的驛亭早已廢棄，半面被流沙掩埋，半面被居民用來養了羊和雞，但門柱上石刻的驛亭標識，雖經長期風吹沙打日晒，依然斑駁可辨。在驛亭的左右兩邊，是沙棗、榆樹和紅柳雜間的樹林，一座座低矮的農舍就掩映在樹林裡。有位居民或是被埋鍋造飯的動靜吵醒了，隔著門詢問是什麼人。一聽說是漢軍，悉悉索索了一會兒，就「吱呀」一聲開了門。

出來的是一位老丈，顫顫巍巍地舉著火把，問：「來了多少人馬，打完匈奴還走不走？」

班超上前幾步，喚了老丈，行了拱手禮，說道：「今日人少，只是打尖。過後大軍就到，這次一定要把匈奴從西域趕出去。」

老丈盯著班超，瞇著眼看了老半天，才喃喃自語，又像是對大夥兒說：「老家終於來人了……」

這老丈是個有故事的人。他原是鄯善附近的屯兵，姓韓，京兆長安人。五十年前匈奴來得急，屯田校尉撤得倉促，許多屯兵拉家帶口跑不動，就被匈奴人殺了。老丈當時剛娶媳婦不久，沒有孩子，騎上馬就跑，和他一起的還有另一家兩口。逃到這裡的時候，見驛亭的人已經撤走了，又困又餓，身上沒有錢也來不及帶吃的，東望陽關之路，遙遙無盡，無奈仰天長嘆，捶胸頓足，死不甘心。就在絕望之際，泉水邊唯一的住戶收留了他們，起因是屯兵曾教他種水稻，種了水稻有白米飯吃了，他感念屯軍之恩。

那戶原住民是早十幾年前從西邊遷過來的，人很善良，與韓老丈他們兩家相處很融洽。起初他們就住在一起，種水稻，種麥子，種白菜，種胡蘿蔔，後來各自開枝散葉，孩子漸漸長大，分戶各過，眼下已分成七戶，四十幾口人，相互都是兒女親家。這些年來他們一直盼著漢軍回來，盼星星盼月亮，到如今他都七十多了才見，還以為大漢天子把這地兒給了匈奴，永遠都不要了。

班超一聽韓老丈稱他們為「老家」的人，有些動容，說了許多熱絡的安慰話，同時打問匈奴人來不來這裡，去鄯善王治扜泥城的路是否好走。

老丈擦擦老淚，將火把插在地上，拿條小樹枝在地上邊畫邊說：「這裡是鄯善的荒僻地區，匈奴人平時不來，三年兩載來一次。來一次就搶一次，見啥搶啥。從這裡到陽關一路荒涼，一般人輕易不敢走，但到扜泥城並不難走。幾年前老夫去鹽澤拉鹽巴，走過。西面三十來里有一條彎彎河，過了河再翻兩座山，就有大路了。十里八里、三二十里就會見到人家。騎馬快則兩天，慢則三天，就能到。」

韓老丈的說法，與嚮導之前的描述基本一致，班超一下子放心許多，可以讓駱駝客回去了。

興許是樹林裡說話聲音大了，驚動了更多的居民，大家紛紛舉著火把出來探究竟。一聽漢軍到了，都顯得很高興。這時那個路上撿來的人，嘴裡弱弱地喊著「水」。田慮正要餵他，韓老丈突然撲了過去，不住地喊著「陽陽」。人們這才知道那是韓老丈的兒子，幾天前馱了些稻穀上陽關去糶，順便買些家用物品。家裡人正盤算著該回來了，不想出事被漢使所救。這也是緣分。韓老丈拉來兒媳和兩個半大孫子，跪下謝恩。班超趕緊拉起。家人鄰居也都圍了過來，幫著把人抬到房子裡，一番救治，終於甦醒。韓老丈就招呼大家掃舍做飯，鍘草餵馬。田慮上前施禮致謝，道：「不勞老丈費神。這裡米已下鍋，草料也夠用，你還是好好照顧一下韓陽吧，他太虛了！」

等到人馬洗刷餵食完畢，已是晨光微曦，居民們執意要「老家」的人到房子裡歇息，盛情難卻。

班超與郭恂商量，恭敬不如從命，縱是地鋪柴房，也強過露天帳篷，遂與郭恂一起躺在韓老丈的炕上。摸著老婦人掃了一遍又一遍的炕蓆，瞅著樹枝苫泥的低矮屋頂，聽著窗外咯咯的雞鳴，班超一時難以入睡，雖然他已經很累了，眼皮不住地打架。他想房東韓老丈，想那個善良的獨居土著，感恩屯軍傳入水稻栽培技術的義舉，想老丈聽到「老家」來人時的興奮，也想當年西域屯田安家的好幾千兵民，在匈奴大兵壓境時的無助、作難和最終家破人亡的悽慘，由此想到朝廷在西域棄與守的問題上，的確是做了一些不慎重、不明智和缺乏遠見的決斷……

西域之土，異常廣袤，包括玉門關和陽關以西、以巴爾喀什湖、蔥嶺，準格爾盆地、崑崙山和費爾幹納盆地為界的中亞和西亞大部分地區。但這一帶多是茫茫大漠不毛之地，河流山林綠洲等適合人居的地方較少，乾旱缺雨，地廣人稀，龜茲人口最多也只有八萬，其他從幾萬到幾百不等，大小有個城池，就敢立國稱王，先過過王癮再說，比較穩定的地方政權有三十六個，一度還曾出現五十個王國。

西域諸國以天山為界，分為南北兩部：南部絕大部分分布在天山以南的塔裡木盆地周邊，盆地南緣有且末、小宛、精絕、扞彌、于闐、皮山、莎車等國，被稱為「南道諸國」；盆地的北緣有危須、焉耆、尉犁、烏壘、龜茲、姑墨、溫宿、尉頭、疏勒等國，被稱為「北道諸國」；在盆地西南、蔥嶺一帶有蒲犁、無雷等國，在盆地的最東端有樓蘭（後稱鄯善）。這些國家語言以塞語為基礎，各個略有不同，風俗也是有別，多以城郭為中心，居民務農為主，兼養牲畜，少有逐水草而居的純牧業。天山以北有一個多民族融合的大烏孫，是六十多萬人的大國；在它的西邊是大宛和康居，康居也有六七十萬人；而東邊就是車師後庭和一些小國了。這些地方均與匈奴同俗，過著逐水草而居的游牧生活。

這些林林總總的國家，有相當長一段時間是匈奴的附屬國，自西漢張騫鑿空西域以來，普遍對漢朝的政治、經濟、軍事、文化制度產生了濃厚的興趣。位於天山以北的烏孫昆莫首先向漢稱臣，並於西漢元封三年（前 108）和太初元年（前 104），兩次迎娶漢室宗親之女細君公主和解憂公主。漢王朝和西域各國的使者絡繹不絕，商業貿易更是繁榮，漢帝國的絲綢、瓷器、茶葉等商品和麻織、繅絲、染纈等技術，迅速傳到西域乃至波斯一帶，而西域及其周邊的皮毛、地毯、樂器等產品以及胡麻、胡桃、胡蘿蔔、石榴、西瓜等作物的栽培技術，也逐步傳到中原，極大豐富了西域居民的物質文化生活，給各國人民帶來實實在在的好處。一時之間，萬頭鑽動的長安城，到處都晃動著胡人的帽子，也有不少商賈前往西方行商。由於貨物貿易和人員交流的迅速增長，各個國家的國庫得到了較大的充實。

然而，一直與中原政權爭奪勢力範圍的匈奴統治者，並不樂見這種盛況。他們在與漢廷沒有撕破臉面的時候，唆使一些撮爾小國，故意設卡，刁難漢使，「禁其食物」，令漢使「非出幣帛不得食，不市畜不得騎用」（《史記．大宛傳》），幾個位於交通孔道口的國家，還常常「攻劫漢使」，以兵阻道。為保證商路暢通，西漢政權曾組織幾次西征，漢軍的旗幟一直飄到大宛，自此「西域震恐，都遣使來貢獻」（《漢書．西域傳》）。漢武帝太初四年（前 101），朝廷在敦煌到鹽澤之間設立了交通亭站，在天山北道的要塞烏壘城設定使者校尉，還在柳中、渠犁等處駐軍屯田，與匈奴在西域設立的「僮僕都尉」成對峙之勢，而天山以南地區基本掌控在漢朝手裡。

神爵二年（前60），匈奴發生大規模內亂，無力外顧，撤銷了其在西域設立的「僮僕都尉」，匈奴西邊日逐王率眾到漢西域地方長官鄭吉處投降，天山以北幾十個原來的匈奴附屬國，紛紛遣子為質，歸附漢朝，西漢因此將原來的使者都尉府升格為西域都護府。任命原使者都尉鄭吉為第一任都護，職務相當於關內郡、封國和侯國的都尉，秩比二千石。西域都護統轄西域諸國，負責西域的安全，管理屯田，頒行朝廷號令，「諸國有亂，得發兵征討」，實際上是集軍政大權於一身的朝廷代表。從此，漢朝正式在西域行使管轄權，「自譯長、城長、君、監、吏、大祿、百工、千長、都尉、且渠、當戶、將、相至侯、王，皆佩漢印綬」（《後漢書‧西域傳》）。此舉對於中國統一多民族國家的形成和鞏固，有著劃時代的影響。

此後八十年，西域一直在中原政權的管理之下。更始元年（23年），新朝皇帝王莽被殺，第十九任西域都護李崇失蹤。一直覬覦西域的匈奴人乘虛而入，「略有西域」，橫徵暴斂，天山南道的大部分國家不堪忍受，紛紛要求漢王朝恢復「都護」。久受漢文化薰陶的莎車王康更是組織力量抗拒匈奴，保護了未及時撤離西域的「故都護吏士妻子千餘口」，並寫信給當時駐防河西五郡的大將軍竇融，希望早日恢復與漢的連繫。建武五年（29），竇融以東漢政府的名義，封康為「漢莎車建功懷德王，兼任西域大都尉」，統領西域五十餘國。爾後莎車、鄯善、車師、焉耆等十八國又派人到洛陽「請立都護」，甚至將質子送到敦煌太守處，等待漢朝皇帝的恩准。

令後人想不通的是光武帝劉秀，竟對西域採取了「放羊」政策。唉，橫刀立刻打天下的光武帝，也是中國歷史上一個有作為的主。他與更始帝劉玄爭天下時，也是寸土不讓，可是在西域的問題上卻是相當的糊塗。也許他嫌西域位置偏遠，人口稀少，給朝廷也做不了多少貢獻，甚至還要朝廷花許多錢賞賜、花許多功夫經營，也許他認為勞民傷財與匈奴爭奪這一塊不毛之地不值，也許他那天正好為後宮的爭風吃醋不開心，而不長眼的下臣又急著上奏，正趕上他一句氣話……總之，他這近乎兒戲的一句「由他自去」，直接導致「絲綢之路」的中斷，漢與西方的人文商品交流從此擱淺，漢帝國經營西域八十年的成果付諸東流了……

一陣竊竊的私語，把班超吵醒了。他這個人睡覺很輕，帶兵出來後警惕性更高。他眨巴眨巴眼，見身邊的郭恂翻了個身，就躡手躡腳下了炕。拉開縫子粗大的房門，他一眼就看見木架上掛著一隻已經剝皮的羊，架下站著手拎尖刀的韓老丈，正同一個年齡相仿的老丈在比劃，兩個人脖上的青筋都暴起來了，臉上卻掛著笑容。和他爭執的那個老丈手裡牽著一隻羊，羊頭上蒙了塊青布片，看樣子也是要宰，被韓老丈擋著不讓。

倆老人一看班超出來，似乎遇到救星，都要長官替自己說話。班超問了緣由，知是韓老丈已經讓家家戶戶和麵，自己親手宰羊，要做羊肉拉麵，犒勞「老家」的人。那個與韓老丈同命相憐的老屯軍，強調自己也是關內之人，勞軍也有一份，非要一家宰一隻，不能二隻羊都讓韓老丈家出。韓老丈強調自己家羊多，年輕時還是屯軍的什長，這次漢軍又救了他兒子的命，執意大包大攬，兩人互不相讓，就這麼爭得臉紅脖子粗。

班超見是如此，不由得臉頰發熱，眼眶發紅，一時語塞，手足無措，真不知該說什麼好，似乎自己就是當年對不起他們的那個人。試想兩個被朝廷遺棄五十年的老兵，沒有憤懣，沒有抱怨，甚至沒有說一句遺憾的話，一見到漢軍就視作「老家」的人，騰房子掃炕，殺羊做飯，熱情款待，這已經不是一般的厚道，也不是一般的寬容，明明是對親人的感情，對「老家」的眷戀。只有親人之間，才是不計較你錯我對、你長我短。可我班超剛入西域，寸功未建，有什麼理由勞煩兩位老者和他們的後人，有什麼資格享受這樣優厚的待遇？他只能上前深深鞠上一躬，尊聲「老前輩」，然後緊緊摟住兩位老人。這時，他明顯感覺肩膀上有熱淚浸潤，老人的身子在顫抖。

這一頓飯吃得很香，是班超離開洛陽以來最可口的一頓，特別是加了戈壁灘生長的蓬蓬草灰拉扯的麵條，又圓又細又筋道，再拌上羊肉，澆點肉湯，加點蔥頭蒜苗，看見就流涎水。飯後，班超與郭恂商議，路途已經過了大半，不如在此休整半天，次日天明出發。遂打發董健叫上嚮導，帶幾個人往昨天走過的路上做一些路標，石頭盡量堆多點，三五里一個，能走多遠走多遠，天黑之前務必返回；令祭參伴裝逗雞，仔細檢視一下頹敗的驛亭，準備修繕重開，不要引起居民不快；吩咐田慮帶兩人安排後續糧草飲水，價錢可以開高點；剩下的人讓霍延帶著補渠修路，工具就找居民借，一定要修得路平渠暢，有模有樣；他自己和郭恂帶著白狐，往各家各戶走訪，了解戶籍人情，地畝情況，各餽贈一些金錢，聊表謝慰之意，特別對那戶原住民，更是千恩萬謝。

當年收留韓老丈的老人已經去世，他兒子娶了韓老丈的女兒，韓老丈的兒子韓陽是這家的女婿，子女們笑說：「我們幾家都是親戚了，你家有我，我家有你，啥謝不謝的！就等你們打跑匈奴，大家能過更好的日子，我們能去長安看看，這一輩子就滿意了。」他們還不知道現在的都城在洛陽。

班超覺得這地方雖小，位置卻十分重要，而且民心向漢，基礎也不錯，應該盡快建成通往陽關的橋頭堡。當夜就給居民開會，請他們利用農閒盡快將驛亭修復起來，多囤糧食和草料，並按祭參提供的方案，給了一筆錢，委託韓老丈負責張羅。

韓老丈很高興，他只計劃自己張羅一下，以後的事情就交給韓陽他們。次日五更起床，正要生火做飯，發現村頭已有炊煙，老丈領著居民們在女兒家打了一夜烤餅，羊骨疙瘩湯也煮了兩鍋。班超感嘆道：「有這麼好的百姓，朝廷要不能提供保護，天理不容！」

郭恂是個文吏，對班超出手大方、拿國帑送人情，已經頗有微詞，暗示過幾次了。看到這場面，這時也感動得熱淚盈眶，不停地鞠躬致謝了。畢竟人心換人心啊！

從甜水井到鄯善的道路果然好走，兩天之後就看見了王府所在的扜泥城。這裡以前曾經叫樓蘭，東去陽關一千六百里，到長安六千一百里，受漢文化影響最深。城池雖然沒有長安和洛陽的規模，卻也城牆高聳、外溝寬闊，是個易守難攻的據點。據白狐提供的情報，鄯善有戶一千五百七十，人口一萬四千一百，軍隊二千九百十二人。境內有鹽澤，還有鐵礦，冶鐵業催生了當地的兵器製造，經濟比較發達。由於此處是通往敦煌的一個要塞，所以一直是漢匈必爭之地。歷代鄯善王都想中立，兩不得罪，誰給了好處就對誰熱情些。這種首鼠兩端的「牆頭草」，曾引起漢室反感。漢昭帝劉弗陵曾派傅介子帶人潛入樓蘭，誅殺其王安歸併立質子尉屠耆，這才與匈奴決絕。五十年前匈奴復來，又斷了與漢的連繫。

按照郭恂的意思，既到城下，就直接通報進去，闡明漢帝國招撫的意思，直接了當。如果順利，皆大歡喜；即使不從，也不致傷害使者，開罪東方帝國，大家的安全應該是有保證的。

「郭長史此議不妥啊，忘了我們是幹什麼來的！」班超說。他要部隊後退幾里在河邊安帳紮營，休息一夜，沐浴梳洗，消除疲態，整理衣帽，裝飾鞍轡，弄得雄糾糾氣昂昂的，營造一個入城的氣勢。讓鄯善人第一眼看到的，是一個威武之師的樣子。「這次出使，一定要當張騫第二，不能無功而返，更不能當縮頭烏龜！」

郭恂有點不悅。他是千石的官，高班超一級，不能在氣勢上被班超壓下去。又說：「國之交往，看的是國勢，而不是花架子。你就這麼幾十人馬，說到底只是個使團，又不是大軍壓境，還是在人家的地盤上，再威風還能威風到哪裡！」

本來班超還以為郭恂是夜黑兒甜瓜吃壞了肚子，今兒一路拉了多次，身體虛乏，想早點到條件好點的驛館休息，才提出盡快進城。聽了後面這幾句話，他覺得和自己的想法簡直是南轅北轍，也不知在太尉府這麼多年是怎麼混的！什麼是花架子？什麼國勢？這裡的人能看到漢明帝的儀仗嗎？鄯善人不就是透過我們這支隊伍，來看大漢帝國嗎？他真想幾句話將郭恂徹底懟回去，但考慮到給人留面子，語氣還是放得比較緩和。「我說郭大人，別看我們只是個使團，我們也是一支勁旅。人雖然少了點，但一個個都是精挑細選的虎狼之輩，真有危機都是以一當十當百的種。似這樣疲敝的樣子進去，灰頭土臉，一身臭汗，人還以為我們是逃難的。大漢的臉面不好看，我們也沒有說話到底氣。你說是不是？」

郭恂聽了班超的話，也覺得有理，但是他不想認輸，不想什麼事情都依班超的主意，那樣不顯得他這個長官成了聾子的耳朵——擺設，到時候什麼功勞都成了班超的。然而，他又不能明確強調自己長官的身分，因為竇固將軍宣布的命令是，這支使團「由郭恂和班超率領」，只是把他排在前面，沒有明令誰正誰副。按常規，官場的規矩是官大一級壓死人，誰官大就應該誰做主。

這個郭恂，大概是太尉府蹲時間長了。他壓根兒就不知道竇固將軍的用意——起初是想安排他當正使的，但耿忠一直不支持，去了蒲類海見到班超後便想讓班超獨自領隊，臨走又決定讓他與班超一起去比較保險。可見竇固的內心是矛盾和複雜的——所以郭恂就沒有參與出使籌備工作。人員都是班超挑選的，方案也都是班超制定的，他只是在出發前幾天才接到通知。他最擔心的是自己被架空，所以又苦笑兩聲道：「假司馬言重了，我們就是一群使者，還真不是竇固將軍率領大軍親臨，再說現在進去也不是不修邊幅，也要拾掇整齊嘛！」

郭恂重點強調了「假司馬」的「假」，語氣很重，明顯是在提示自己是千石之秩，而班超這個司馬沒去掉「假」字之前才六百石，幾乎就是有點以官壓人了。班超本來想兩人共同領隊，應該通力合作，有事好商量，自己年齡大，適當多擔待。誰想還沒進城，就在這裡槓上了，而且看郭恂的態度，似乎咄咄逼人，氣就不打一處來，剛想再駁幾句，董健挺身而出了。

「郭長史，大人你一直運籌帷幄，沒有帶過隊伍。這軍隊的戰鬥力從哪裡看，就看氣勢。氣能排山，氣能倒海，氣能讓敵人聞風喪膽！」董健這傢伙，也太直率了，幾乎是明說郭恂狗屁不懂。

霍延趕緊打個圓場，笑著說：「郭長史也主張休整一下，把勢紮起，和班司馬原無分歧，只是班司馬體恤郭長史身體，看你一路拉得蔫頭耷拉，怕在鄯善面前失了大將風度呢！還是修整一夜，明日進去吧！」

董、霍倆人的官階僅次於他們兩個領隊，這個表態顯然是有分量的。這下郭恂語塞了，環顧周圍，見沒人支持他，只好就坡下驢。

「那就依班司馬吧！」這次沒說「假」字。

次日早晨，太陽初升，綠洲晝夜溫差大，天氣還不太熱。漢軍使團的騎士們排著整齊的兩列縱隊，來到扜泥城的南門。一聲令下，立刻駐足。最前面是繡有「竇」字的花邊旌旗，旗後是班超和郭恂，倆人均直裾低領，露出裡頭的白褂子，牛皮腰帶上掛著將軍劍，郭恂束進賢冠，班超戴紗籠鶡冠，一文一武裝扮。其他人一律直裾高領帶甲，董健、霍延束武弁冠，其他人束卻敵冠，軍容齊整，馬頭高瞻。這陣勢早已吸引了城外的居民，紛紛跑來圍觀，待至城門通報，兵卒好一陣才放下吊橋。隊伍昂首踏進南門，早有鄯善國相、都尉等人迎接，直接領到驛館，安頓人馬住下。然後再請郭恂、班超與鄯善王廣在議事殿會見。

議事殿是鄯善王廣辦公和接待客人的地方。三間正殿，左右兩排柱子，約有六七丈進深，木條地板，頂頭中央有個二尺高的臺子，上面鋪著華麗的波斯地毯，面對面放著兩張長幾，長幾後面有席地而坐的軟墊，幾上擺了一些葡萄和瓜果。賓主坐定，中間還有個譯官。廣嗣位才幾個月，很年輕，大約二十七八歲，膚很白，眉很濃，眼窩很深，鬍子短促而密，長相確與中原人不同。前王安是他的老爹，臨死叮囑兒子，「事匈奴不絕漢，事漢也不絕匈奴」。廣即秉承父親遺言，對漢朝在時隔五十年後派使節光臨鄯善表示歡迎。郭恂與廣寒暄了一陣，從習俗到到經濟，有點不著邊際，半天也沒扯到正題，而廣也是吃的喝的挺有談興。

班超聽得不耐煩，覺得有個開場白就行了，不能沒完沒了，抓住機會就對廣說：「大王的祖父尉屠耆，曾是漢朝冊封的鄯善王，在位時一直遵行朝廷法度，深得民心，後來被匈奴占領，仍懷向漢之心，到了你的父親安，雖然一直給匈奴做事，也是情非本願。兩位先王都已故去，但願他們的靈魂能升到天堂。如今是大王您掌管鄯善，責任重大啊！大漢帝國已決定收復西域，打通『絲綢之路』，恢復同西方各國的交往。這是一個不可抗拒的歷史潮流，任何力量都擋不住，希望您能帶頭與匈奴分道揚鑣，接受大漢皇帝的詔封，獲得與您祖父一樣的榮耀。大漢帝國是一個講究禮儀的國度，今天我等前來就是以禮相請。如果您能順應歷史潮流，做一個明智的大王，大家都很高興。要是您還想和匈奴人繼續交往，我們的明帝陛下眼裡可容不得沙子。奉車都尉竇固將軍，是明帝的姐夫，他率領的十萬鐵騎已經在敦煌和陽關一帶集結了。一旦放馬過來，就您這城池，恐怕一下子就給踩平了。我今天先把重新與漢結好的表彰放您這裡，希望大王您能盡快讓我等回去覆命。大王國事繁忙，不便長時間打擾。就此告辭，我等去驛館等信了。」

這一段話頗有戰國時張儀的風格，柔中帶剛，有節有理。廣聽到最後，臉「刷——」的一下更白了，起身接過班超遞上的函卷，忙說：本王是願意效法祖父的。只是如此大事，需要與官員們商議。」當下吩咐國相，中午在國賓館安排宴席，給漢使接風。

郭恂本來覺得班超的坦率有點唐突，可是看到廣顯然是被班超的話給鎮住了，很是吃驚，有點佩服班超的氣概，心裡卻是酸溜溜的。回驛館的路上說：「司馬真是火辣性子，難怪明帝陛下說你愣。」因為有鄯善的都尉伊勒蓋陪著，班超就打了兩句哈哈。

倆人回到驛館，立即召集骨幹開會，由郭恂把鄯善王要親自宴請的事情通報給大家，要求所有人都要把持好，不卑不亢，不許給大漢朝廷丟臉。班超宣布：喝酒三盞就好，五盞為限，董健量大，也不得超七盞。互相監督，違者軍法處置。

郭恂不知出於何目的，明說：「七盞？董軍侯怕是不夠潤喉嚨的。」

班超掃了董健一眼，董健猛然起身表態：「本軍侯和大家一樣，五盞為限。違令願受軍法。」

當天的宴會上，鄯善王只帶了都尉、譯長、輔國侯等四五個隨從，基本上每桌一個人陪同。席間，廣頻頻敬酒，也說了不少歡迎漢使的話。將士們有限酒令拘著，一個個表現很得體。宴會的氣氛很融洽。此後幾天，鄯善的都尉伊勒蓋一直陪著，每日兩餐往國賓館用餐，有酒有肉，飯菜豐盛。班超暗想：這鄯善王是一心討好漢使呢，還是國富家底厚，這樣吃下去還真是不小一筆開支呢！可是廣好像一點也不著急，一天天這麼過去，就是不通知漢使洽談。

班超幾次問伊勒蓋：「你們大王幾時見我？」

伊勒蓋要麼憨笑，要麼用大王很忙之類的話搪塞。班超怕日久生變，忙與郭恂商量對策。郭恂拉肚子的毛病一直沒好，一隻手捂著肚子，另一隻手比劃著表示只能等。班超也不再吭聲，悄悄找到白狐，要他打扮成胡人出去打探消息。

「嗯？」白狐一聽就不高興了，眼睛睜得溜圓，手指點著鼻尖，讓班超看他哪個地方需要打扮。

班超還真盯著白狐的臉看了一陣，除了眉毛有點狐像，臉皮有點白，活脫脫一個「匈奴」，確實不要化妝，只要換身衣服就行。就忍不住失笑，連笑帶罵轟他走，「快滾吧，全鬚全尾地回來！」

首捷

白狐這傢伙出去後一夜未歸，班超急得像熱鍋上的螞蟻。偏巧這天已過晌午，還不見人來招呼吃飯，大家都餓了，紛紛聚到院子打發時間。一直到了後晌，才見國賓館的館丞來了，通知今天就在驛館用餐，飯食的品質與國賓館一樣，是專門安排國賓館的廚師來做的。

班超覺得驛館的餐廳雖然不能和國賓館比，但也差不到哪裡去，要是一直在這裡就餐，誰也挑不出什麼毛病。可是打一開始就在國賓館就餐，沒有一點徵兆，突然變換就餐地方，那邊肯定在接待別的什麼人。本來這幾天他的神經就一直緊繃，懷疑鄯善王遲遲不見，是有什麼讓他無法決策的外力，而最大的外力是匈奴，絕對不會來自內部。他下意識地開始打量館丞，見這傢伙眼神飄忽，神情怪異，似有尷尬，懷疑事出有因，八成是匈奴來了。他立即給霍延使個眼色，忽然裝出很熱情的樣子對館丞說：「您不辭勞苦，連日安排飯食，本司馬心下甚是感激。我特意準備了一包茶葉要送給您，請到房間小坐。」

進到房間，班超隨手把門一關，一把抓住館丞的領口，直接推到牆角。詐問：「匈奴人已經來了幾天，現住何處？」

館丞突然受驚，以為漢使已經知曉匈奴人到達的消息，虧得鄯善上下還嚴加保密。就如實相告：「匈奴人也就前晚才到，有一百二十多人。為了不讓你們相互撞見，就讓他們在北城門裡最大的驛館紮帳，一直折騰到天亮，昨天白天睡了一天。今天上午本來安排先宴請匈奴，然後請漢使就餐，把時間錯開。誰知匈奴人貪杯，一喝就是半天，大王怕餓著漢使，指使臨時在驛館安排飯食。這一切都是為了漢使的安全。」

班超見自己所疑不虛，一下子緊張起來。這絕對是一個壞消息。漢與匈奴勢不兩立，有他沒我，有我沒他。匈奴人這個時候來鄯善，而且來這麼多人，顯然是防著漢朝向鄯善滲透的。他們要是知道漢使已經到達，第一時間就會來挑戰的，而雙方人馬懸殊巨大，敵眾我寡，城裡又無險可據，幾無勝算。好在現在的情況還不是最壞的，鄯善王顧忌漢朝政府大兵壓境，採取了保密措施，沒把漢使的消息透漏給匈奴，但這個祕密是保守不了多久的。只要對方一接觸居民，很快就會一清二楚。眼下唯一先發制人的機會就在今夜，錯過這個機會，他和他的騎士們恐怕只能去另一個世界了。死亡的威脅讓人不寒而慄，既然要採取行動，這個館丞顯然是不能再回去了。霍延手腳很快，幾下就將身體肥碩的館丞捆起來，嘴裡塞上布子，推到睡榻上矇住。

「想活命就悄悄睡覺，否則就殺了你。」霍延警告了館丞一句。他剛想問班超下一步怎麼辦，聽到有人敲門。他用眼神訊問班超：開不開？這時董健在外面出聲了。

「我咋覺得氣氛有點不對。」董健進門就說。

班超壓低聲音說：「豈止是氣氛不對，是匈奴的馬刀架到我們脖頸上了，一百二十多把呢！只是鄯善王瞻前顧後，沒有暴露我們在此罷了。今天匈奴人酒喝高了，夜裡必然睡得死沉，不如火攻他的營地，讓他們在夢裡見閻王去吧！」

班超把自己的想法一說，董健吐了一下舌頭。然後興奮地說：「真是刀架脖頸了，就等一嘩啦，幹！幹他娘的，咱也有刀！」

霍延看董健一說打仗就興奮的樣子，什麼危險都不在話下，也來了精神。「光有刀好像不夠，要是再有點桐油，就更好了。」

「一會兒安排人去找。能找著更好，找不著用柴火，驛館裡柴禾馬草有的是。」班超見自己的哼哈二將毫無懼色，心裡就有了底。當下就敲定了火燒匈奴營地的方案，班超特別叮囑兩人對郭恂保密。然後三人沒事人一樣，出來帶著大家到餐廳吃飯。

也許是餓的時間長了，也許是驛館的飯菜味道特別，士兵們吃得很香。班超也餓了大半天，但此刻一點食慾都沒有。他只喝了幾盞酒，連筷子都不動。祭參注意到班超的異常，附耳低問是不是為白狐未歸擔心，班超點點頭，又搖搖頭。還有一些人見長官表情凝重，也先後放下了筷子，眼巴巴看著他。他覺得這一趟來的比較順利，許多人已經放鬆了警惕，現在有必要把實情告訴大家，讓所有的人都清楚目前的處境。

「誰知道今兒為何在這裡就餐：誰知道鄯善王現在幹啥？」

班超敲了敲餐桌，一連提了兩個問題。部下們沒人回答，餐廳由嘈雜變得很安靜。他故意冷了冷場，突然站起來告訴大家：「鄯善王正在國賓館宴請匈奴人呢！匈奴騎兵來了，而且數量是我們的三、四倍。趕明兒鄯善王要是把我們交給匈奴人，或者與匈奴人一起來抓我們，那我們這些人的屍骨，恐怕就只能被拋在沙漠，任蜥蜴吞噬了，就像前幾天累死沙漠的那匹戰馬一樣。」

過了幾天上賓的日子，大多數人已經放鬆了警惕。乍聽身處險境，一時不免吃驚。有人擔心，有人懼怕，有人徬徨，也有人激動。嘈雜了一陣，大家便將目光都轉向了班超，想聽聽他有什麼脫險求生的辦法。

班超見大家都等著他拿主意，卻不緊不慢地站起來問大家：「兄弟們冒險來到這裡，是為了什麼？」

大家面面相覷。在這三十幾人裡，有人是抽籤抽中，該服兵役的；有因為家窮，純粹為了給家裡減吃糧負擔的；有為了領軍餉，貼補家用，最好給家裡買幾畝地的；當然也有為了建功立業，光宗耀祖的。班超見大家只是低聲議論，沒一個人大聲說話，就點了一個屯長的名：「馬弘，你說說！」

馬弘見長官點他，知道什麼該說，什麼不該說，就站起身來。「回稟司馬，說官話，為朝廷效力，保家衛國。說實話，為混個功名，加官進爵，光宗耀祖！」

「說得好！」班超走到幾個桌子的中間，對大家說：「弟兄們跟我來到這與漢隔絕幾十年的地方，無非都是想建立大功，求取富貴，讓家裡人過上好日子。誰都不是來送死的吧？可是，我們不想死，就得讓敵人死！」

「對！讓敵人死！」大部分將士異口同聲地附和，有人提議現在就殺出去包圍國賓館，趁敵人喝酒下手；有的主張找鄯善王交涉，看他到底是跟匈奴還是跟漢朝，要是跟匈奴，就幹掉他。也有人擔心匈奴兵多，幹不過人家，打還不如跑。不知誰突然發現郭恂不在，大家就吵吵起來：這麼大的事，應該跟郭長史商量才是。祭參腿勤，就要出去叫，被班超白了一眼，馬上若有所悟，老老實實坐回去了。他環顧餐廳，見門是關的，田慮早就搬把凳子坐在門口，顯然是不讓人出去。

班超乾脆明說：「郭長史身體不適，又膽小怕事，此事不須驚動他。大家還是想辦法怎麼殺敵吧！」

餐廳又一次變得鴉雀無聲，大家都明白班超要獨斷專行了。只見董健端起酒盞一飲而盡，然後把酒盞往桌上重重一擲，兩眼瞪得老大。高聲說道：「事已至此，要想殺敵，只有跟班司馬幹！要想活命，唯有聽班司馬的命令！」

霍延接住話頭，重提紅柳灘那一仗。「班司馬布的口袋陣，幾百匈奴人進去，只有死的份，沒有活的命。相信班司馬，他一定能讓大家轉危為安，逢凶化吉！」

霍延或因剛落，白狐敲門進來，被田慮屁股上踹了一腳，問他野到哪兒去了。白狐哎喲了一聲，捂著屁股，直接跑到班超跟前，附耳低語買了二百一十斤桐油，七十斤松香粉，平均裝成七份，夠燒他一陣子了，送貨的人還在外面等錢。

班超一怔，心下大喜，也不細問他這兩天去了哪裡，當胸輕打白狐一掌背：「你這傢伙不愧是見多識廣的主，才跟了我幾天，竟能猜到我心裡！去找田慮拿錢，付了錢將送貨人扣住。」

看著白狐到門口跟田慮嘀咕，班超揮臂一呼：「弟兄們，不入虎穴，焉得虎子？眼下的情勢是：幹掉匈奴騎兵，鄯善上下必然驚駭落膽，不得不乖乖復歸漢朝，我們就都是大漢的功臣，等著升官發財抱美人吧！如果匈奴人幹掉我們，我們的家庭就都失去了靠山，老娘沒了孝子，老婆沒了丈夫，兒女沒了親爹，鄯善就還是匈奴的地盤，竇固將軍就白派我們一趟。更重要的是，我們都死得不值，像司馬遷說的，輕於鴻毛，將被後世萬代笑話。現在已經沒有選擇了，就是先下手為強，成敗在此一舉！我這裡已經定好了方案，大家有沒有膽量？」

「有！唯司馬之命是從。」眾人異口同聲，群情激動。

客觀地說，班超還是善於激勵將士的。憑他這一番話，就把大家的恐懼心理掃除了。生死懸於一線，膽量這東西有沒有都得有了。怕也得幹，不怕也得幹，啥不如不怕。識時務者為俊傑。要想活命，必須要了匈奴人的命。再說騎士們本來就不缺勇氣，哪次衝鋒還想下一次！於是封鎖驛館，許進不許出，令大家吃飽待命；旋即又叫來白狐，與董健、霍延、甘英、田慮、馬弘等人開會，仔細籌劃部署。甘英是董健手下的屯長，擅長觀風水看地形。

白狐這才告訴大家：他在酒館碰上一個匈奴軍需官，出來買馬掌，把幾個鐵匠鋪跑遍了，也沒買夠一百五十副，罵罵咧咧跑到館子，等鐵匠現打。白狐自稱是烏孫商人，也是來買馬掌的，兩人喝得高興，聊得也熱火。匈奴騎兵是從龜茲過來的，有一百二十多人，主要任務是給鄯善王施壓，不許漢朝人員入境。後晌，馬掌湊夠了，匈奴軍需官也喝高了，白狐主動陪他回到城北的驛館，交割馬掌，完事後被邀請一起喝奶茶。喝得興起，復又喝酒，天黑了就安排在驛館住下，使他有機會把驛館踏勘得清清楚楚。

匈奴帳篷共七頂，搭在驛館後面的空地上，出口都在東面，中間一頂住的是千騎長（相當於漢軍的部校尉）和幾個隨從，其他帳篷各住約二十人，有一百五十多匹軍馬，全部養在驛館西南角的大馬廄。上午匈奴人赴宴前，白狐才告辭出來，出來後思來想去，覺得班超是個眼裡容不得沙子的人，肯定不能讓匈奴人活過明天。而以他從匈奴大營逃跑的經驗分析，滅敵的最好辦法是深夜放火。於是就悄悄買桐油、松香，讓店家分裝、送貨。一直忙到黃昏。回到驛館找班超彙報，發現臥榻上的國賓館館丞，問明情況，安慰了幾句，就到餐廳來了。

班超聽了白狐的陳述，不住地笑，又不住地拍他的肩膀。「我說夥計，你這次立了大功，十多年馬沒有白販。你真真就是個及時雨，好參軍。從今日起，你就任參軍兼譯官吧！有你搞的這些傢伙什兒，事情成了一半。」

大家都向白狐道謝道賀，隨後就領受任務：班超親帶田慮、甘英等人縱火，將白狐分好的桐油一個帳篷一桶，待火勢燃起後機動；董健帶馬弘等二十人，各攜弩機、弓箭和馬刀，在帳篷之間把守，見有人出來即射即砍，除惡務盡，絕不能讓一個活著逃走；霍延、白狐帶十人，從驛館借鼓，到時見火起即擂，並用匈奴語喊殺，兵不厭詐。三更起身，五更行動，各人分頭準備。為不洩漏行蹤，全部人員不騎馬隱蔽步行，不成功便成仁。

也該班超事成，當夜北風挺大，殘月昏黯，扜泥城宛如浸在霧裡，剛好掩護了小分隊的行動。白狐將兩個送貨的夥計也帶著，加倍付給貨款，讓其幫著運送發火材料。到了匈奴騎兵駐屯的驛館門口，董健帶人潛入，摸掉哨兵，然後大隊包抄過去，呈眾星拱月般布置的七頂帳篷，不見任何動靜。班超暗喜，迅速用手勢布置就位，然後就給帳篷周圍潑灑桐油、松香。由於風打篷布的聲音很大，他們輕手輕腳的動作也沒引起異響，一切有如神助。匈奴騎兵們喝了大半天的燒酒，此時正睡得死人一樣，不少人還在磨牙、放屁、說夢話。班超本想讓他們多睡一會兒，默唸兩句超度的經文，田慮已經將火把點著了，那就燒吧——地獄之門提前打開！

也就喘幾口氣的工夫，七頂帳篷全部燃了起來，風助火勢，火苗呼呼上竄，很快照亮了半個天空。帳篷紛紛坍塌，變成七個大火堆，松香在火苗裡劈里啪啦，縱橫跳躍，拉扯出許多藍色的長火焰，煙黑且嗆，帳後的鼓點「咚咚咚咚」敲得又急又響，伴著聲嘶力竭的吶喊。火堆裡的匈奴人驚慌失措，根本鬧不清咋回事，嚇得起身亂竄，一群群光溜溜的就像脫了毛的野豬，竄來竄去還是被火圈阻著出不去，嚎叫著掙扎。

外面的漢軍站在暗處，離得又不遠，看得真真切切，弩箭都是瞄準了再射，射倒的就直接躺在火裡炙燒，沒被射倒的拚命往火堆外面衝。班超一看，大局已定，叫霍延等人停止擊鼓，來助董健。揀能動的就殺，那些已被燒得半糊的，好不容易逃出火堆，來不及咳嗽一聲又被削掉腦殼，白白費了許多功夫，還是難逃一死的命運。班超自己也提著寶劍，見有出火海的就砍，一會兒砍下好幾個頭顱。他沒想到自己拿了幾十年毛筆的手，殺起敵人來一點都不吃力，從心底感激董健對他的作戰培訓。

天還沒有大亮，戰鬥就結束了，一百二十多人的匈奴使團灰飛煙滅。士兵們越殺越勇，情緒高漲，相互擊掌慶祝，爭先尋找「漏網之魚」，先前籠罩心頭的陰霾，或多或少的膽怯，通通隨著火葬匈奴的青煙，散到九霄雲外去了。尤其是祭參，第一次參加戰鬥，每一刀砍殺下去，都好像帶著千鈞之力。班超的心頭輕鬆了許多，早先所擔心的惡戰並沒有出現，真是僥倖中的僥倖。他由衷地佩服孫武，他的「兵貴神速」、「兵不在多而在精、將不在勇而在謀」的軍事思想，真是運籌帷幄之大智慧，指導著後輩從險境走向成功。

站在得勝之地，人不免有點陶醉。環顧周圍，一片狼藉，地上滿堆的屍體，燒得焦黑。班超心裡再清楚不過，要不是動作快，到了明天或者後天，這也許就是他們三十幾個人的結局。成功與死亡，原來近在咫尺，而誰死誰活，相當程度上取決於誰先被算計。不怕做不到，就怕算不到，所謂的運籌帷幄就是算計加算計。

驛館的管事、馬伕和廚師等人，驚恐於眼鼻底下發生的火燒連營，一個個聞風喪膽，嚇得躲在房子裡，連尿尿都不敢出來。班超讓白狐好生安慰一番，然後跟他們說明情況，指出匈奴的戰馬將屬於漢軍的戰利品。見這些人不住地點頭哈腰，就派一部分人到馬廄備馬，一部分人點著火把打掃戰場。他要等天大明後，騎著匈奴大馬招搖過市，把消滅匈奴騎兵的消息盡快傳遍扜泥城，把廣逼到死角，讓其丟掉幻想，斷了其不得罪匈奴的念頭。

不一會兒，白狐牽來一匹紫紅大馬，頭高腿長，卻是黑鬣黑尾，說是紫騮馬，很名貴的。班超順了順馬鬃，扯了扯鞍轡，見了白狐就想笑。其實他不懂馬，但懂得部下的心，想先試著騎一騎，好了就留下。這時，東方天邊已經出現魚肚白，日頭很快就從牆頭樹梢間爬上來了，似乎完全沒有理會扜泥城發生過什麼。畢竟人在大自然面前的渺小，幾乎到了可以忽略不計的程度，說什麼大人物離世就會有天象異常，完全是一派胡言。

在門口警戒的哨兵，突然喊了一聲「有人來了」。班超立即下令所有人上馬，列成戰鬥隊形，刀出鞘、弩開機、箭上弦，以防不測。自己卻把馬交給白狐，與董健、霍延步行往門口相迎。一陣急促的馬蹄聲由遠而近，須臾之間就停在驛館門口——是鄯善的都尉伊勒蓋帶人趕來了。班超大喝一聲大膽小吏，見了漢使為何不下馬行禮？

伊勒蓋是聽聞驛館著火特地趕來的。一眼瞟見匈奴使團的七頂帳篷已經變成灰燼，尚未燃盡的支撐木、羊毛氈、還有弓背弩架等殘物，依然冒著縷縷青煙，嗆鼻的焦糊味，隨風而飄，匈奴騎兵大都被燒得面目全非，昨天的酒宴正好成了他們最後的晚餐。再看漢使戰鬥隊形，劍拔弩張，森嚴肅穆。這位前幾天一直招呼漢使陪吃陪喝的都尉，已經嚇得面如土色，嘴巴張得十分誇張，渾身發顫，不敢動彈，又被班超喝了一聲，腿肚子抖得更加厲害，半天才從馬上下來，右手撫胸，身子前傾，向班超行了見面禮。他的幾十個隨從都在門外下馬，畏手畏腳，沒一個敢進門。

班超這才稍微改顏，還了禮。問都尉是否見過匈奴千騎長，請他幫著尋找。都尉意識到攤上大事了，心裡叫苦不迭，口中唯唯諾諾，沒奈何把那些血肉模糊的腦袋一個個撥拉著，回想這些人昨日喝酒時還飛揚跋扈的樣子，額頭冒出一層冷汗，半天才找著千騎長血肉模糊頭顱。班超用劍一挑，順勢抓在手裡，見門外有了看熱鬧的平民，便平靜地對都尉說：「我與匈奴軍隊作戰，驚動了鄯善的百姓，實在是抱歉得很，你一定要把我的歉意轉達給老百姓。老百姓都是良善之人，他們一定會支持我們懲罰殘暴的匈奴軍隊。匈奴人有一百五十匹戰馬，都是我繳獲的戰利品。我現在騎走一些，剩下的麻煩您請人照管一下，我東歸之時將一併帶走交差。還有地上這一些亂七八糟的屍體，請找人按匈奴風俗處理。這裡發生的一切費用，都由我出。再麻煩您回去通知一下你們的大王，一個時辰後，漢使在所住的驛館迎接他。現在讓你的人把路讓開，我要回去盥洗一下，乾乾淨淨迎接鄯善王！」

班超說畢，長劍入鞘，翻身上馬，就帶著他的三十六名騎士，大搖大擺地離開了這一片是非之地，似乎一切都沒有發生。伊勒蓋的人馬早已閃到路兩邊，形成夾道，一個個面色蠟黃，手足無措，胯下的馬匹禿嚕——禿嚕——不停地打著噴嚏。鄯善的百姓，看見漢使手裡拎著匈奴人的頭顱，盡皆驚愕，面面相覷，少有敢出聲的。班超乘機讓白狐向百姓喊話，說明漢使是來驅除匈奴的，已經替你們的國王消滅了侵略鄯善的匈奴騎兵，絕不會傷害百姓。大家以後都是大漢的子民，大漢還要保護大家安居樂業，過好日子呢！

成功之後回驛館的路似乎很短，還沒怎麼顯擺就到了。郭恂已等在門口，背著手來回踱步，一副焦急煩躁的樣子。他與班超住的是高級房間，離大家較遠，幾日來又水土不服，一直躺著休息，班超夜黑兒只讓祭參給他送了些吃的，告之不去國賓館就餐，他也沒多問。這會兒看到班超手裡拎著人頭，其他人臉上也沾著煙黑，頓時一臉狐疑，滿心驚恐，結結巴巴探問究竟。班超下馬，漫不經心地說：「昨夜有人來報，匈奴騎兵來和我們爭鄯善，有一百二十多人，我帶我們的人出去溜了一圈，連夜把他們給收拾了。弄得乾乾淨淨，一個不剩。」

「啊？！」郭恂驚得打了個趔趄，也不敢直視班超手裡的人頭，稍事安靜，又埋怨起來。「如此重大的軍事行動，你……你怎麼也不和我說一聲，你未免太不把本長史當回事了吧！你萬一失手怎麼辦？我怎麼向竇固將軍交代？」

班超聽話聽音，郭恂擔心的核心是萬一行動失敗，他這個千石恐怕也難逃匈奴之手。這個懦弱的文官，越來越不招人待見，喜歡裝腔作勢，卻又膽小無主見。即便如此，班超還是要顧全團隊的面子，至少在鄯善人面前，不能表現出任何不協調。他一再強調：「主要是考慮到郭從事身體不適，殺人放火的事情恐怕也幹不成。但我們是一起出來的，功勞我自己不會獨占，定與長史同享。」

郭恂見班超說給自己分功，立刻態度緩和許多，改口慰問。

「嗐，功勞不功勞的，倒是無所謂。你不知道，我早晨起來不見一人，實實是擔心，沒有別的意思。班司馬真乃大智大勇之人，竟敢老虎嘴裡拔牙，還能萬無一失。這一路走來，百聞不如一見。我真服了！」

班超呵呵兩聲，事情風平浪靜。他順便告訴郭恂，已經通知鄯善王飯後來見，就在餐廳接受他歸附。郭恂欣然點頭，陪班超回到客房，釋放館丞，贈給金錢，熱語安慰，多賠委屈之禮。盥洗之後，盡快在驛館早餐，然後在餐廳中央擺好桌椅，令董健率二十四名騎士騎馬列隊，一律著禮服；霍延、田慮、祭參隨身聽命；白狐負責出進連繫。

這邊準備剛剛就緒，鄯善王廣就急匆匆帶著國相、都尉及一幫官員進來了。董健下令騎士行持刀禮，然後下馬引導至餐廳。班超和郭恂端坐桌前，臉色鐵青，目光炯炯。郭恂要起身讓座，班超一把拉住，接下來也不看郭恂，順手將匈奴千騎長的頭顱扔到地上，半凝固的血水濺得廣滿腿都是。

「大王可是認識這個頭顱？」「……認認認識。」

「可是昨天還在匈奴千騎長脖子上長著的？」「是……。」

「收拾一下，給大王做個尿壺，可否？」「啊？不……」

「大王膽子這麼小啊！連匈奴都這麼怕，你就不怕大漢？」

鄯善王廣本來很年輕，經事不多，哪裡見過這個陣勢。他不是不怕漢朝，而是弱國無外交，誰都得罪不起。這會兒一看見班超的眼神就躲閃，雙腿不由得打顫。他已經聽了都尉的彙報，又看見匈奴千騎長的頭顱，知道現在就是不歸附漢朝，匈奴那麼多騎兵死在他的地盤上，西南呼衍王也絕不會饒了他。又想起西漢政府派傅介子誅殺前王安歸的舊事，嚇得面黃如土，連忙跪下磕頭，表示一切都依漢使。

班超藉機宣揚漢朝的寬仁厚義，歷數中原通西域開發「絲綢之路」的好處，回顧朝廷對鄯善等國王以往的恩寵，叫他從此割斷與匈奴的連繫，一心向漢，否則下一次地上滾的頭顱就是他的，到那時就後悔莫及了。廣連連頓首稱是，並讓國相呈上歸附表章，主動提出送質子到洛陽。班超接過表章，看見廣的簽字和印章，與郭恂相視微笑，然後由郭恂起身，扶廣起來，分賓主坐定，商議護送質子的具體行程。

這個鄯善王這次倒是很痛快，第三天就讓十一歲的兒子坐上了驛車，並派了好幾個僕人隨同。

鄯善的都尉伊勒蓋帶了幾十個人沿途護送，一直送到敦煌郡界。由於班超一出發就令祭參帶兩人快馬加鞭，飛報戰果，竇固和耿忠兩位侯爺早已知曉情況，特意趕到敦煌城迎接。溫校尉更是組織了百人鑼鼓大隊，歡迎凱旋的弟兄。幾千名將士全副武裝，從路口一直排到軍營。這一切都讓班超很感動。他第一次由將軍陪著從歡迎的隊伍前面走過，享受掌聲和笑臉，享受被人寵、被人抬、被人羨慕的榮耀，也第一次掉下了激動的淚水。當竇固問他路上累不累的時候，他第一次說了一句走心的假話：「不累！」

其實哪能不累呢！就算身不累，心也是累的，這麼一支小分隊，深入匈奴控制的腹地，如臨深淵，如履薄冰，處處都得小心，特別是回來的路上，生怕鄯善質子摔了、碰了或者病了，比打仗還讓人操心。竇固將軍顯然是體諒下屬的，聽完彙報，就令他先領賞，然後放心歇息，直到哪天歇得身子癢癢了，再來做事。鄯善質子另外安排人護送進京，讓祭參跟著回去一趟。祭參走的時候，班超讓把他攢的薪俸都帶回去。想了想又說：「回去告訴你嬸子，我這裡一切都好，啥啥危險都沒有。讓他和孩子不要擔心。」

祭參笑道：「那也要嬸子信！」

祭參和質子等人還在路上，竇固將軍的快馬喜報已經送達朝廷。明帝劉莊異常高興，破例讓太尉趙熹宣讀竇固的奏章，在朝堂引起強烈的反應。三公九卿以及朝堂大臣齊齊跪下，嚮明帝道賀。由張騫鑿通的「絲綢之路」，阻斷五十年即將重新開通，大漢與西方各國的交流貿易前緣再續，的確是可喜可賀！

當日列席早朝的班固，注意到奏章中有一段是專門是為班超表功的，歷數班超自參軍入伍以來布陣坑敵、火燒敵營、宣示漢威以及教化居民食魚等等表現，讚他有膽有智，有謀有略，文可安邦，武能卻敵，的確與常人不同。他也聽到趙太尉附帶評論了一句：「顯親侯還是很會用人的。」這話既是提醒皇上，又是告諭大臣。

其實竇固作為皇親國戚，體恤明帝勤勉嚴律，擁戴明帝的治國大略，也深諳其暴躁、刻薄、偏激的性格，尤其在抑制外戚權力、防止外戚結黨方面，更是矯枉過正，疑心很重。馬皇后德冠後宮，但其兄弟沒有一個位列三公，其父馬援是光武時代功勳卓著的大英雄，但明帝在南宮雲臺供奉中興二十八將宿時，卻刻意將其剔除在外；東漢最顯赫的六大外戚家族馬（援）氏、竇（融）氏、梁（統）氏、耿（弇）氏、陰（興）氏、鄧（禹）氏，前四家都籍屬扶風，明帝更害怕扶風人攪在一起，對他的統治形成威脅。

班超是竇固自行簡拔的，又是扶風人，所以竇固就是多想推薦班超也不敢明提，他刻意表揚了班超，卻說他派班超探路是和耿忠商議後，在西涼軍營裡「筷子中間拔竹竿」，趕巧選對了。他請求朝廷下一步應派出正式使節出使西域，使漢威重達天山以南各國。這個使節肩上責任重大，是代表朝廷的，所以一定要請陛下另擢能人。

明帝這些外戚的小心翼翼瞭然於胸，心想：我這姐夫也是矯情，明明是他選對了人，還要討朕一個嘉獎不成！罷罷罷，權且記著。於是曉瑜眾卿：「班超這個愣頭青既然這麼能幹，西域還派別人做啥，就是他了！給他個司馬身分，著其多帶金錢珠寶，便宜行事。」

班固一回家就將朝堂的事情告訴老母，老母從箱底翻出一塊布料，要班固的媳婦陪她去看水莞兒。媳婦說：「這下叔叔是千石的軍官了，把大哥甩兩條街，我們以後還要仰仗弟妹呢！」

老母說：「老二在外頭再風光，媳婦在家也恓惶。頂門持家管孩子，一件一件，件件都是事。不管啥時候，還都要巴望你這個嫂子呢！」

班家的老太太真是個好婆婆，幾句話就把大兒媳心中的酸味兒給化了。婆媳倆很快將班超升遷的喜訊，帶到水莞兒居住的小院。水莞兒喜極而泣，偎在婆婆懷裡光哭不說話。嫂子這才理解弟妹沒有丈夫在身邊的苦楚，好一陣哄勸，又勸得水莞兒破泣為笑，起身給她們做酸湯臊子面去了。

幾天後，鄯善的質子到了洛陽。明帝劉莊放下手頭許多雜事，親自接見這個孩子，給了很多賞賜，問了許多家長裡短，還要求大鴻臚親自過問食宿，安排人帶孩子到九六城到處轉轉，看看漢朝的繁華。畢竟這是東漢王朝第一個西域質子，意義非凡。見完鄯善質子，明帝覺得班超這愣小子倒是有兩把刷子，蘭臺抄書不怎麼樣，到了西域竟然能獨當一面，這麼快就拿出了成績單。要是早早安排他去西域，沒準現在的九六城，又是處處晃動著胡人的帽子了。這件事說起來還是竇固的功勞。這麼一想，就覺得以後西域的事情，還得多聽聽竇固的意見。

適逢中秋將近，宮中管事請示中秋賞月的安排。明帝見西域的事務有了一個好的開端，就讓把涅陽公主也請來，和嬪妃們一起飲酒作樂，熱鬧一番，省得竇固不在家，她一個人寂寞。管事得令就要下去，明帝又讓問問馬皇后，看她有無興趣。

馬皇后為人行事向來簡樸，不喜歡湊湊熱鬧。明帝凡出行打獵、林苑郊遊，她都是不去的。這次卻一反常態，而且有了另外的提議。「陛下，你看竇固將軍屯駐西涼，北方要塞也各有將軍領兵把守，涅陽公主和其他將士眷屬多在京中。春花秋月，最是思親。不如以皇后名義做個東，請公主姐姐和一些將校內眷一起賞月，也是宣達陛下恩寵。要是陛下破例過來走動一下，更是蓬蓽生輝，女眷們定會勉勵丈夫在外用命，豈不是陛下之幸，朝廷之幸！」

劉莊一聽，覺得皇后這個想法不錯，是個比發賞錢更好的主意。轉念又問：「你們老馬家不是和老竇家有恩怨嗎，你咋還這麼惦記竇固？」

明帝真是明察秋毫，說他是天下第一細心皇帝一點不誇張。馬、竇兩家確是不睦，洛陽城裡盡人皆知。馬皇后的父親馬援這個人，剛正不阿，忠勇無二，是光武中興時代的名將重臣，功蓋朝野，就是嘴碎，喜歡倚老賣老，愛管八竿子打不著的閒事。竇固和梁松都是光武帝的女婿，倆人上下朝喜歡湊在一起。雖然朝廷有官員不許私下結交的規定，但人家是親戚，這就不能泛泛而論了。可是馬援見了就敲打：「要注意影響呢！」其實馬援也是善意。但話說一遍貴如金，說到三遍臭如屎。馬將軍哪裡三遍到頭，他是見了就說，說得招人厭煩，躲著不想見他。更過分的是馬援在交址打仗時，還不忘寄信給姪兒馬嚴、馬防，勸他們不要學梁、竇和另外兩個人。後來信中所提的另倆人出事入獄，別人找出馬援的信作證，就連累梁松和竇固被光武帝訓了一頓。倆人頭都磕破了才得免罪，自此就對馬援恨得要死。後來馬援以六十二歲高齡掛帥出征，到武陵山平犬戎，兵困壺頭山，自己也中暑病亡。梁松乘機上疏告馬援貽誤軍機，以前從交址還運回家許多財寶。竇固等人也跟著附議。劉秀信以為真，就拿馬援治罪。馬援的靈柩運回來以後，家人嚇得不敢聲張，悄悄草葬，親友都不敢致祭。還是馬皇后的母親自縛到皇宮申冤，事情才得查明。原來馬援有風溼病，在嶺南時吃薏米能減輕疼痛，於是從交址帶回幾斗，還剩下一些。馬妻就將家裡剩的薏米全背到庭前，請光武派人到家中搜查，看還有何寶。這時亦有正直的朝臣為馬援蒙冤上疏，光武帝才允許重葬馬援。當時馬嚴已經和竇固的姪女結婚兩年，經此風波，氣得一紙休書將竇女攆出家門，打了竇家人的臉面，滿朝文武都知道兩家的梁子結大了。

馬皇后說：「那是老馬家的事。臣妾是老劉家的人，貴為帝婦，哪能因私廢公呢！」

劉莊嘖嘖稱讚，嘆馬皇后怎麼不是個男兒之身。轉而便令太尉府與後宮管事一起擬定人選，八月十五在北宮舉行將校眷屬賞月會。班超是新晉的軍司馬，水莞兒剛好趕上。這個不大出門的女人一向恪守三從四德，除了竇固府上，就沒進過衙門，做夢都沒想到會有此殊榮。經過一番梳洗打扮，特意穿上還沒給丈夫見的新裝，別了一支鮮豔的髮飾，來到宮門，等到管事驗明身分，告訴如何跪拜娘娘千歲千千歲，才有太監領路前行。

皇城的北宮建起來還不到十年，四門八殿，飛閣相連，紅梁玉階，斗栱飛簷，壁上美圖奪目，金柱翡翠耀光，洛水入廊，清流淙淙，池岸花香，鳥語啾啾，看起來壯觀雄偉，極盡奢華，讓第一次進宮的水莞兒眼花撩亂。賞月會在長秋宮前的庭院舉行，幾十張鋪著錦緞的桌子上擺滿了鮮花、水果、月餅、糕點和酒具，每個凳子上還放著一盒皇后送的禮品。

人差不多已經到齊，有認識的女人們嘰嘰喳喳，相互誇讚髮型的美秀、衣裳的華麗、胭脂的顏色，以及香包的馨味兒。也有人誇張地走來走去，生怕別人看不見自己的豔麗。水莞兒只認識涅陽公主劉中禮，自班超跟了竇固後她就與之走動。這會兒見過禮，就尋找標有班超名字的位子坐定。隨著一聲「皇后駕到」，一群衣著豔麗的宮女就像風飄著一樣，簇擁馬皇后出來了。大家跪下見禮，聽到一聲「平身」，然後重新落座。

馬皇后繞著場子轉了一圈，然後在高高的主席臺上落座，開始縱論家國天下，男人女人。馬皇后年紀比水莞兒長幾歲，但看起來卻好像比她還年輕，柳葉長眉，櫻桃方嘴，標準的鵝蛋臉，翹鼻順耳，舉手投足間透著高雅，說起話來不嬌不作，聲音清亮，笑容燦爛。坊傳其身高七尺二寸，因為從未生育，體型保持很好，加上高高的鳳冠，越發是鶴立雞群，頎長婀娜。但其袍衣粗疏，連花邊都沒有，裙子的質地還不如有些將軍眷屬的華貴，卻是讓人感慨。不知她老公富有天下，她也以勸帝加封王子為美談，那麼為何自己又這般儉省！難道真是傳說中的高德賢後在世，為天下而省？

水莞兒這麼想著，竟沒聽清皇后娘娘後面還講了些什麼，直到皇帝出面，把她嚇了一跳。大家重新跪下，聽近臣宣示，叩拜吾皇萬歲萬萬歲，才又回桌。明帝劉莊坐在皇后旁邊，承諾邊關太平了，就讓邊關將校回京與家人團聚。忽然問底下的人，班超的夫人來了沒有。水莞兒趕緊站起來，答了。幸有涅陽公主從旁提示，讓她小跑著到主席臺前去跪。

劉莊說：「顯親侯上疏，言班超在西域打仗善用火攻，莫非在家時一直給你燒火？」

水莞兒聽出像在開玩笑，但君無戲言，她不敢作答，也不敢抬頭。馬皇后見她拘謹，替她解圍，說是陛下表揚你家班超，這才叩頭拜謝，心裡美滋滋的，慶幸自己嫁了好郎君，把那男人不在身邊的缺憾，也排遣出許多。

遠在酒泉城樓的班超，可不知道妻子此時的高興心情。與洛陽北宮奢華的賞月會比起來，幾千里之外的這個賞月會簡單得不值一提。但是，兩個會議的主題卻是有緊密連繫的。竇固、耿忠、溫校尉和班超席地而坐，沐浴著玉盤銀月的清寒，把盞凜冽的涼州燒酒，說的是肺腑之言，中心的意思就一個：「仲升呀，此去西域，形勢險惡，路途遙遠，情況複雜，你一定要步步為營，確保通往陽關的道路暢通，萬一失利，也可從容撤離。」

三位二千石的高官，這麼掏心掏肺地對他，讓這個剛剛上任的軍司馬非常感動。這幾個人裡，竇固是他的恩師，伯樂，多年來一直關照他。沒有這位侯爺硬著頭皮的提攜，他可能這輩子就廢了。天下能幹的人多的是，幾人能被發現，又有幾人能人盡其才呢！正所謂「千里馬常有，而伯樂不常有」。耿忠是他的貴人，認為他大器晚成，就是辦大事當頭兒的料，在上次出使鄯善前一直勸阻竇固任命郭恂當正使，否則還不知會是啥結果，而這話是今天喝酒才說出來的。溫校尉是他的直屬上司和好兄弟，總是給他創造表現的機會，讓他能夠施展拳腳，倘有疏漏又主動替他遮擋。人一生同時能遇到這樣的三個好人，那是多大的運氣啊！縱是敬上多少酒，也表達不了他的感激之情。

「要不，你再考慮一下，還是多帶些人吧！」

「謝謝將軍，就還是那三十六人，需要時我會上表的！」

班超清楚這是竇固將軍最後一次徵求意見，他也的確是最後決定了。上午被竇固將軍從敦煌叫來，就傳達了明帝的詔令，讓他以軍司馬的身分出使西域，從天山南道開始，逐步恢復漢朝的管理。這個司馬與以前的假司馬不是一個概念，前者是一支部隊的主官，後者是部隊指揮機構的高級參謀。

漢軍的常規部隊按部曲編制，只有作戰的時候才設大營，由二千石級別以上的都尉（將軍）統領。都尉府編制長史、司馬、曹官等從事幾十人，麾下五到十部，具體數量視策略目的和戰役規模而定；部（相當於今天的野戰軍）設校尉和司馬，校尉秩比二千石，司馬比千石，校尉府也有從事若干；部管二到十曲，曲設軍侯，秩比六百石；每曲管二屯，屯長秩比二百石；每屯管五隊，隊有隊率，隊分五什，每什管兩伍。伍長就是兵頭將尾，連自己管五人。也有些獨立的部隊不設校尉，直接由軍司馬統領，人也不完全按部曲屯隊伍的序列編制。班超現在就屬於這種情形。

新任的司馬覺得皇帝親自點了他的將，代表對他的信任已經到了比較高的程度。他的隸屬關係還在奉車都尉竇固大營，但重大問題有權直接上奏朝廷。雖說班超不再是溫校尉的助手了，但溫校尉特別厚道，一再給竇固建議，讓他多帶些人馬，人多勢眾。就連郭恂也附議。這個郭恂，這次領了功勞後，在竇固面前說了班超許多好話，甚至承認班超的智謀膽魄都在他之上，連給朝廷的奏章都是他草擬的，讓人覺得這個人也算得君子。

但是，班超認為自己出使西域是宣達王化，主要用謀，輔以用兵。用謀時人多沒有大用，反而徒增許多負擔；就是用兵，也要想辦法從當地借調，借力打力，盡量減少朝廷負擔。他上次出使鄯善時，溫校尉給予全力支持，手下五個軍侯，他把兩個厲害角色帶走了，其他的人員也是挑了又挑，選了又選。經過上次磨合，他覺得這支小型勁旅使用起來很順手。為了感謝大家的支持和信賴，前幾天他把上級的獎勵全給了董健和霍延，讓他們給大家分了，自己分文不留。聚會時，這些弟兄一個個表示，以後班司馬到哪裡他們跟到哪裡，可見大家對上脾氣了。唯一不在軍營的祭參，是帶著朝廷的詔令回來的，今天一見面就說要繼續跟著他去西域，不答應不給看夫人捎的信。除了郭恂，人都全了。

竇固看班超態度堅決，分析得有道理，也就同意了。大家端起酒盞，為班超餞行。竇固將軍臨別贈語：「雄關漫道兮其修遠，願君絕域兮多求索。」耿忠將軍一再說：「有難事就趕緊打發人來，別硬撐！涼州大營就是你的堅強後盾。」

奇襲

始建於西漢時代的陽關和玉門關，相距百里，南北守望，是通往西域和西方世界的兩個門戶。其中陽關是面向天山南道的，玉門關是面向天山北道的。兩關都建有堅固的關隘和城邦，由一個校尉領兵把守。關外是茫茫大漠，關內是綠洲田園，一關之隔，儼然兩個世界。所以後人有詩「西出陽關無故人」、「春風不度玉門關」。

自從張騫開了「絲綢之路」，關城就成了規模宏大的市場。來自西方的商品和來自關內的商品，既可在這裡進行大宗交易，也可以在此中轉，繼續前行。鼎盛時期，關城裡商賈雲集，萬頭鑽動，商舖林立，車水馬龍，其繁華甚至超過涼州。如今雖說收復了鄯善和伊吾盧，但西域還在匈奴人手裡，「絲綢之路」不通，所以大街上冷清許多，有的商舖連門板都沒下，難得見到幾個藍眼睛大鬍子的客商，好不容易碰上一個從關外販皮貨的生意人，還說匈奴人到處設卡，走一段交一次過路費，皮子變成了金子價，生意做不下去了，準備收手。即將西出陽關的將士們，在市場轉了半天，就得出一個結論：必須盡快趕走匈奴，把西域通往西方的商道打通。

願望雖好，但實現起來並非易事。班超領著他的三十六名隊員，經過甜水泉和扜泥城，又走了好多日子，才到達于闐王治約特干城。作為朝廷派出的官員，班超在甜水泉的時候，主持了驛亭的重新開張典禮，並任命韓老丈的兒子韓陽任管事，迎來送往，交通陽關。這小夥子與董健同年，人挺機靈，也有多次往返陽關的經驗。關鍵是和他父親一樣，知道自己的根在哪裡。到扜泥城後，他向鄯善王轉達了朝廷的嘉勉，也捎來了王子從京城寄出的平安信，一直挺高興。輾轉到了于闐，卻被于闐王廣德晾了起來。

廣德四十來歲，當國王已經十多年，傲睨自若，鼻孔撩天，與班超會見時就坐在他的王座上，連身子都不起來，皮笑肉不笑地打了個招呼，哇哩哇啦說了一通，然後讓譯官告訴他：「漢皇咋又想起西域了，還真是怪。匈奴人的監國團就在城裡住著，有七八十人，比你們人多。但你們既是漢使，安全我還是能保證的。至於別的事情，我看就免談了。大王日理萬機，無暇陪伴，漢使還是回驛館吧。可以到處轉轉，于闐國雖不大，好玩的地方也還有幾處。」

班超莫名其妙，感覺像吃了蒼蠅，噁心得直想吐，但他要把這噁心回送給廣德，就問譯官：「『理萬機』是何等的美女，大王為了她連國事都不管了？」

譯官遲疑了一下，想笑又不敢笑，復說「日理萬機就是國事繁忙的意思」。班超也不聽他解釋，轉身告辭。心想：難道我一個文豪家裡出來的人還不懂這個成語！回到驛館，叫了些酒菜，招呼幾個人商量與廣德的較量。

當時的于闐，距鄯善行程一千五百里，去長安九千六百七十里，範圍與今天的和田地區差不多，地理上位於于闐河（今和田河）之濱。南有蔥嶺，北接今塔克拉瑪干沙漠，東與西羌和吐蕃接壤，是西域南道的大綠洲，位當天山南路南道之要衝，西經莎車、朅盤陀可通往北印度或睹貨羅氣候和暢，植物種類多且繁茂。西漢時中原的養蠶和繅絲技術就傳到這裡，盛產美玉，以羊脂色的最為名貴。于闐是西域名副其實的大國，有五萬多人口，六七千軍兵。在南道這些國家中，能與之爭鋒的也只有莎車。光武帝放棄西域之後，莎車王賢憑藉新莽時獲頒的「西域大都尉」的牌子，親自率兵攻打于闐，一下子就把于闐王俞林打垮了，然後派他的心腹君德監守，回去的路上順便同小宛、渠勒、西夜、且末等幾個小國也簽訂了按年向他進貢的「合約」。

到了東漢永平三年（60），逃到大宛的于闐舊族休莫霸，覺得寄人籬下的日子不好過，就糾集舊部並私下連繫小宛、渠犁、且末這些莎車降國的軍隊，圍攻約特干，殺了君德，自立為王。賢怎麼也嚥不下這口氣，親自帶領本國和屬國的軍隊兩萬多人往攻休莫霸。但是他這次運氣很差，因為長途勞師又遇上沙塵暴天氣，辨不清方向，反被休莫霸打敗，好不容易保命逃回，一覺還沒睡醒，休莫霸竟帶著勝兵直接追到莎車。

莎車王賢因有城池可守，攻戰變成守戰，穿上甲冑直接上了城牆，找了一個大力士，拉開國內最大的一張弓，一箭射在休莫霸的面部。休莫霸疼得呲牙咧嘴，話也說不出，被親兵保護著趕緊撤退，退到皮山就疼死了。休莫霸一死，他的姪子廣德繼位。廣德一心想為叔叔報仇，就四處尋找戰勝莎車的機會。不久，這個機會還真來了。

十年前莎車王賢的小兒子——龜茲王則羅，被匈奴人謀殺，龜茲歸順了匈奴。匈奴人扶持的龜茲王身毒特別害怕莎車報復，也一直想攻滅莎車以絕後患，聞得于闐和莎車結怨，雙方一拍即合，決定聯合攻打莎車。一世英武的莎車王賢，被連年的戰爭搞得不堪疲憊，國內空虛，這次腹背受敵，怕支撐不下來，沒奈何派人出城，到廣德營中求和，承諾將自己的女兒配與廣德為妻。

廣德是個「外貌協會」會長之類的人物，開始不知賢女長得什麼模樣，躊躇了半天才答應，等賢的家人和親兵將公主送過來，一看細眉長眼，美眸泛光，前胸飽滿，體態婀娜，卻是玉容寂寞，梨花帶雨，想是不忍與家人分離，馬上渾身亢奮，好言安慰，抱到馬上，對送新娘的人說一聲「照單收了」，就招呼著大隊人馬罷兵了。

可是賢不得已的這一著臭棋，埋下了無法挽回的禍根，不久就把自己葬送了。原來莎車的國相且運，對賢的國策頗有微詞，卻與賢女有了私情。他正欲找人提親，賢猛然把她嫁到于闐，斷了他的念想，恨得他咬牙切齒。這且運絕對是一個偏執的情種，為了他心愛的女人，什麼事情都做得出。他悄悄派心腹到于闐連繫廣德，倆人私下達成交易：江山換女人。

廣德雖然愛美女，但在土地和美女之間的抉擇還是很理智的，他當了一年新女婿，充分享受了新婦的妙處，看著莎車公主臉上長出幾個孕斑，沒有原先好看了，就帶傾國之兵來「回門」。賢登城俯眺，看見廣德就站在吊橋下，大聲質問道：「我把如花的閨女都給了你，怎麼能無端相犯，你到底想幹什麼呀？」

廣德說：「尊敬的老丈人，我都當了你一年的女婿了，你家公主也給你懷外孫了，一直沒來看老丈人。今天是特地拜見，請您屈尊出來一下，結個城下之盟，以後永遠友好。」

賢聽了這話，差不多信了，又有點懷疑：這小子既是修好，為何帶來幾萬人馬？正躊躇不定，就向相國諮詢。且運盡揀誼關翁婿、最是親密的話講，賢也看見了女兒，就盡釋狐疑，出城去見。剛到廣德跟前，只聽一聲哨響，就被人拖到馬下，捆綁起來。賢還指望且運來救，那知且運與廣德唱的雙簧，一個在人前，一個在背後，而背後的那把刀子，這會兒只顧引著廣德的人抓他的家屬，抓完親眷就登城高呼：「莎車歸附于闐了！廣德大王英明！」

廣德聽且運為自己唱讚歌，覺得很享受，也不食其言，就將懷有五個月身孕的賢女推給且運，約定生下男孩歸廣德，女孩歸且運。這邊交接清楚，廣德又將他的弟弟不居徵留下當莎車王，叫且運好好幫襯。廣德在莎車住了一夜，第二天便把賢和他的兒子齊黎等幾十個家人押回于闐，用賢的人頭祭了叔叔的亡靈。得意忘形的廣德，並不知道螳螂捕蟬、黃雀在後的道理，他做夢也沒想到匈奴人在旁邊看著他表演完這一切，怕他從此坐大，尾大不掉，立即發龜茲、焉耆、尉犁等國三萬多兵，壓到約特干城下，逼得廣德只好乞降，承諾年年納貢，這才保住王位，極不情願地送長子到匈奴為質。饒是這樣，匈奴人還是要他撤銷與莎車的臣屬關係，將賢的兒子齊黎送回莎車為王。

班超覺得對付廣德這樣的強人，必須要找出他的「七寸」，否則會打蛇不成反被咬。幾個人都贊成班超的想法。可是廣德的「七寸」在哪裡，誰也不知道。霍延建議多派幾個人出去打探消息，有的盯王府，有的盯軍營，有的打探匈奴監軍情況，廣泛撒網，多布眼線，總能找到有用的情報。班超覺得這是沒有辦法的辦法，也很必要，就讓田慮、甘英和白狐各帶兩三人化裝偵查。

于闐這地方，居民原以塞族為主，後與漢、羌、吐蕃等長期混血，各種臉孔都有，語言也彼此借用，加之這裡是小乘佛教的交流中心，城內廟宇林立，有利於漢軍大範圍活動。可是偵查了好幾天，也沒有獲得什麼有價值的情報。這天上午，驛館來了兩個妖豔的女人，為她們的妓館做廣告拉生意。董健一見就舉起拳頭往外攆，一個老鴇模樣的邊跑邊嚷嚷：「難道你們漢使都是騸馬不成？人家匈奴的軍爺可不像你們，見天往我們館子裡跑哩！」

妓女走了，董健又把守門的兵卒訓了兩句，以後不許把這種人放進來。兵卒是于闐都尉府派來的，名義上保護漢使，實際是監視。聽了董健的話，似乎很委屈，說這家妓館是官妓，背景很深，老鴇在城裡呼風喚雨，沒幾個人敢惹，何況他們才是個大頭兵。大頭兵說著無意，旁邊的白狐聽了有心，給田慮使個眼色，兩人回屋商量了一陣，然後找班超要錢，說他們要去逛窯子。

班超正在研究地圖，嘴裡咬著半枝苜蓿，呸——地一下吐了出來。本想罵他們一頓：大事還沒辦呢，我這裡急得貓爪撓心，你們倒是逍遙，幹那事兒也敢找我要錢！再一看兩人吃吃直笑，就知道肚子裡沒憋好屁。哼了一聲，打發他倆找祭參拿錢。這次出來田慮把軍需之事交給祭參了。

中國古代是不限制軍人和官員嫖妓的。妓女作為一種職業，被歸在樂這個行業裡，分官妓和私妓兩種。官妓是有編制、上籍冊、吃皇糧的。春秋時的齊國宰相管仲，應該是中國官營妓院的開山鼻祖。

《戰國策．東周策》記載：「管子治齊，置女閭七百，徵其夜合之資，以充國用。」漢武帝時期，為解決邊塞官兵的性飢餓問題，頒布了「營妓制度」，讓妓女作為慰安婦為軍人服務。只是班超的隊伍人太少，還沒安定下來，這種服務一時沒有跟上。如果田慮和甘英單純就是幹這事兒，只要不耽誤正事兒，班超也是無可厚非的。

倆人找祭參領了錢，還真去公款嫖妓了，而且是去估衣店買了匈奴人的行頭換上去的。妓館的老鴇看他倆像是匈奴商人，出手大方，便曲意逢迎，殷勤伺候，見了面就使出渾身的力氣，把臉部的肌肉使勁往中間擠。收了金子，就招呼來一群薰香刺鼻、花枝招展的姐兒，一個個介紹，這個是伺候過相國的，那個是專對博士口味的，別看那些達官貴人前人模狗樣，到了這裡都是一群色狼，抱起姑娘就放不下，只恨自己褲襠裡的東西不爭氣。倆人就選了對相國和都尉口味兒的包起來，一連玩了三天。期間也碰到幾個匈奴軍官，一起喝了花酒，打聽到匈奴監國團正在和廣德交涉，要求于闐盡快將漢使驅逐出境。到了第四天，老鴇說相國派人來過，讓把姐兒送到一家高級客棧，今天只能換人了。

白狐他們踅摸了幾天，等的就是相國或者都尉，只要想法逮住一個，就可大概清楚廣德葫蘆裡賣的啥藥。在妓館這種地方，搞得好不露聲色，搞得不好大不了傳出匈奴刺客的風聲，讓廣德和匈奴人互相猜忌去。現在機會終於等到了，他們要知道的是客棧在什麼地方。於是尋釁滋事，藉機大鬧，一會兒要和相國爭風，一會兒要殺老鴇，一會兒要燒房子。老鴇見抬出相國和都尉的後臺也鎮不住，索性也撒潑耍橫，脫得精光，又來扒白狐的褲子，色瞇瞇地說：「說老娘我早就看上你那一雙騷狐眼了。你今天能把老娘弄舒服，我就把相國那邊辭了！」

這老鴇哪裡清楚白狐這傢伙是從小跑江湖的，玩女人很有些歪門邪道，扛起老鴇往屋裡的地毯上一摜，餓虎撲食一樣上去。直把老鴇整得哎喲哎喲亂叫，一會兒就酥攤了，醒過神後似乎意猶未盡，偎著白狐說：「你如此轟轟烈烈一場，還有力氣嗎？」

白狐一腳將老鴇踹得老遠，掐著脖子問她是否要食言。老鴇費了吃奶的力氣才掙脫出來，讓他去相國包房的客棧悄悄開房等著，等相國完事離開後再梅開二度，但出場費也是要出的。賣肉的這行就這規矩。

白狐提上褲子，預付了金錢，在老鴇的大胸上擰了一下，挑逗得老鴇又起了淫意，他卻轉身拉上門口放哨的田慮就走。老鴇在後面喊叫著，都尉的姐兒還可以繼續包。他們就當沒聽見，轉了兩條街到客棧租好房子，看了地形，然後尋一處僻靜地方換上漢使服裝，再回驛館向班超彙報。

「只要相國開口，就可以變被動為主動。他要是配合，我們的人也不暴露，原則上不要傷人。」班超說。他決定讓田慮和白狐天不黑就進客棧，霍延帶幾個人在客棧外隱蔽接應，大家分散出去。完成任務後先不要回驛站，以免引起于闐哨兵的懷疑。三更時分，讓祭參將驛站的草料場點燃，外面的人趁救火混亂之機進來。

一切都按籌劃進行。于闐的相國真是譜大，按現在的話說是腐敗透頂。嫖妓這種偷雞摸狗的事情還帶了護衛，放兩個在院子巡邏，安排兩個在門口放哨。幸虧白狐早有準備，聽著隔壁淫聲刺耳的時候，拉開門用蘆管吹了兩口迷香，那倆哨兵就順牆躺下了。接下來破門而入，一隻馬靴踩在赤身裸體的相國屁股上，使勁晃了幾下，身下的妓女就疼得叫了起來。白狐嘴裡罵罵咧咧，痛斥相國是個王八蛋，不講江湖規矩，仗勢欺人，竟然搶他付過夜錢的姐兒。正處在興奮狀態的相國受此大驚，頓時疲軟下來，也不知是遇到了什麼人，哀求好漢松腳讓他下來。妓女藉著燭光看見了白狐，哦喲——了一聲，雙手捂上了臉。沒想到妓女也有不好意思的時候，真真是見怪了！

「切！你那身子老子又不是沒見過，你還害哪門子羞！」白狐笑這說道。說完將相國往旁邊一推，那一堆胸毛茂盛的肥碩肉塊就滾到一邊，一邊手忙腳亂找衣服穿，一邊喊叫外面的哨兵進來。喊了幾聲沒動靜，眼珠子亂轉。白狐招呼門外的田慮進來，把妓女用裙子一包，抱到隔壁房間去。然後拔出腰刀，在相國臉上比劃了兩下，喝道：「再喊我就一刀宰了你！我問你，漢使都來幾天了，你們為什麼還不把他們殺了，或者攆走？」

相國試探了幾次，問白狐是不是匈奴監國團的人，見白狐不置可否，就嘆了一口氣說：「兩國交戰還不斷來使呢，何況現在沒有交戰。殺漢使容易，但幾百年來漢匈在西域拉鋸，你來了他走了，聽說這些年漢朝復又強大，你們萬一幹不過人家，你們走了，他們來了，還不得找我們報仇！至於攆走，也不能明攆，我們大王沒有禮遇他們，下來準備幫你們要回那匹紫騮馬，就是要讓他們覺得沒意思，灰溜溜地，自己離開。」

白狐一聽紫騮馬，腦袋嗡了一下，馬上追問「紫騮馬」的原委。相國本來嚇得直哆嗦，說了幾句話反而鎮靜一些，要求把衣服給他。「軍爺既是說正事兒，就不要弄成現在這個樣子嘛！漢使騎了一頭紫騮馬，是偷你們匈奴的名馬，很少見的，值幾十匹馬的錢。匈奴人要大王幫他們要回來，我們正在想辦法。」

「自己的好馬為什麼不好好看著，被漢人偷了呢？」

「這個我也不知道。」

白狐覺得相國不像說假話。匈奴人肯定不會告訴于闐人，他們的人在鄯善吃了大虧。即使這樣，他就轉了話題，佯稱自己是匈奴商人，不喜歡漢朝的人，就喜歡剛才那個妓女，也包了好幾天了，今天被你相國強行搶奪，自己嚥不下這口氣，這事情得有個說法。相國是個快五十歲的人了，通體滾圓，好漢不吃眼前虧，立即賠上笑臉，也不提妓女本來就是他的舊好馬子，反說了許多場面話，又讓白狐給他衣服，解下腰帶上一塊羊脂玉，送他算是補償。

白狐收了玉珮，摸著手感不錯，就與相國說和，雙方互不追究，出來讓田慮將妓女重新送回相國房間。沒想到田慮正與那妓女抱在一起，就要罵他狗東西，也不看著院子裡的于闐兵，鬼門關前打判官——不要命啦！轉眼又發現那兩個兵都被褲帶捆了放在屋腳，嘴裡塞著裹腿布。原來田慮這傢伙一時都不閒著，既然付了錢，就不做賠本買賣。白狐再三催促，甚至要上去強拉了，他才起來，拾掇拾掇，將妓女給相國抱過去。然後兩人逾牆而出，吹個口哨，就見霍延等人圍過來，一起返回驛館。他們在路邊一片小樹林待了一會兒，看見驛館裡濃煙滾滾，門口空無一人，哨兵和左右相鄰的人都跑來幫著救火，這才迅速閃了進去。

打發白狐等人出發後，班超就和董健在驛館裡喝酒等待。火起後，董健專門到門口招呼哨兵救火，班超在院子裡吆三喝四，讓沒有任務的隊員都來救火，裝得跟真的一樣。及至白狐、霍延他們進來，本來不大的火勢也基本熄滅了。白狐把于闐相國的話學給大家，班超終於鬆了一口氣，順勢往睡毯上一躺，叫大家都回去睡覺。

第二天，啥事兒也沒發生。傍晚的時候，班超叫了幾個人出去遛馬，專門騎上紫騮馬在外面招搖，回來時發現白狐和田慮已經睡了，就叫來霍延，問除了白狐說的，還有沒有別的情況。霍延報告他在客棧外面，扒牆頭看見兩個于闐兵，被田慮三下五除二打倒，然後一手提著一個，弄到屋裡去了，別的什麼都沒發現。回來的路上問他是不是把人弄死了，他打包票沒殺人，捆了放在腳下圖安全。

班超覺得這裡邊沒有什麼破綻，那倆傢伙就是這幾天縱慾累了。於是隔天又派董健帶馬弘往匈奴監國團附近去偵查。董健他們剛走，于闐王廣德便派了兩個人來，煞有介事地說：「我們大巫師接到了天神的旨意，漢使的紫騮馬自己騎著不吉利，要給代表天神的人騎，方能消災避禍。大巫師就是天神的代表，希望漢使能給予配合。」

班超知是匈奴人在後面搗鬼，故作誠懇地說：「呀！這麼可怕？既是天神的旨意，那就讓大巫師自己來牽吧。你們牽去也可能不吉利。」

那倆人對視一眼，就回去覆命。

過了一會兒，大巫師還真親自來了！這個自稱「天神代表」的傢伙，穿一身寬大的衣裳，綁著裹腿，披頭散髮，鬍子老長，眼裡露著邪光，脖子上掛著一串珠子，打扮非道非僧，一副自命不凡的樣子。見了班超也不行禮，伸手就要馬。

「就你這屌樣兒，也配紫騮馬！」班超罵了一句，然後手起刀落，「咔嚓」一聲，那巫師的腦袋就掉地上，其魂魄直接去見天神了。跟隨巫師一起來的幾個人，也不知什麼身分，看見殺人，嚇得掉頭就跑，被霍延他們直接堵了回來。

班超要求這夥跟屁蟲拎上巫師的頭顱，叫人找回董健，然後帶領全部人馬，徑入于闐王府。王府的衛隊猝不及防，被一直逼到廣德的公事殿前。董健大刀一舉，喝道：「讓開！」然後一刀下去，碗口粗一顆桑樹就從人頭高處斷了。田慮拉開大弓，朝天一射，剛從桑樹上驚飛的白尾地鴉，端端掉在一個衛士的腳前，衛士們嚇得失魂落魄，紛紛退避三舍。班超令將巫師的頭顱往案上一放，一路跟著血腥飛來的綠頭大蒼蠅爬得一堆一堆。嚇得廣德出了一身冷汗。

廣德這個人特別迷信，對巫師很看重，封了他博士頭銜。這會兒看見這顆髒頭顱，恍然大悟，原來天神的代表也保不住腦袋。廣德不知曉紫騮馬的事情，是匈奴人買通巫師和相國搞的鬼名堂。這會兒回顧左右護衛，皆被漢軍控制。董健已經竄到他身後，一把明晃晃的大刀從身後斜插過來，刀尖就觸在案幾上。

廣德忙起身下坐，拱手致禮。「前幾天怠慢漢使，都是因為身體不適。罪過，罪過！漢使來自富饒大國，文明之邦，禮賢下士，司馬大人有大量，請不與我這荒僻蠻夷計較吧！」

噫！廣德竟說得一口流利漢語，還給班超戴了頂高帽子！據說西域流傳著一句笑話：天不怕地不怕，就怕廣德說漢話。傳說廣德在與西域諸國交往中，遇到什麼難事或者想耍賴，馬上就改說漢語，讓別的人聽得似懂非懂。這話班超是後來才聽說的，這會兒他還無心他顧，見廣德既已認卯，也就適可而止。他打個手勢，讓所有人撤到殿外，拿掉叮滿蒼蠅的頭顱，與廣德分賓主坐定，論起絕匈附漢的大事來。廣德驚魂甫定，叫人擺上水果點心，並親手給班超遞上一串葡萄。

班超嚐了，誇讚西域的葡萄比關內的甜。廣德才顯得面有血色，但一說到正題上，又支支吾吾起來。班超告訴他：「鄯善已經回歸大漢了。竇固將軍的十萬鐵騎，已經派先遣團住到了甜水泉，就在鄯善邊上，說到幾天就到。就像你說的，大漢乃文明之邦，聖明的皇帝陛下，體恤西域兵民，不忍大動兵戈，導致生靈塗炭，並不是不能掃平西域！于闐與鄯善都是西域大國，希望回歸的事情都能辦得順利，為其他地方做出榜樣。不要見了棺材才落淚，反傷了和氣。匈奴在西域的存在，已經成了秋後的螞蚱——蹦躂不了幾天了。」

說到這裡，班超讓廣德招來相國，叫白狐問他紫騮馬的事情。相國已發覺白狐的漢軍身分，知道瞞不住，就承認匈奴人買通大巫師和他的事，跪地磕頭。

班超說：「這匹紫騮馬原來確實是匈奴千騎長的坐騎，不過早都是漢使的戰利品了。千騎長和他的一百二十多隨從，此刻正在地獄向不識時務的人招手呢！」

這下廣德臉色大變，一下子成了紫茄子。原來于闐壓根兒還不知道鄯善已經回歸漢朝，但匈奴的監國團一定是清楚的。班超見廣德將信將疑，就讓他派人去鄯善訪問，請求廣德讓次子訖多跟自己回驛館，以為安全保障，實際就是人質。廣德的長子此時還在匈奴為質。

接下來的日子，班超表面上讓訖多領著遍訪于闐的街市河道、廟宇道觀，還到居民的葡萄園、石榴園和柰（蘋果）園參觀，私下裡派人四處收集于闐王廷的動向。他叫白狐每日同相國連繫一次，對廣德的一舉一動，基本都瞭如指掌，而驛館對他們的照應，也比前期熱情周到了許多。

于闐城南有一處名勝，叫地乳山。方圓十幾里，平展展的地上緩緩隆起一個大圓包，頂部有石凸出，活像一個美女的巨大乳房。關於這個地乳山，還有一個古老的故事，與于闐人種的來歷有關。傳說東方一個國家的皇太子尉遲氏，因罪被流放到于闐地方，統一了西部部落，遂修築了都城，建立了國家，安定了各部民眾。因為晚年無子，尉遲氏便到本國保護神毗沙門天神廟去祈禱，乞求神賜給兒子，傳宗接代。他的祈禱果然感動了毗沙門天神，只見天神的額頭上裂開一道縫子，一個胖小子禿嚕一下就蹦了出來。

尉遲氏捧著天賜的孩子回到宮中，國人都來慶賀。誰知這個嬰孩不吃人奶，國王擔心孩子養不活，又到神廟中祈求養育之法。突然之間，神像前的地面鼓了起來，形狀就像婦女的乳房。這個嬰孩看見，就上前吸吮。就這樣，靠著地上的乳房，孩子逐漸長大了。他的智慧和勇敢超過了先人，國內風範教化傳播開來，東方皇太子的繼位者因吃地乳長大，故名地乳。國家也因此以地乳為名，後來不知怎麼就演變成了于闐。

班超感覺于闐的人文教化還是不錯的，假如廣德能誠心誠意歸漢，這裡有可能建成西域南道的經濟和文化重鎮，為其他地區歸化的率先垂範。他從心裡希望廣德能盡快認清形勢，在事關于闐兵民福祉的問題上做出正確抉擇。他也明白廣德有顧慮，所以他願意等。

過了一些時日，去鄯善打探的人帶回消息，廣德確信漢朝已經重新經略西域，便殺了忽悠他的相國，並效法班超在鄯善的做法，主動領兵夜攻匈奴監國團，燒了住所，取了監國侯的首級來見班超。班超大喜，代表朝廷頒給廣德許多封賞，又讓廣德召集文臣武將，每人都發給賞賜，然後宣講漢朝管理西域的政策。

東漢還是延續西漢的做法：朝廷只管防務、外交和國王等重要官員的任命；若遇外敵入寇，調遣一切可以利用的武裝，團結一致抗擊，確保社會安定和民眾安全；西域各封國所有司法、稅制、經濟、文化事務皆由國王自行管理；朝廷不向西域各封國徵稅，派駐西域機構的官員和軍隊用度，全部由朝廷供養，不足部分由屯田校尉補充。

于闐的官員們一聽朝廷的政策，紛紛拍手相慶，很快就傳達到城鄉居民。班超又請廣德一起，或派人出使，多方連繫且末、小宛、精絕、戎盧、扜彌、渠勒、皮山、烏秅、身度、西夜、子合、蒲犁、無雷、難兜、大宛、桃槐、休循、莎車、捐篤、依耐等國，傳達回歸消息，宣傳漢朝的優惠政策。

不出一年，這些地方先後上表朝廷，送質子進京，稱臣歸漢，天山南路南道全部暢通，東來西去的駝隊馬隊，有時候要過上好幾個時辰。唯有疏勒王兜題是匈奴的鐵桿，遲遲不肯歸附。班超在莎車期間，連續派了兩次使者都無功而返。疏勒不下，天山南道的咽喉就被卡住了，這讓班超十分頭疼。強攻吧，自己所帶兵力有限，又不好意思馬上調南道這些剛剛附漢的封國部隊；繼續勸降吧，還得看兜提榆木腦瓜能否開竅。

疏勒雖然不是西域強國，但居於天山南路南道與北道的交會點，是通往大月氏、大宛、康居等地的門戶，策略地位非常重要。王治疏勒城，南至莎車五百六十里，東去長安九千三百五十里，兩萬人口出頭，擁兵三千。盤踞在龜茲的匈奴勢力，對於原來的疏勒王成頗不放心，多次攛掇龜茲王建出兵攻殺成。永平十五年（72），建在匈奴軍事顧問團的幫助下，攻克了疏勒，殺了成，把龜茲的左侯兜題留在疏勒為王。半年後見兜題坐穩了，龜茲的軍隊和匈奴顧問團才撤回。

兜題是龜茲王委派的，唯龜茲馬頭是瞻，自然拒絕歸漢。但兜題在疏勒的聲望很差，因為要向龜茲上貢很多財物，兜題統治下的疏勒稅負很重，居民交不上稅就拆房子、拉馬、牽牛。還不夠就抓人，家裡人啥時候湊夠稅款啥時放人，其手法與土匪綁票沒有多少區別，不光是窮人怨聲載道，就是很多富人也頗多怨言。

這是班超了解到的最新情況。其時正當永平十七年（74）六月，班超帶領他的鐵騎勁旅，已經從莎車出發，經過依耐，到了與疏勒毗鄰的身篤。身篤很小，只一千多人，漢使一到就立刻歸順。從身篤東北行六七十里就是疏勒城，快馬一個時辰就能到。身篤的居民以放牧為主，操羌語的比較多。田慮在這裡訪到一個在疏勒城有親戚的人，贈了一些金錢，讓其帶路，去往疏勒城外一個叫貝勒克的小鎮。小鎮約有七八十戶人家，大多種地，也有幾家從商。田慮沒有亮身分，假說自己是商人，想開個糧行，到處看看貨源。請了嚮導親戚家的人和七八個鄰居坐在烤羊肉攤上，邊吃邊聊。糧食的問題問得差不多了，便問他們對於漢和匈奴的喜好。眾人都說喜歡漢人，歸了漢朝稅繳稅少，日子好過。

「自從兜題當了疏勒王，我就再也沒吃過烤肉了，我都快忘記烤肉的味兒了。」一個叫吉迪的小夥子說，「聽說漢軍快打過來了，領頭的一個是騎大馬、使長劍的班超，眼睛一睜就冒火，見了匈奴人二話不說就砍頭。我們這裡誰家小孩哭鬧，大人用」漢使來了「嚇唬一下，馬上就不哭了。唉，要是這個班超把兜題的腦袋……」

吉迪做了一個抹脖子的動作，田慮趕快打斷他的話，故作謹慎地勸道：「哎，朋友！你這樣說，不怕有人告密，官家來抓你嗎？」

「欸——我說啥了？我說啥了嘛！肉孜，你聽見我說啥了嗎？圖拉蘇，你聽見了嗎？鐵力，你聽見了嗎……」吉迪很幽默，差不多把現場的人都問了一遍，得到的答案不是「沒看見」就是「我睡著了」，然後才說：「我是說你要是殺了兜題，你再請我吃烤肉嘛！」

田慮見百姓這樣說，也就不裝了。「哎，朋友！這可是你說的，說話算話。過兩天我把兜題給殺了，你一定得多請幾個朋友來，讓我好好請一頓！」

眾人一愣，旋即又笑了。笑田慮這玩笑開得太大：憑你一己之力，怎麼殺得了兜題！笑了一陣，發現田慮黑臉板得平平的，不像是打誑語，也就不笑，起身圍著他打轉轉。轉了幾圈，復又坐下來。吉迪伸出大拇指道：「啊，朋友，我信了。你們的人什麼時候到？動手的時候要不要我們幫忙？」

田慮拍拍吉迪的肩膀，做個捂嘴的動作，等大家吃飽，也就散了。他飛馬回到身篤，一五一十將他了解的情況做了彙報。

班超一聽兜題在疏勒到不得人心的程度，已經超乎他的想像，猜想為他賣命的官員也不會太多。這樣的人即使投降，也不能讓他繼續統治疏勒了，否則會影響大漢皇帝的聲譽。那麼是抓了關起來，還是殺了呢？殺了當然乾脆，就憑他頑固堅持拒漢親匈立場這一條，就該殺；如果饒他一命，雖說麻煩一些，但能改變他這個漢使在西域人心目中的形象。畢竟他在鄯善和于闐都是提著人頭說話，坊間有些議論，甚至連哄小孩拿他嚇唬，顯得他這個人像個凶神惡煞似的。於是，他把自己的想法告訴大家。說：「這次我們來個文的，懷柔的，彰顯我們大漢剛柔相濟的治國理念。」

白狐呲牙一笑：「這好像不符合司馬的性格吧！」

董健讓白狐閉嘴。白狐還想分辨，被霍延擋住了。「聽司馬老兄怎麼說吧！」

班超知道董健和白狐有一點小過節，但這種過節是一杯酒就能和解的，他就裝不知道。笑著捋捋鬍鬚，說：「我們一路走來，各地望風披靡，主要靠大漢雄風。國不強，誰認識我們是誰？國強了，人家才願意歸附，乘涼都是要找大樹的吧！同時也是我們這支勁旅打出了威風，主要是弟兄們的功勞。你們這些個兄弟呀，真讓我長臉，一個個都是一等一的，給點陽光就燦爛，給點雨水就上竄，沒挑！要是沒有大家的鼎力幫襯，就算我班某人渾身是鐵，又能打幾顆釘子呢！」

班超這一番話，說得弟兄們心裡都樂開了花，紛紛讓他分配任務。他就安排分兩步走：第一步讓田慮和甘英一干人馬去偵查，摸清盤橐城的兵力布局；第二步是大隊殺進去抓兜題，具體方案等田慮他們回來再定。話音剛落，田慮就急著問行動的時間。班超敲著田慮的腦袋說：「明日一早就去，務必把情況弄清楚。不許在執行公務時帶私工作，啊！」田慮知道班超的畫外音，點的是他站崗嫖妓兩不誤的事情，也不是怪罪他。

田慮最佩服長官不拘小節的大丈夫作風，只要結果，不計較過程，你把事情辦圓滿了，摟草捎帶打點兔子，他是裝看不見的。於是就和甘英商量出行的細節。他能聽懂當地語言，就由他在前面應付兜題，甘英主要偵查地形和兵力部署。甘英這人方位辨識能力特別好，過目不忘，凡是去過一次的地方，道路和參照物馬上就記在心裡，看在眼裡的場景，回頭就能劃出圖形，一點不差，人稱「地圖眼」。班超安排他倆同行，也算人盡其才。臨行再囑咐田慮：一定要假戲真做，說得入情入理，讓兜題覺得我們還是給他最後一次和平歸順的機會，切勿輕舉妄動，安全返回為要。

田慮等人領命便去，一陣小馳騁，人馬已經到了盤橐城門口。遞上漢使官符，門吏進去通報，好一陣才出來，讓大家進到門裡暫歇，只讓田慮一個人進兜題的王宮。說是王宮，其實也不大，就是盤橐城進門不遠的一座獨立房子，共有七間，西邊一連四間是召開會議、接待使節的大廳，東邊三間是兜題辦公的地方，兩處大門都朝南開，在裡邊有個側門連通。

兜題是個大腦袋，身子有些肥胖，臉上的黑毛比頭上的濃密扎實，早會的時候不知怎麼觸動了腳上的雞眼，疼得不行。這會兒正半躺在榻邊，讓一個侍女給他挖雞眼，也懶得再上會議廳，就讓近侍將田慮帶到辦公的房間。田慮進去的時候，侍女似乎下手重了，兜題疼得齜牙咧嘴，一腳將其踹翻了。

田慮心想：這滾刀肉是不是給我下馬威呢，老子才不吃這一套！他立即表明身分，一臉鎮定，說：「漢使幾次三番派人知會大王，希望顧全疏勒幾萬兵民，絕匈歸漢，大王均未回應。今我等奉大漢西域軍司馬班超之命，正式照會大王，天山南道已經暢通，就剩疏勒這個橋頭堡了。你若是降漢，疏勒王還是你繼續做，若是不降，就等著城毀人亡。大漢的「絲綢之路」，絕不會因一個小小的疏勒城而阻塞。漢軍十萬鐵騎已經快到于闐了，想必大王是知道的。」

兜題聽了譯官一句一句的翻譯，也不生氣，讓侍女包好裹腳，穿上皮靴，然後攤開雙手，在地上走來走去，似乎無可奈何。思量了一會兒，然後透過譯官說：「我嘛龜茲派來的，龜茲嘛匈奴的地盤，重兵嘛有呢。漢軍嘛只是通了天山南路南道，北道嘛還在匈奴手裡，啥時你們打走了匈奴嘛，龜茲王一句話，說歸漢嘛，我嘛就歸漢，別人的話嘛，我也不懂。」

面對兜題這樣油鹽不進的傢伙，跟他說再多也確實沒用。田慮猜想甘英他們地形也看得差不多了，就告辭出來。走了十來步，發現院子裡稀稀拉拉就幾個侍衛，而兜題身邊這會兒除了譯官和侍女，也只有一個侍衛，防衛很疏鬆，就算剛才把武器放門口了，憑他從小在部落戰火中練就的本事，對付這幾個人還是綽綽有餘。當下，他決定直接把兜題抓了算了，班司馬的兩步棋給他並作一步，省得大隊人馬再費周折。於是他向甘英他們招了招手，立即轉身回到兜題身邊。兜題挖了一指頭耳屎，正偏著腦袋彈指頭，以為田慮還有什麼話要說，就讓譯官發問。

田慮什麼都不說，直接飛起一腳踢在兜題襠中，趁其雙手捂襠吱哇亂叫之機將其打倒，一腳踩在後腰上。那個侍衛拔劍刺來，早被他發現，順勢往旁邊一閃，對方撲了空。他轉身一個背腿，那侍衛就趴兜題身上，手中的劍紮在兜題旁的木地板上，忽閃忽閃來回晃動。田慮拔下長劍，看那近侍還想起身反撲，乾脆一劍斷喉，喝令譯官和侍女退到牆角。就見甘英他們十幾個趕了過來，三下五除二就把滿臉是血的兜題捆了個結實，用一根繩子牽上，準備帶走。

事情過於順利，田慮他們有些興奮。不料剛出殿門，麻煩來了，也不知從哪裡冒出的幾十個衛兵，突然舉刀圍了過來。幸虧甘英他們帶著武器，一個個拔出刀劍，與敵對峙。田慮和甘英將兩把利劍交叉架在兜題領口，刃光閃閃，嚇得兜題脖子都不敢動，生怕碰到劍刃腦袋滾落，只好按照田慮的要求，結結巴巴給衛兵發話：「讓道……」

田慮一行，前面幾人開路，後面幾人退著斷後，竟然從越來越多的士兵佇列中間出了盤橐城。然後將兜題捆在馬上，一路呼嘯，轉身篤報功。那牛皮哄哄的疏勒王兜題，一不小心栽到田慮手裡，也是背到家了！

初定

正在一棵胡楊樹下同霍延、董健下石子棋的班超，一看田慮捆了兜題回來，喜出望外，一腳抹了地上的棋盤，握住田慮的手，又在肩上重重拍了一把，欣喜地說：「你這狗東西，一步把咱兩步的棋走了，白白費了本司馬不少心血！」

董健乾脆過去抱住田慮，說這回功勞大了，領了賞金要請他大喝一頓。田慮把頭一扭說：「說出來不真丟人，哪次賞錢不是被你打秋風的！」

一夥人高興，全跟著起鬨。班超忙招呼大家，現在還不是慶功喝酒的時候，飯也不能吃了，趕快準備一下急行軍，我們要盡快趕到疏勒，國不可一日無君。他讓人給兜提鬆綁，拿汗巾擦了臉，問他：

「可願降漢否？」

兜題抱著被捆麻了的手臂，嘰哩哇啦說了一陣。白狐對班超說：「這傢伙不服，說我們乘他不備，突然捉拿，不算強大。要是兩家軍隊擺到一起，刀對刀，槍對槍殺一場，咱要贏了，才真讓人心服口服。」

班超聽了，由憐轉恨，由恨轉怒。心想：你個死狗，死活都是本司馬一句話的事了，還裝得像茅房的石頭——又臭又硬。就對田慮說：「來啊，給這位國王拿把劍來，本司馬要和他切磋切磋。」

董健早已橫刀挺出：「殺雞焉用牛刀，讓我來跟他過幾招！」

班超示意董建退下，見兜題已經握劍在手，就招呼其出招。兜題也是孤注一擲，臨死抓一個算一個，使上吃奶的勁兒朝班超衝來。班超側身一轉，順勢飛起一腳，踢到兜題的後腰，那傢伙前顛幾下，卻也站住，轉身再刺，班超用劍擋住，兩劍對砍，僵持下來。班超忽然後退，兜題向後打個趔趄，班超迅速向前一步，劍鋒直指兜題鼻尖，卻不捅刺，弓腰掃個懸腿，就把兜題打翻，手中的劍也掉落在地。

勝了一局的班超招招手，讓兜題起身再戰。兜題還想再掙扎一陣，揀劍又來，這次班超改成攻勢，左砍右擊，幾下就把兜題逼到小水溝邊，趁其腳下打滑，猛然起跳，來個鯉魚打挺，懸空蹬腿，雙腳正好蹬在兜題胸部，只聽兜題「啊呀」一聲，就斜躺在了水溝裡。班超落地站立，側身飛劍，那把明光閃閃的利劍便插在兜題兩腿之間，不偏不正，離男人的命根子只有半寸距離。嚇得兜題雙手撐地，往後挪了幾下，趕緊帶著一身泥水，跪在班超面前，磕頭服輸，願意降漢。

「遲了，你這堆臭狗屎！給你機會你不要，現在你沒有降漢的機會了。」班超不屑一顧，指著兜題的鼻子斥責道：「本司馬率團出使西域，假的是大漢的仁義，吾與各地方軍民無仇，也不忍互相殺戮，豈是你匈奴的走狗能理解的！今天要想活命，就老老實實跟著，要敢有一點兒不老實，你這茅坑的石頭，立刻就去另一個世界報到！」

兜提唯唯諾諾，哀求給口水喝。班超讓人滿足他，將其弄上一匹馬，雙腿在鞍蹬上綁成死結，一路倒也安全。路過貝勒克小鎮時，班超突然想起田慮在這裡做過調查，就讓他找吉迪那一夥人來，告訴他們兜題已經被抓來了。那些人其實也沒見過兜題，但相信朋友的話，高興得不得了，抓了草葉果皮馬糞就往兜題身上打，好不容易才勸住。

「朋友，你請客的話還算不算數？」吉迪突然衝出人群，興高采烈地向田慮招手。

田慮說：「當然！君子一言，駟馬難追！」

吉迪高興地把漢使會請客的消息傳出去，結果大人小孩都高興。吉迪迅速找來一群年輕人，有男有女，舉上旗子，敲上鼓，吹上嗩吶，跳上舞，為使團開道。一路過了好幾個村子，人們都在路邊看熱鬧。知道是兜題完蛋了，紛紛跟在隊伍後面歡笑。這隊伍就越來越長，到了盤槖城下，已有一二里了。

班超誇田慮會辦事，勢造得不錯。命令董健、霍延部署隊伍，在王宮前列成扇形，重點是防備龜茲的殘餘勢力襲擊。然後將兜題解下馬，押在中間，與白狐登上王宮前的臺階。

「疏勒光復了！大漢使臣班超在此！疏勒輔國侯可在？都尉可在？左右將可在？左右騎君可在？左右譯長可在……」

班超喊一句，白狐翻譯一句，很快這些人就應聲出列了。他們正在為兜題被抓後該找誰稟事發愁呢，也是天熱，太陽挺暴，一個個汗流滿面，一副失魂落魄、六神無主的樣子。班超讓他們盡快召集官吏和將軍開會。輔國侯也森年紀稍長，稟告班超，看著漢使隊伍浩浩蕩蕩，官吏都跟過來了，只等司馬調遣。疏勒的輔國侯就相當於于闐的相國，是國王的主要助手，都尉是軍隊首長，左將軍主管王宮防衛，右將軍主司維持社會治安，西域各國的官制也不太一樣。

也森一個個介紹著，那些文官武將就站出來了。班超讓他們仔細看看跪在地上的兜題，好好反思反思。他說：「龜茲人沒有王法，胡作非為，劫殺了疏勒王成，你們為什麼不為故王報仇，還要跟著這個匈奴的走狗瞎混呢？你們看他這個樣子，是個能管理好疏勒的人嗎？」

這時，都尉黎弇上前搭話說：「龜茲勢大，又有匈奴撐腰，所以為所欲為，疏勒國弱，又沒有後盾，所以任人宰割。兜題橫徵暴斂，將財富都轉往龜茲了，導致疏勒愈加貧弱，軍隊都有幾個月沒有發餉糧了，我們也是沒有辦法，虛與應付。」

班超覺得都尉說的也是實情，不想過多責怪大家。就高聲宣布：「大漢朝廷已經收復了鄯善、于闐、莎車三個大國，天山南道各國紛紛上表歸附。我等今天來到疏勒，是為了驅除匈奴，安撫民眾，幫大家建設美好的家園。只要大家能聽從我的意見，尊東方天子為帝，讓疏勒重回大漢懷抱，以泱泱大漢之國威，還怕什麼龜茲匈奴！我聽說疏勒先王成是個有道德的人，他有沒有賢良的子嗣？我們應該立他為王，立我們自己的人為王！」

自治是人類所有種群的最高追求，自己的人治次之，外人治再次。班超的話音剛落，也森帶頭跪地，所有的官吏都跟著跪下了，齊刷刷的。他們一聽要立疏勒先王成的後人為王，十分感激。也森透過左譯長告訴班超，成被龜茲攻殺，全家老小無一倖免，只有一個遠房姪子榆勒，現年四十七歲，在城北行醫，常為貧困人家減免藥費，很有聲望，按理應該立他為王。班超認為既是先王無子，姪子又有賢名，沒有不立的道理，就請輔國侯捧著他的官符，立刻帶人前去城北接人。這下不光是官吏連連磕頭稱謝，就連圍觀的百姓也歡呼雀躍。貝勒克鎮的小夥子們，又把他們的響器搗鼓起來。舞蹈也跳起來了，而且越跳人越多，熱鬧的程度有如洛陽的廟會，不少人湧過來要求殺了兜提。白狐和疏勒的官吏們幾乎喊破了嗓子，才讓人們漸漸安靜下來。

跪在地上的兜題，面對不絕於耳的殺聲，顯出一副絕望的樣子，死魚一樣的眼睛注視著班超，滿眼都是哀求。班超覺得殺這麼一個平庸之人，對於平定西域的大局，似乎沒有多少意義。中原文化有好生之德，還是放他回去吧，讓他感受大漢朝廷的威德，感念大漢文化的寬懷大度，感恩漢使的活命之恩，回去勸告龜茲的統治者，認清形勢，趁早同匈奴劃清界限。

這事兒是之前已經確定了的，班超也在路上給了兜提承諾，可這時面對情緒激動的民眾，要費多少口舌，才能讓大家都想得通。他叫白狐把自己的意思反覆向大家解釋，最終還是取得大多數人的認可。這才讓兜題站起來，向疏勒人民謝罪，行三鞠躬大禮。兜題的腿已經軟得站不住了，就由他跪著行禮。然後安排專人保護，擇日與家眷一起放歸。

榆勒被接來時，已經日暮黃昏了。這個人看起來個頭挺高，方臉闊嘴，但眼神有點陰。班超向他通報官民擁立他為疏勒王的意思，見他樂意，當即代表大漢朝廷，宣布立他為王。為了穩定局面，他建議疏勒本地官吏全部留任，待新王就職以後自行簡拔。兜題從龜茲帶來的官員一律罷免，囑託都尉黎弇盡快捉拿甄別，凡沒有殺人罪行的，與兜題一同放歸。據黎弇報告，上午兜題被漢使抓捕後，龜茲那幫從吏就帶上兜題的四個老婆和孩子跑了。班超輕蔑地說了句「跑得比兔子還快」，遂與大家商議，次日上午舉行新王登位大典。官吏們馬上向榆勒表示祝賀，場外的民眾雀躍歡呼。

這是個值得慶賀的日子，因為龜茲統治疏勒的歷史結束了。這又是個歷史性的事件，而這歷史事件的展現形式，是班超「疏勒光復了」的一句呼喊。他這話的分量像魏巍的蔥嶺一樣重，因為是代表了強大的東漢王朝，代表了那個叫劉莊的東方大帝。但他的嗓子已經啞了，他的身體已經很疲乏了。將士們也都累了，肚子裡就墊著上午那一塊餅子，大半天來水米未進，早已餓得前心貼了後心。又是六月的大太陽晒著，縱然是一群生龍活虎的小夥子，誰能不累呢！

當夜，班超和他的使團都被輔國侯也森安排在盤橐城內食宿，因為倉促，一切都是將就。餐食剛畢，他和董健、霍延幾個，在榆勒、也森、黎弇等人陪同下，登上了城牆，走了一圈，對這小小的城池做了一番視察。

這是位於疏勒城東的一個小城堡，自西北而來的吐曼河和自大宛西來的赤水河，在城堡的東南交會，構成了東面和南面的天然屏障，月光下的河水泛著粼粼的波光，有女人毫無拘束的笑聲從河邊傳來。班超覺得奇怪，這些女人天黑後不守在家裡跑到河邊幹啥？榆勒支支吾吾，用手推了推也森。也森乾咳了兩句，說是在洗澡。

關內的女人做這種事，一般都關在房子的隱蔽處，盛一盆熱水進行。這裡的女人卻不同，她們趁著夜色相約一群，一溜兒屁股撅在河邊，一手提裙襬，一手撩水沖，流水洗滌，圖得乾淨。嘴上再說些男歡女愛、鴛鴦顛倒、大小長短之類的野趣，引起眾人的瘋笑浪語，給那此起彼伏的蛙聲混些異音。有時興起，她們也一起唱唱情歌，算是女人家勞作一天的樂趣。不過富貴人家的女人不去這些地方，她們的隱祕私事不能混同於普通民眾，失去了應有的神祕。唯其神祕，才有了人們普遍的猜測、嚮往和著迷。

聽了也森的介紹，關內來的軍官們都覺得挺新奇，事關女人的隱私，大男人們興趣極大，但誰也不好再問什麼。那些女人似乎專門給也森的介紹加註腳，真還唱了起來，調調兒挺好聽的。榆勒說這是當地的一首民歌，歌名《西域的月兒》，是先王成的父親在長安做質子時創作的，唱的是一位姑娘，因為想念自己外出的情郎，在月明星稀的夜晚來到河邊，一邊洗衣服，一邊不停地向遠處張望，盼望在她一眨眼的功夫，情郎就能出現在她的身旁。

班超覺得這歌詞的意境與《詩經》裡不少篇章的意境如出一轍，挺有情趣。雖說匈奴統治了西域幾十年，但漢文化的影響還是無處不在。比如這城堡，東西長約九十丈，南北寬約六十丈，就與洛陽九六城的比例差不多。夯土城牆，高約三丈，牆基腳厚兩丈餘，頂厚不盈丈，牆頂兩丈一堆口，十丈一瞭臺，在西邊的大門頂部和城牆四角，各蓋有一個箭樓，東牆的北部還開有一個小小的後門，這些都是蒙恬將軍的長城遺風。但是由於年久失修，盤橐城的城牆有好幾處坍口，也有不少堆口都磨平了，失去了掩護人的作用，需要及時維修加固。

從牆上往院子看，大門兩側，各有兩排房子，一邊是衛士和勤雜人員的執勤之所，一邊是王府的辦事機構，大門正對面就是田慮抓兜題的那七間房，在房子的後面，有橫豎方向百十間房子，還有一個不封口的四合院，兩口水井，幾十株胡楊和榆樹，幾排拴馬樁。以前城內不光住著兜題和他的老婆孩子，還有幾十個隨從下屬及二百多人的侍衛部隊。但最近都被兜題派出去催稅去了，否則田慮當天也不會如此輕易得手。班超暗想一定要汲取兜題的教訓，加強這裡的防務，在城堡的西邊和北邊應該各挖一段護城河，引赤水河水入流。

挖護城河的想法，得到了新任國王榆勒的贊同。人到中年的榆勒，經過歲月的磨蝕，如今已經完全是一副常人的心態了。他年輕時父親早喪，師從一位醫道高超的老師學習，這位老師是從西漢都城長安深造回來的。老師去世後，他就將藥葫蘆取來掛在自家門口。他的醫館童叟不拒，藥費由患者隨便給付，貧窮人家一律免費，病好了到他家幫傭。所以他家的幾十畝地都是鄉鄰搶著去收種。他行醫二十多年，賺了不少錢，即使叔叔成在疏勒為王那幾年，也沒有入仕。龜茲人殺害叔叔全家後，也殺了他的弟弟妹妹，因為許多被他所救的民眾都爭相替他求情，龜茲人就饒了他，冀望他能為龜茲人和匈奴顧問團治病。

亡國之後，榆勒經常被叫到兜題的王府和軍營診病，得不到應有的報酬不說，還經常被推推搡搡，罵罵咧咧。有一次因為扎針扎疼了，差點沒被一個匈奴軍官殺了。他對這些匈奴人、龜茲人也恨得要死，無奈僅憑醫術是趕不走龜茲人的。這次輔國侯等捧著漢使的官符請他出山，他沒有預料到，但痛快的答應了。經過先王成被殺這兩年的思考，他覺得一個好國王，比一個名醫能救更多的人。

榆勒擔心的是自己沒有當過官，怎麼樣才能當好漢朝封的官。為這事，他同班超一直聊到深夜。他是粗通漢語的，只是發音不太準確，大多數情況下也不用譯長和白狐開口。至於治國理政，班超自己沒有做過縣、郡之長、侯國之相，但世間的事情往往是旁觀者清，以自己沒有從軍經歷、直接做將軍的實踐來看，也不會太難。

中原現在尊的是孔孟之道，兩位聖人對於君王的一些要求，倒也是朝野上下的共同認識。要想長治久安，天下太平，為王者自身必須具有高尚的道德，為民眾樹立榜樣，讓民眾仿效之。這裡重要的是「躬行」，也就是「己所不欲，勿施於人」和「己欲立而立人，己欲達而達人」的「恕」道，「內省」、「自訟」、「克己」、「反求諸己」和「養浩然之氣」的修養方法。統治者靠天下老百姓供養，就必須想著為天下老百姓辦事，絕對不能懈怠政事，「居之無倦，行之以忠」，「敬事而信」。不能尸位素餐，更不能胡作非為。所謂「天下之大莫非王土」，說的是天下的人財物都是國家的，帝王只是這個國家的代表，並不是說天下的財富都是帝王個人或者家族的，這個一定要釐清。

「當國王的學問大了，可不是一天兩天能說清楚的。」班超笑著說，「我的兄長班固，是一位有大學問的人。我可以寫信給他，讓他寄一些治國理政的經典，以後慢慢研究。」

「那太好了！」榆勒捋著又密又長的大鬍子，誠懇地說。「在我學到那些知識前，希望司馬您能經常提醒我，幫我，以免我搞錯了。」

班超覺得：榆勒有這個態度，應該能當好一個王，便嘉勉了幾句。兩人還說了一些其他的話，榆勒突然停下腳步道：「司馬大人，本人能坐上王位是託了大漢皇帝的福，是沾了您的光，我也喜歡漢文化。我想從今改名為『忠』，忠於大漢，忠於百姓，你看好不好？」

「好啊！明天的登位大典，我便宣布，『忠』為疏勒國王。」班超一把握住榆勒的手道，「改名事小，忠心事大。大王如能順著這條忠心做事，疏勒會發展得越來越好。」

次日的登位大典搞得很熱鬧。都尉黎弇親自帶領士兵搭臺子，架彩門，把盤橐城門前的廣場布置一新。居民們自發組織起來，提桶掂壺從赤水河取水，將盤橐城門前的廣場潑了一遍，將柳梢榆葉的沙土沖洗下來，就像給舊城洗了臉，連空氣也顯得清新了許多。疏勒城裡能走動的人幾乎都動起來了，紛紛為進入一個新的時代奔走相告。王府原來的吹鼓團隊因為經費緊張已經解散了，田慮就找吉迪弄了一大幫人，吹拉彈唱，歌舞助興。班超看吉迪這小夥子挺機靈，就讓祭參給他一些錢，讓他添置些傢伙，弄點服裝，平時該幹啥幹啥，遇有官家的慶典、商賈鄉紳的喜事，都可湊個場子，賺點喜錢，請大家多吃幾次烤肉。吉迪高興得跳了起來。

疏勒的新王忠（榆勒），穿戴齊整，從大漢西域軍司馬班超手裡接過國王印信，宣布就位。然後由班超陪同，接受一幫官吏的跪拜。忠初次當官，一時有點不知所措，多虧也森從旁提醒。班超代表朝廷賞賜一筆費用，用於重建被龜茲搜刮得貧弱不堪的疏勒，維持行政運轉和發展生產，高興得幾個月沒有領薪俸的官吏們眉開眼笑，齊齊跪謝大漢朝廷的恩德。忠的三個妻子盛裝打扮，接受了王妃的封號，眼角滿是喜淚；他的三個兒子和兩個女兒也向忠跪拜，成為疏勒的王子和公主。忠接著頒布了第一個王令，廢除龜茲人的高稅率，效仿漢朝稅制，十抽其一。這下廣場沸騰了，人們拍手相慶，互道祝福，忽然間對未來充滿了希望。

忠登了王位，請漢朝使團就住在盤橐城，給他壯威，也便於及時與班超議事。班超覺得使團人員不多，盤槖城地方也不局促，就同意了。傍晚的時候，給忠搬家的馬車陸續到達，榆勒的大女兒——新晉的長公主米夏，遠遠就跳下馬，笑盈盈地走過來，向班超施禮打招呼。由於她的漢語比較生硬，把司馬大人說成了「駟馬達人」，引得班超失笑，說還「五馬」呢！米夏又細又長的黑眉一揚，用塞語問旁邊的白狐：「『駟馬』大還是『五馬』大？」

白狐跟他解釋了幾句，學給班超，更把班超逗樂了，不由得把這姑娘多看了幾眼，卻是七尺二三（漢尺合二十三公分）的頎長身材，穿一襲白色的布拉吉，套個黑底紅花邊的小坎肩，顯得胸挺腰細，娉婷婀娜；十幾隻烏黑的小辮子，隨性地飄在前胸，更陪襯得粉臉像個白鴨蛋。嘴唇微翹，稜角分明，鼻梁高挺，眼窩深陷，眼珠就像一對黑葡萄，給人一種媚而不妖的感覺。他想忠有如此美麗的女兒，也是他修來的福氣。就讓米夏以後叫他「班叔父」，不必稱官職。誰知米夏叫了幾遍還是「班斯付」，自己羞得臉紅，藉故牽馬離開了。

光陰荏苒，似水流年。隨著眼睛的睜睜閉閉，就到了永平十八年（75）秋天。在這一年多的時間裡，竇固將軍收復了天山東部幾個城邦，打通了從伊吾盧到疏勒的天山南道北路，並恢復了西漢設在烏壘城的西域都護府，任命陳睦為都護，郭恂為府丞，分給府兵兩千；令關寵為己校尉，領兵五百，於柳中城屯田；耿恭為戊校尉，領兵三千，駐金蒲城一邊屯田，一邊監視北邊的匈奴。戊己校尉加上前期設定在伊吾盧的宜禾校尉，都由都護府管理。讓班超重點經營天山南道南路，與陳睦互為補充，但不隸屬。

班超按照竇固將軍的命令，住在疏勒，連繫天山南道各國，協調關係，化解矛盾，一直比較順利。他還讓董健帶領他的漢使團騎士們，和疏勒的軍隊一起，搬石運土，整修、加固和改建了城牆，開挖了城西和城北的護城河，完成了盤槖城的防禦工事。都尉黎弇說，疏勒軍隊在龜茲人統治期間成天被派出去催稅，光會一些對付老百姓的手段，軍事素養不行，請求漢使派教官進行正規訓練。

班超把這個任務交給了董健，讓他帶漢使騎士與疏勒軍隊一起訓練，重點培養當地士兵的作戰能力，幾個月下來效果很不錯。為了給軍事、公務和商旅活動提供食宿保障，他叫霍延出面，全面恢復和建設了從疏勒到陽關的驛站、驛亭。班固分兩次捎來漢朝的法規制度和董仲舒《春秋繁露》、《春秋決事比》、《士不遇賦》等書簡，班超沒事就跟忠講解，又幫助他建立和完善了法制體系，整頓了官吏隊伍，活躍了市場。他上書給朝廷，同時寫信給遠在扶風的徐幹，組織了一大批木匠、織匠和鐵匠來西域，給疏勒、莎車和鄯善各分配了一些。讓這些能工巧匠把關內的鐵鏵木犁、鐮刀、鋼針紡車和織布機等生產工具推廣到西域，手把手教居民使用，大大提高了生產力，改善了紡線織布的技術，深得民眾歡迎。

與班超同住在盤槖城的忠，覺得當國王還真比當醫生有成就感，每每這時臉上就浮現欣慰的微笑。忠是自由慣了的人，嫌成天坐在盤槖城裡太憋悶，所以動不動就請班超陪他到處走走，有時去逛巴扎，有時進山打獵，也有時往田間地頭盤腿一坐，就和民眾拉家常，見了小店主就問有沒有官吏欺負人，看見誰家小孩子臉上有蟲斑，就給人家開藥方，還沒忘了自己醫生的老本行。班超也是從市井裡走出來的，與這位國王還挺對脾氣，覺得忠和朝廷那些道貌岸然的三公九卿比起來，不造作，挺另類，有個性，常常自嘲為忠的「保鏢」。忠說就憑你班司馬的名號，就是一個大大的「保護傘」，哪裡是什麼小小的保鏢！

這天秋高氣爽，忠又請班超到田間地頭視察，看居民割稻，收麻，摘棉花，挖胡蘿蔔，閱讀百姓臉上的笑意，分享舉國豐收的喜悅。蜿蜒的赤水河兩岸，阡陌縱橫，油綠的白菜，雪白的棉花，黃橙橙的稻穗，沉甸甸的胡麻，一派豐收景象。暖暖的秋陽照在金黃色的胡楊樹上，在難得不渾的河水裡形成一排迷人的倒影，被水波揉碎了，又復原了，彷彿浣女手中的衣裳。牧羊的老人揮動長長的辮子，在空中甩出一串巨響。一群頑皮的孩童跑來跑去，繞著一株株胡楊打轉轉，留下無邪的嬉笑聲。

忠的笑容一直掛在臉上，感嘆才一年多時間，庫裡錢也有了，糧也有了，老百姓的肚子也不脹了（情緒好），與龜茲人留下的爛攤子比，可真是天翻地覆的變化啊！要是沒有班司馬，他還不知道咋當這個疏勒王，也不一定坐得穩。他說：「感謝的話就不說了，感謝的事情我必須做。我的大女兒米夏公主，美麗漂亮，溫柔可愛，是天山頂上的一朵雪蓮花。我把她送給司馬，做老婆也行，做丫鬟也行。反正就是給你了，今天必須定下來，八月十五中秋節成親。」

這事兒已經說了半年多了，班超一直都沒同意。他的顧慮很多，年齡，語言、風俗習慣、地域文化差異等等，還有遠在洛陽的水莞兒，會不會傷心。漢朝的法律是徹頭徹尾的男權至上，名義上是一夫一妻制，但納妾不在限制之列，就是說男人可以有一群女人，但妻子只有一個，猶如皇帝後宮佳麗百千人，而皇后只有一個一樣。

本來年齡不是問題，只是班超搪塞的一個藉口。洛陽的達官貴人四五十歲娶新娘的比比皆是，忠在幾個月前也娶了第四個妻子，在喝喜酒時還把他奚落了一頓：「難道班司馬四十剛出頭就不是兒子娃娃了，不敢娶我丫頭子？我嘛醫生，可以幫你治的。」

西域的人好像在男女性事方面比較開通，不像中原人那樣含蓄、隱晦甚至虛偽。要在洛陽，做父親的是不會拿女兒與人開這種玩笑的，否則就被視為輕浮、浪蕩、沒有教養。

語言也是一個問題，一個炕上滾的男女，說東聽到西，那也怪彆扭的！但米夏天天跟著譯長學，有時候還和董健、白狐他們對話，基本能應對自如了。至於風俗習慣、文化差異，當地的大家閨秀，不像中原那樣大門不出、二門不邁，也不忌諱和異性見面。王府和漢使府都在盤橐城，大家住在一個院子裡，低頭不見抬頭見，他與忠又經常互請吃飯飲酒，你影響我，我影響你，潛移默化，就是有多高的界牆也慢慢消除了。米夏有一次斟酒時，和班超對視在一起，目光有些熱辣。班超很快就移開了，米夏卻盯了他良久。這次對視被忠看在眼裡，之後忠就提議班超娶自己的女兒。

作為突然從平民變成公主的米夏，自從知道了父親要她嫁班超，理解這是感恩報答，隔三差五就往班超房子裡跑，今兒請教問題，明兒送個不大要緊的東西，要他講愣闖皇宮的故事，講在鄯善和于闐殺匈奴的故事，講他的妻子兒女，講他的一切，反正是到班超的住所裡盤桓，一進去就是大半天。有一天她同班超討論人的貴賤問題。班超告訴她：「人是有貴賤的，有的人生來就貴，有的人後來變貴。生來貴的人是前輩為之賺來的，後來貴的人要麼靠自己奮鬥，要麼靠貴人提攜。」

見米夏雙手托著下巴，聽得很認真，班超就把貴賤的問題講得很透。合理的社會是金字塔結構，上為貴，下為賤，官為貴，民為賤，這個秩序不能亂，越往上越高貴，越往上越需要智慧、才能和實力。要是官賤民貴，人們一出生都很高貴的話，誰還會努力為貧賤奮鬥？哪裡還能找到賢臣良將治理國家！要是上賤下貴，統治機器還有什麼權威？萬眾指揮一人的話，這個人如何判別該聽誰的？但這裡的貴賤只是身分標識，不是指人格，「人之初，性本善」，官民在人格上是平等的，即使為奴僕者也有他的尊嚴，生命和生存權需要得到社會尊重。誰也不能因為自己高貴就視低賤貧民如草芥，草菅人命。

這一番高深的理論，要是太學的學子，自然一聽就懂，可是米夏一個剛能把漢語說流利的異族姑娘，哪裡弄得明白！她眼睛瞪得大大的，看樣子聽得全神貫注，實際上雲裡霧裡。她問班超：「你說我是生來貴呢還是後天貴？」

班超說：「公主生來該貴不貴，後天不貴而貴。」

「你這是打糨糊嗎？」米夏聽著更是丈二和尚——摸不著頭緒了。聽班超說了半天，還是沒有說清她到底是貴還是不貴。

這時有手下的人找班超彙報工作，當下被新任的掾史甘英擋駕：沒看見老大在桃花樹下歇涼嗎？然後相互一笑，眼睛一眨，意思是：明白，明白！所以「司馬和公主」的事情，在這小小的盤槖城裡，只有班超自己糊塗，別人都清清楚楚。

前一陣米夏穿了一件新連衣裙，領口開得很低，遠遠就能看見脖下深深的一條細溝，夾在兩座高挺的小山之間，風一樣跑到班超房子裡，正一圈反一圈旋轉著身子，叫他看這身打扮漂不漂亮。

班超一看她青春洋溢的前胸就閃瞎了眼，低下頭說漂亮。米夏顯然不滿意，嫌他應付自己。突然很認真地問班超：「妻和妾到底能差多少？」

班超以為自己能說清楚，可是剛開了個頭就語塞了，因為他看見米夏眼裡掛著淚水，顯然意思在話外，趕緊又低頭翻書，試圖躲過她的眼神。

米夏見班超支支吾吾，乾脆自己作答：「不就是正房和偏房、老大和老二的關係嗎？這名分很重要嗎？妻又怎麼樣，妾又怎麼樣？在這裡也見不著你家裡那一位，有關係嗎？就是有一天跟你回洛陽，住到一起了，我叫她聲姐姐，尊她像媽媽，還能把我趕出家門不成？」

這丫頭也是豁出去了，說起話來不管不顧。一股火辣辣的鼻息衝到了班超的額頭，他抬頭一看，米夏的臉和他只有一拳之遠，一雙深邃的大眼正噴著烈焰，烤得他骨頭都快酥了；殷紅的嘴唇輕輕蠕動，嘴角那顆美人痣，像要飛出來抓他、撓他。他生在一個書香門第，從小受的教育是男女授受不親，就是自己的親妹妹班昭，也很少拉過她的手。水莞兒是抬到新房直接抱起來的，他不知道男人在把一個女人抱到炕上之前，還能與之獨處，談話、爭論、對視、撩撥甚至討論倆人結合的話題。而這種事情就發生了，發生在他身上。這似乎有點荒誕，有點像夢。

班超就覺得心裡甜甜的，心跳重重的，呼吸急急的，身上癢癢的，腳底的血液直往腦門上衝。他真想突然伸出雙臂，把這個美麗的姑娘攬在懷裡，或者直接含在嘴裡，任她嗔怒，撒嬌，雨打梨花，青絲拂臉，然後……但就在這時，米夏突然扭身跑了，跑了就不再出現，已經有好幾天都沒有瞅見身影了，這倒讓叱吒西域、橫刀立刻的漢使有點坐臥不安，魂不守舍了，他特別注意外面的腳步，只要聽見門響，就盼著是她進來，直到今天也沒如願。把他家的，中了邪了！她把人撩撥起來自己跑了，原來是等著她父親正式提親。

「米夏丫頭子嘛已經十七了，再不嫁嘛，就叫人笑話了。你知道，我嘛，不光是敬佩你班司馬這個人，你身後的大漢朝廷嘛，更看重。你實在不願意嘛，今天給個痛快話，我嘛，明天就把他嫁給別人，也森那個兒子番辰……」

「那……不行！」

班超急了，賺得臉紅脖子粗，不得不承認他喜歡上了米夏。他想要這個女人，不能把她嫁給別人。他記得米夏曾經提過也森向她家提親的事，徵求他的意見，他未置可否，米夏自己又說被父親回絕了。現在忠又來激他，而且他還真被將著了。

中秋佳節轉眼即到，霍延領著士兵們，把盤橐城布置得漂漂亮亮，喜氣盈門，連在外面幫著黎弇訓練軍隊的董健、田慮等人也趕回來喝喜酒。但是在婚禮的程序上出現了矛盾，雙方似乎都說服不了對方。按照中原的習俗，清晨接親，中午拜堂請客，晚上鬧房；而疏勒當地的習慣是，娘家早晨請客，下午送親，婆家傍晚請客，之後拜堂入洞房。班超要低調，納妾嘛，不想搞得太張揚，疏勒的官吏一個不請，也不接受任何人的賀禮；忠要面子，嫁公主呢，不想叫人覺得偷偷摸摸，何況即使他同意，他的親戚也不答應。最後輔國侯也森出了個點子，讓班超和米夏公主騎馬到城外轉一圈，然後回來拜堂，給大家敬酒，兩家客人在一起高高興興吃頓飯，這也符合新王提倡節儉的原則。

這個辦法不錯，倆人就並馬而去。剛出盤橐城的大門，米夏公主興奮地打個榧指，拍馬就跑，回頭喊著：「班司馬，追呀，追我呀，看你能追上我嗎？」

「等著，看我不吃了你個瘋丫頭子！」班超樂呵地招呼一聲，就衝上去了。

米夏從小騎慣了馬，馬鞭一甩就撒起野來，大白馬快得跟飛一樣。班超擔心她摔著，俯身紫騮馬背緊緊跟著，不知不覺就鑽進一片榆樹林。新娘子勒住馬，後頭痴痴地看著她的新郎。一絲西風吹來，扯過來一片霞光，染得小樹林金碧輝煌，彷彿一座精心裝扮的宮殿。千嬌百媚的新娘，張開她溫柔的懷抱，渾身都充滿了動感。班超把馬輕輕靠過去，一把攬過自己的女人，放在自己的紫騮馬背上。米夏順勢抱住班超，兩腿夾住他的後腰，寬大的裙子幾乎蓋住了半個馬背。她那起伏的軟胸，散發體香；她那羞赧的臉龐，鮮花怒放；她那彎月一樣的眉毛，掩映著兩潭秋波。她調皮地用手指抹了抹班超額頭的汗珠，又點了點他的鼻子，笑說：「怎麼不挺呢？」說著，就把嘟嘟的小嘴貼在班超的唇上，深深地吻了一下。然後，她彷彿喝酒喝醉了一般，微閉雙眸，屏住呼吸，等待著，等待著渴望已久的愛。

班超梅開二度，自是熟門熟路。又是久旱盼春雨，久餓望美食，如狼又似虎，更比虎狼凶，從頭到腳都是發洩的衝動。他已然忘記身在何處，一閉眼就看見傳說中楚懷王與神女的影子，忽覺血衝腦門，氣下丹田，巫山雨來，莎草含露，似乎手臂的麻筋被人抽了一下，整個人便飄忽飄忽了……

霍延、甘英等幾個追上來保護新婚夫婦的人，看見倆人進了樹林，就躲在樹林外迴避。直到傳出「哎喲——」一聲撕心裂肺的嚎叫，便知公主已成新婦，一個個扭過頭去，做起了鬼臉，一派荒唐的表情。

回去的路上，一紅一白兩匹馬並排走著，信馬游韁。米夏的臉上掛著幸福的紅暈，而班超則呵呵地笑著，倆人不時交換一下眼神，惹得跟在後面的霍延他們不住地起鬨，提醒他們注意一下弟兄們的感受。路過貝勒克的時候，在路邊遇見拎著一籃石榴的吉迪，小夥子向班超行了禮，然後同米夏嘰哩咕嚕說了幾句，就一蹦一跳走了。等班超他們回到盤橐城盥洗一番，吉迪就帶來了樂隊和一大群跳舞的小夥姑娘。

黃昏時分。歡快的鼓點，高亢的嗩吶，清脆的彈撥爾，伴著美妙的歌聲，把婚禮的氣氛營造得熱烈隆重。班超不得不改變初衷，安排自稱為「婆家人」的隨從們，端上水果，獻上奶茶，招呼這些賀喜的客人，把作為婚禮殿堂的公事廳點得燭火通明。忠家裡沒有多少親戚，但米夏的舅舅姨媽一大堆，表哥表姐幾大群，班超要一個個敬酒，接受他們的祝福。接下來是給忠和他的幾個妻子敬酒，還要改口叫爸爸媽媽二媽三媽四媽，可是讓他受作難了。尤其是那個「四媽」，同米夏年齡相當，比自己的兒子班雄也大不了幾歲，叫上一聲媽，也不知這丫頭受不受得起？

其實班超還真是想多了，他那是傳統思維。這裡的「四媽」，不但理所當然地受了「女婿」的敬拜，還攀著他的肩頭，吻了他的額頭，故作驚訝地問：「你碰上狼了嗎？」留下滿堂的笑語。班超不解地向白狐打問，想知道大家笑什麼。

白狐故意大聲說：「笑你脖子上那一圈牙印兒呢，咋急得等不到天黑上炕了！」

班超臊得紅了臉，大家笑得面紅耳赤，大家笑得前俯後仰。霍延則帶頭給新娘子敬酒，米夏要一起喝，霍延不幹。

「小嫂子，我們這三十幾個兄弟，都是跟司馬來大人來的，今天都是婆家人。新娘子也要給我們面子，一個一個敬酒才行。」

「霍老弟，別為難她。」

班超剛和米夏合巹，這就向著媳婦了。沒想到米夏卻豪爽地應承了。她同漢使團的將士們一觚一觚喝著，一仰脖子就乾，還真有幾分男子漢的英氣。霍延本來是起哄，一看米夏這麼實誠，就有點嚇著了，怕給人灌醉，入不了洞房，趕緊對班超示意，讓他出面攔擋。班超急忙履行護花使者的責任，挺身要替。忽有韓老丈的兒子韓陽從甜水井趕來，把他拉到外面，輕輕耳語：「明帝大崩；西域都護府被破；陳睦殉職了……」

天大的噩耗令班超頗為震驚，手中的銅觚一下子滑落在地，良久才緩過神來。想那春秋正盛的明帝，才剛四十七歲，正是施展人生抱負的時期，咋突然就駕崩了！還有西域都護府，陳睦手下有兩千兵馬，咋這麼快就讓人連窩端了？

「班司馬，女婿！你怎麼了……」忠看班超大驚失色，不知發生了什麼事，忙起身過來詢問。

班超這才意識到自己剛才的失態，與身分很不相稱。他立時鎮定下來，以商量的口吻對忠說：「我有緊急軍情，宴會趕快結束吧！」

客人陸續離開後，班超才將實情告訴忠，並連夜召開軍事會議。他讓疏勒軍隊立即進入備戰狀態；叫董健等人立即歸隊，強化盤橐城防務，盡量縮小消息擴散的範圍，以免在初定的疏勒引起不安。

由於消息不暢，班超根本不知道，他在天山南道的疏勒城春風得意之際，在天山北道的另一個疏勒城，卻正在經歷一場重大的血雨腥風。

當初送走了班超後，顯親侯竇固讓耿秉親率大軍，越過蒲類海，直搗務塗谷，殺斃一千多匈奴騎兵，攆跑了盤踞在車師後庭的匈奴武裝。後庭王安得自知罪惡深重，趕緊脫掉厚實的氈帽，長跪在地上，等漢軍的大隊一過來，就抱住耿秉的馬腿，痛苦流涕，俯首乞降。痛說這些年都是被匈奴人挾制的，希望大將軍能饒過他。他的王妃有漢人血統，也出面替他求情。耿秉在殺與不殺之間拿不定主意，就將安得帶到竇固跟前，請示如何處置。

竇固看這個安得不停地悔罪，想了想，不如令他勸降在前庭為王的兒子勾留，立功贖罪。勾留倒是聽他爹的，也跟著投降了，表示願意效忠漢朝。看在父子倆確有悔意的份上，竇固寬宥了他們，讓他們各自繼續為王。附近的焉耆、渠梨、龜茲等國王，一聽說只要投降就能繼續做國王，沒有什麼損失，人還是那些人，事還是那些事，還不用上貢，也都望風歸附了。

一個對匈奴有著深刻認識的將領，深知這表面的勝利，潛藏著巨大的危機。竇固在將西域的軍政構架建立起來之後，率西征大軍退回涼州，並馬上給明帝上了一封奏疏，說明匈奴雖傷未滅，根基沒有動搖。他準備繼續留在西涼，威懾匈奴。可是明帝皇帝身邊那些文官們，向來以為武將故弄玄虛，嫉妒竇固在外自專，紛紛以節約國帑為名，奏請明帝罷兵。明帝這個人最大的特點就是節儉，誰只要提節儉那就是他的知音。他連賞給自己兒子的封國，都是能三個縣就不給四個縣，就是自己的身後之事，也在生前安排得簡簡單單，不許鋪排。他看到有人給他算的帳，說竇固的軍隊再在西涼屯駐，要比回到關內多花三分之一的費用，立刻就下旨讓竇固回京，升他做掌管諸侯及少數民族事務的大鴻臚。大鴻臚雖說位列九卿，食邑千戶，但實權有限，實際上就是罷了他的兵權。

北匈奴這些年在西邊最忌憚的就是竇固，一聽說他回了洛陽，就彈冠相慶。優留單于只讓漢朝的君臣過了個兔年的春節，就派遣左鹿蠡王率領兩萬騎兵，一舉攻下車師後庭。後庭王安得本來就是個慫包軟蛋，平時只知道吃喝玩樂，遠遠看見匈奴鐵騎就尿褲子了，馬上打發人向金蒲城的戊校尉耿恭求援。

耿恭發現情況不妙，甚至非常糟糕。他就是率全軍馳援也無濟於事，又不好見死不救，就象徵性派了三百人表明個態度。傻子都能想到，這三百人就是一人長三頭六臂，也無法面對兩萬匈奴鐵騎，他們一邁出金蒲城的大門，就注定了有去無回的命運，白白在風雪交加的嚴寒裡受了許多磨難。果不其然，隊伍剛到務塗谷城下，就被匈奴人一圍而殲，鮮血流進半人深的雪裡，連點痕跡都沒留下。

匈奴人很快攻城，攻破了務塗谷。安得還想找左鹿蠡王求和，但首先進城的匈奴兵將沒人認識他，扯住手臂給了一刀，幸虧他當時身子軟了，手臂斷了後，腦袋沒掉，以後又苟延殘喘了十多年。殺紅了眼的匈奴鐵騎在務塗谷屠城一個月，在搶光東西、暴掠婦女後，一路奔襲到金蒲城，向漢軍發出了最後通牒：投降！

耿恭是個寧死不屈的關中硬漢。他緊閉大門，親率將士登城鏖戰，並將一種爆皮的毒藥塗在箭上，讓幾個士兵扮成巫師，邊射邊大喊：「漢軍弩箭有天神相助，射中了一定有你好看！」這一兵不厭詐的招數，還真唬住了匈奴人。那些中了箭的人和馬，果然是皮開肉綻，很快倒斃。

匈奴騎兵人心惶惶，懷疑他們師出無名，真的得罪了天神。偏偏第二天又起了狂風，電閃雷嗚，緊接著暴雨如注。漢軍在上風，弩箭自然飛得更遠，匈奴人更是疑神疑鬼，不得不罷兵北撤。耿恭清楚匈奴不會就此善罷甘休，他們回去拜完天神，還會選個有利的日子再來，金蒲城是守不住的。他與幾位助手商量移師疏勒城（與班超所在疏勒同名）。疏勒城很小，只有三百多戶人家，但其南面靠山，有險可憑，山溝裡雪水聚成小溪流經城內，一年四季都不斷流。耿恭將金蒲城的糧草都運進疏勒城，又用重賞從周邊臨時招募了兩千多男丁，加緊訓練，以圖共同守城。

到了夏天，優留單于派安得成功利誘車師前王勾峃反水，又慫恿龜茲和焉耆，脅迫他們共同叛漢，出兵一萬多人攻打西域都護府。龜茲王尤利多擔心損兵，就將這個皮球踢給焉耆和尉犁。按說烏壘城也是有城防設施的，可是陳睦毫無防備意識，並且把大量的士兵派出去建立新的屯田基地。兩千多人被焉耆王舜所領聯軍一掃而光，連一個活口都沒有留下，實在是太慘了。

匈奴人殺了陳睦以後，氣焰更盛，企圖把漢朝在西域的力量全部消滅。他們一面圍攻柳中城的己校尉關寵，一面再次攻打耿恭所在疏勒城。柳中的關寵閉門不出，趕緊派人進陽關向敦煌求救。疏勒的耿恭率軍主動出戰，殺死六七百敵人，逼得匈奴軍隊後退了幾十里。但是漢軍回城之後，匈奴復又圍城紮營，並在幾天後截斷溪流，企圖逼城內守軍不戰自潰。

正是盛夏季節，城內無水，幾千人要吃要喝，可是天大的問題，尤其是在西域這樣空氣乾燥、蒸發量很大的地區。耿恭命令士兵在城內掘井，挖了幾個十來丈的窟窿，底下的土還是乾的，只得收集人尿馬尿、榨取馬糞之汁救命。隔了兩天，資源枯竭，人馬都有渴死的，不少人已經發瘋，有人嚷嚷著開城門搶水，即使讓匈奴人殺了也比渴死強。也有人實在受不了從城牆上跳下去，還沒等爬起來找水，就被匈奴人砍成幾段。耿恭絞盡腦汁再想不出別的辦法，猛然想起漢武帝太初元年（前104），貳師將軍李廣利征服大宛的時候，拔佩刀刺山，飛泉從山中噴出的故事，決心效法。他向天祈禱，請求天神庇佑自己的軍隊，理由是如今漢室恩德神聖，每年按時祭天，從沒有過懈怠，天神怎麼可能讓漢軍走投無路呢？他又向乾井禮拜，求龍王爺眷顧自己的弟兄，賜給漢軍甘泉。

一個領兵幾千人的將軍，親自跳到井下，猛力掘挖，當時已經橫下心，只要還有一口氣，就不停歇。也許是耿恭的虔誠感動了天地，也許是他運氣好，挖了幾尺，越往下土越溼，終於「噗——」的一聲，竟有泉水順著刺刀噴上來。

「見水了！」耿恭的興奮勁兒，簡直難以言喻。他雙手掬水，含淚而飲。覺得從裡往外透著甘甜，簡直讓人陶醉了。後來泉水不停湧出，漸漸漫過他的小腿，才吼叫著讓人拉上來，命將士用桶取水，先少飲解渴，再盡量短的時間把水運上城，和泥巴補城牆。還故意拎起水桶往士兵頭上澆。匈奴騎士大為疑惑，面面相覷。匈奴這個民族對於神的敬仰和虔誠告訴他們：漢軍一定是有神助的，要不然怎麼會弄出水來？人不能與神鬥，這是自然界的生存規律！左鹿蠡王心有不甘，還是搖搖頭又一次撤兵了。

漢軍也不敢追擊，一面派人到敦煌，請溫校尉轉奏朝廷，盡快決策是棄是守；一面盡快疏通溪流，整備軍馬，從伊吾盧調運糧草，以防匈奴再犯。艱難地捱到秋天，也沒等到朝廷的旨意。其實那時明帝劉莊已經病了，病得不輕，太尉府由牟融當家。牟融是個文官，劉莊讓他主管軍事，本來是制衡主戰武將的權宜之計。他自己也沒想到會一病不起，徹底告崩。

劉莊一死，九六城忙於宮鬥廷爭。優留單于認為十九歲的章帝劉炟登基，江山還未坐穩，一時難以顧及西域，正是他重霸西域的天賜良機，便親率重兵，第三次圍攻耿恭所在疏勒城。耿恭與將士人不解衣，日夜堅守，殺退匈奴多次進攻。但匈奴人太多了，殺不退。射倒一批，上來一批；再射倒一批，又上來一批。就是一箭射死一個，箭鏃也不夠用。為了節約箭鏃，耿恭動員士兵大量使用鵝卵石。石頭從城牆上投下去，只要砸中敵人，不死也就傷了。疏勒城底下有河床，石頭的資源供應沒有問題，使用起來對士兵的技戰術要求也不高，投得越遠越有殺傷力。

這種戰術，恰好避開了匈奴騎兵的戰術長項，使得他們的快馬飛刀無法施展。匈奴人見硬攻不行，也改變了戰術，乾脆圍而不攻，要把漢軍困死。這一招不可謂不毒，幾個月過去，眼看天氣越來越涼，城內儲糧早已用完，漢軍不得已殺馬而食。馬殺完了，便用水煮鎧甲弓弩，吃上面的獸筋皮革。弩鎧吃盡了，又撿拾樹葉充飢。想那小小的城裡能有多少樹葉，很快就把幾千人活活餓死了，僅剩下幾十個殘兵。前面的死者還有人埋葬，後死的人就只能暴屍街頭了。

人生一世，常常能獲得意想不到的幫助，如同你在雷雨暴風之夜，忽然遇到一個撐傘的同路人。前時安得受傷後，他的妃子因為年輕貌美，被一個匈奴小王看中，收入帳中，夜夜陪侍。這個女人祖先是中原南陽人，每日虔誠禮佛，有好生之德，又聽說了耿恭的忠勇，就瞅匈奴小王高興時對其說：「聽說漢軍就剩幾十個了，你們可以殺了他們，但天神不忍餓死他們。你若能接濟一下，神必助你。」

匈奴人尚武，喜歡真刀真槍搏鬥，對困人的把戲也覺得沒勁。那小王就弄來一些粟米裝成小袋子，晚上巡夜時讓人扔進城去。耿恭和他最後的幾十個弟兄，就靠這點不明不白的「天外來食」，每天熬點稀粥，維持生命。隨著時間的推移，優留單于自己也把周圍的羊群吃完了，親自到烏孫去買了一大批牛羊，回來後分析耿恭已經疲睏至極，沒有什麼戰鬥力了。但他敬佩耿恭是個英雄，便派使者去招降。開出的條件是耿恭只要投降，就封他做白屋王，並把自己的公主配與他為妻。

匈奴人還是不了解漢家的忠臣。耿恭一家，幾代忠良，是抱著必死的決心了。耿恭在城上佯問：「優留單于的公主漂亮不漂亮，溫柔不溫柔？」使者在城下大聲說：「公主是草原上的一朵花，美麗極了！」耿恭便裝作很高興的樣子，讓來人回去，他要考慮一下。

優留單于覺得耿恭很有意思，自己已經是個困獸了，還挑三揀四。看來天下英雄愛美人，哪裡都一樣。他一邊剔著牙縫的肉絲，一邊派一個使者，順著漢軍放下的軟梯爬上去，商定具體事宜。令優留單于絕對沒想到的是，耿恭像瘋子一樣，一刀就將使者殺死，在城頭架起一堆火，用火炙烤其屍體，與大家分而食之，還對下面的人說：「味道極好了！」

這下可把優留單于惹怒了。但這人也是死腦筋，偏偏覺得耿恭的性格與他特別相近，惺惺惜惺惺，越加覺得耿恭人才難得，又增派援兵把疏勒城圍成鐵桶，以摧毀耿恭意志。耿恭十分清楚，只要匈奴三面強攻，頃刻就會人亡城破，就算他的人能從城南逃出，也沒有跨越天山的力氣。優留單于遲遲未肯破城，是對他懷有幻想。於是他讓人做了一點乾飯，把一個親兵吃飽，令其趁夜黑摸出城，往玉門關求救。

其時，關寵孤立在柳中城，幾個月沒有等到朝廷的援兵，只有困守。他一連轉託溫校尉危上了援的三封急札。急札攤在皇宮的大殿裡，就成了慢札。朝廷裡為要不要派援兵的問題，吵得唾沫成河，磨破了幾十張喋喋不休的嘴皮，還是沒有一個結果。

東漢帝國朝廷內鬥的脈搏，被匈奴人摸得特別準。這倒不是匈奴人有什麼神機妙算，而是幾百年來與漢室打交道的經驗使然。朝廷防叛重於防寇，皇帝防親重於防官，江山寧落外夷手，不與家賊有——這就是中國歷史上，一直對新朝皇帝王莽評價很負面的大註解。飽食終日的公卿大臣們，絞盡腦汁在新皇帝面前邀寵，一個個想謀個更好的位子，增加若干食邑，添幾分體面和排場，極少人牽掛邊關命懸一線的將士！

新登基的章皇帝劉炟，按著一朝天子一朝臣的規矩，把主要精力都放在穩固地位上。他一改明帝「外戚不得封侯干政」的政策，也把馬皇太后的一再勸阻當成一般的謙讓，硬是要讓他三個舅舅人前顯貴，把馬廖擢為衛尉，馬防授中郎將，馬光領越騎校尉，一時權傾朝野，冠蓋諸徒，大家爭相趨附。據說馬家的一次家宴就用了上千隻羊，誰還管邊疆的重重危機。馬廖剛說了一句：「先帝昇天，新帝初立，不能勞師遠征。」滿朝文武就同聲附和，奉承獻媚，還引經據典，說出一河灘的理論根據。

竇固閉著眼睛都能想到前方將士的窘境，每天都有鮮活的生命在盼望中絕望而死。他覺得朝廷把戍邊的部隊放在危險的地方，當兵的也是人子人夫，人家對朝廷盡忠，朝廷憑良心也得對人家的安全負點責。現在匈奴人攻得急，將士們等待救援，朝廷如果撒手不管，任其自滅，對外增加了敵人的囂張氣焰，對內令忠臣喪氣寒心，以後誰還願意當傻子為朝廷賣命？敵人拿下戊己校尉後不再內擾也還罷了，假如匈奴根本不把朝廷當回事，以此為跳板，乘勝東進，大肆向關內侵略，朝廷還能派誰去禦敵，還能指望誰效忠？

深悉邊防的竇固分析，戊己兩部只有幾千兵馬，都能堅持好幾個月，匈奴的兵力也是有限，不難擊走，要是下令酒泉和敦煌兩個太守，各領上兩三千人馬，虛張聲勢，快速馳援，用不了四十天就可凱旋。因為匈奴軍隊圍了幾個月，人困馬乏，糧草靡費很大，肯定也疲敝不堪了，看見漢軍大隊人馬，肯定就撤。他把自己的想法寫成奏章，準備上奏，但被涅陽公主擋了駕。

「你傻啊？馬竇兩家有仇，今人皆知。眼下朝政一邊倒，公卿大都唯馬家馬頭是瞻，你這身分提出異議，難免被人嫉恨。不如夾著尾巴做人，這奏章還是找別人上吧！」

竇固覺得老婆說得有幾分道理，就找三公之一的司徒鮑昱商議。

鮑昱是東漢歷史上最正直的一個三朝老臣，在萬馬齊喑的時候也敢講真話。他在汝南時，因班超的朋友——楚王劉英謀反案有千人被殺，讓他很震驚，及時上疏明帝，勸阻進一步的勾連攀扯，挽回了不少人的生命。後來他調朝中為司徒，主管刑獄，適逢大旱，章帝問他如何消災。他便乘機進言，這是冤獄不平所致，只有「蠲除禁錮，興滅繼絕，死生獲所」，才能獲得老天的眷顧。章帝同意了他的建議，釋放了無故被囚禁的人。在他擔任司徒期間，為了準確衡量刑獄，平息訴訟，還制定了《辭訟》、《決事都目》等律條，與當時的法令一起頒行，在朝野都有好聲望。

這次廷議出兵救援西域，三公九卿中只有鮑昱一個人旗幟鮮明地主張出兵。但孤掌難鳴，他又不是主管軍隊的太尉，也沒法堅持。現在有了竇固的暗中支持，他就拚命排眾議，擺人倫，講道理，終於說得章帝劉炟動了心。詔令征西將軍耿秉出屯酒泉，行太守事，騰出年輕的酒泉太守段彭率領張掖、敦煌、酒泉三郡部隊，並調鄯善騎兵共七千多人，前往救援戊己校尉。

河西援兵解下柳中城圍的時候，已經是建初元年（76）正月了。己校尉關寵病得只剩下最後一口氣，見了援軍就把這口氣嚥氣了。他的部下已餓死許多，活著的也瘦得見風就倒。段彭憐惜落淚，當即麾軍進攻，一舉拿下車師前庭交河城，殺敵三千八百，俘虜三千餘人，車師前王勾留再度投降。但是段彭這個人也是個經驗主義者，他什麼情況都沒打探，就斷定戊校尉耿恭早就不在人世了，因為疏勒城那邊環境比柳中更險惡。多虧耿恭有一個老部下叫范羌，是敦煌大營溫校尉的司馬，這次帶隊參戰，他下定決心活要見人死要見屍。段彭沒辦法，就讓他帶兩千人去。

范羌一行踏著幾尺厚的積雪，翻山越嶺，棄馬步行，歷盡千辛萬苦，好不容易達到疏勒城下，已是筋疲力盡。費盡心機從南山入城，救出耿恭。出城後缺糧無草，無奈就地解散部隊。只帶著二十六個親吏，與匈奴優留單于追趕的軍隊，在齊腰深的雪地裡且戰且爬，一路將衣褲裡的棉絮都吃乾淨了。走到玉門關城樓下時只剩下十三人，個個衣衫襤褸，形如槁骨，見到守將出迎，悉數倒在地上，扶都扶不起來。幾天後耿秉從酒泉趕來，抱起堂弟耿恭，輕得只有一個小孩子的體重，心如刀割，痛哭捶胸。

耿恭的氣節遠在蘇武之上，是一個亙古未有的英雄。他以微弱的兵力固守孤城，抵抗匈奴數萬大軍，經年累月，耗盡了全部心力；鑿山打井，煮食弓弩，先後殺傷敵人數以千計；忠勇俱全，沒有使漢朝蒙羞。司徒鮑昱等請求章帝給他們晉爵重賞，章帝沉吟半天，最後任命耿恭為騎都尉，不久又遷為長水校尉；范羌平調到雍營任司馬；其他人都給了個不起眼的小官。朝野都覺得，章帝的賞賜過於刻薄。

其實這裡邊是有原因的，章帝是站在他的角度權衡賞賜值不值，有沒有意義。他剛從太子變成皇帝，考慮問題的角度還沒有很好地調整過來，而且接著就耍了一個小孩子的大脾氣。他也不和任何人商量，突然出了一個荒謬的想法：西域這麼麻煩，也給朝廷做不了什麼貢獻，朕不要了，誰愛要誰要去！這時一個叫李邑的衛侯見風使舵，立即上疏奏道：「朝廷既然放棄西域了，還花費國帑養班超那幹啥，不如讓他回來到我府上當個書曹。」

這不是打大鴻臚竇固的臉嗎？班超可是竇固選拔的人才。這位熟悉西域事務的顯親侯雖說眼下不掌兵權，但貴為九卿，怎麼著也輪不到衛侯來噁心。所以當堂上奏道：「班超是先帝任命的軍司馬，雖然只帶著幾十個人，是千石的俸祿。人在西域幹的，是幾千人都幹不了的事情，有功勞也有苦勞。就是班師回來，也應該是太尉府的人，怎麼一下子就成了衛侯的家奴了？衛侯什麼時候設定了千石的書曹職位，這可比太尉府的書曹高多了。」

竇固這幾句話，就把李邑放到火爐子上了。明帝時楚王劉英私設兩千石的官員，都是殺頭的大罪，一個閒官衛侯敢設千石書曹，還不得腰斬！

李邑一下子就赤白了臉，馬上跪在章帝面前稱該死，又強調他怕班超回來沒事可做，當他的書曹只給百石秩奉，不會踰越朝廷的制度。朝堂的大臣都覺得李邑出來攪這一缸渾水，實在莫名其妙。其實這個衛侯是世襲的爵位，他的爺爺曾在光武帝危難時背其過河，光武帝以德報德，封了李家六百戶的食邑。李邑前些年放到幽州當刺史，官聲不好就調回朝廷掛個閒差。他這會兒就是想報復一下班超，只為班超在蘭臺管奏章時，他拿錢賄賂班超，要查一個告他狀的摺子是誰上的。班超按規定拒絕了他，他就一直記恨在心。班超被免職後，他找人查到了，也黑了那個告狀人，弄得人家丟了官回家。

章帝當然不知這段內情，也不想聽大臣在朝堂吵架，就說：「咋安排是後話，先把班超叫回來吧！」

他這做派頗像其祖父光武帝的作風，是隔代遺傳的典型。也充分表現出年輕人的不成熟，城府淺，感情用事，缺乏宏觀駕馭能力。年輕人不成熟是客觀規律，不管你是貴為天子還是賤為奴婢。一個人牙沒長齊的時候你讓他咬蘋果，多半是咬不動的。但街頭混混不成熟至多惹事招禍，傷害自己，一國之君不成熟就不是害己那麼簡單。他掌管國之命脈，一舉一動都關係著國計民生，這不是家家酒的兒戲！

更可笑的是滿朝文武你看看我，我看看你，都把頭頂的烏紗繫得牢牢的，嘴巴閉得嚴嚴的，兩條腿夾得緊緊的，誰也不敢放一個蔫蔫的臭屁。這些人只想保全自己的既得利益，根本不考慮國家的大政。疆土再大也是皇帝的，只有朝廷發的賞賜才是自己的。等到朝廷的大廈傾塌，這些人先前對舊主山呼萬歲的大人們，大多數會跪在新主面前，老戲重演。

毛躁的章帝放棄西域的決定，連他自己幾年後都後悔得摔盤子。但錯誤的決定當時亦有人歡迎，這些人中有一個就是班超的原配妻子水莞兒，因為她所處的角度不同。剛開始是她兒子班雄聽學堂裡的同學說的。她抿嘴一笑，以為孩子想你爹想瘋了。小孩子家家，嘴上沒毛，說話不牢。隔了半天，大伯子班固來正式打招呼，她的臉就熱了，心裡頭也活泛起來。京城的小道消息總比大道來得快，這是多少人不服而又不得不承認的規律。掐指算來，她與夫君已經有三年多沒有見面了，一千多個日日夜夜的思念，只有她這個年齡的婦人才能體會心中的悽苦。平時她把自己的時間安排得滿滿的，每日裡拉扯孩子，操持家務，採買濯洗，過去許多由夫君做的事情現在全部要她來做，白天幾乎沒有閒暇的時間。到了晚上，就拿出起丈夫的信簡，從時間最近的往最遠的排序，一遍又一遍地閱讀，每讀一遍似乎都有新的發現、新的理解，雖然那些寫在柳（枝）簡上的文字，她差不多都能背下來了。

賢惠的水莞兒，是典型的邊防軍嫂，她見不到夫君，就在夫君的信簡裡徜徉，從字裡行間尋找溫情，享受回憶夫君一言一語、一顰一笑的甜蜜。這種甜蜜常常能讓她帶進夢裡。有一次她夢見自己到西域找夫君，經歷千山萬水，夫君將她領進一望無際的葡萄園，那垂在頭頂的綠葡萄一串一串，晶瑩剔透，如珠似玉，散發著酸甜的膩味兒。夫君伸手摘下一咕嘟，然後摟著她，一顆一顆放進她嘴裡。她甜在嘴上，喜在臉上，愜在心底。醒來時發現枕邊滿是口水，點上燈坐在炕頭，很想尋找夫君手裡剩下的葡萄，是自己吃了還是給了別人，可怎麼也回不到原來的夢裡。

為了續夢，水莞兒託人買來一株葡萄苗，栽在門口的照壁旁。旱天澆水，雨天施肥，天天看著葡萄苗茁壯成長，指望著一年兩載之後，能將夫君手裡那些葡萄掛在自家的院子裡。孰料事與願違，春節前婆婆和嫂子一起來家，誇了她這麼多年的孝順溫柔、恪守婦道，把她的心暖得熱熱的。

然後告訴她夫君在西域納了妾，是個小國公主，她才意識到夫君留在手裡的葡萄，已經給了另外一個女人，一個比自己小十五歲的西域女人。

班超的信是寄到班固家的，水莞兒認為夫君是怕她想不開，專門讓婆婆和嫂子來和她說。那個小她兩歲的嫂子過去對她特熱情，自從班超當了司馬秩奉高過班固，她沒法居高臨下了，就陰陽怪氣的，說話常常夾槍帶棒，嘴上勸她想開點，臉上掛滿了幸災樂禍的表情。她只能打掉牙齒往肚子裡咽，還能怎麼樣呢！等婆婆嫂子一走，她就操了一把大鐵鏟，把那棵葡萄連根帶蔓全部剷掉，扔到門外的垃圾堆裡。然後掩上大門，抱著女兒在家哭了半天，兩眼腫得燈籠似的，照見鏡子自己都害怕。

涅陽公主聽說了，專門來看水莞兒，拿她與後宮那些女人比，多少女人十一二歲進宮，天天翹首期盼，最後老死宮中，連一次寵幸侍寢都不曾，那才叫悲慘呢！就是前朝送給匈奴單于和親的王昭君，也是在深宮寂寞好多年，臨別了先帝才見到有些姿色，還心有不捨呢！水莞兒和班超好歹夫妻在一起十幾年，不虧。班超一個人遠在西域領兵，賺的賞錢給你捎回不少，男人家也不容易，那風火勁兒上來，總要有地方排解，反正你也沾不上，愛娶誰娶誰去，眼不見心不亂。等到哪天回來了，他們的熱火勁兒也過去了，你和那個米夏公主又不是一個味兒，他總不能頓頓喝羊雜湯吧，還能不想你這碗紅棗肉粽子？沒準久別勝新婚，雨露都灑你這邊呢！再說了，你是妻米夏是妾，位分上差著呢，她還得看你的臉色不是！

公主就是公主！尊貴不說，就憑這皇宮裡薰陶的少女歲月，成人後那勸慰女人的程度，還真不是一般婆婆媽媽能比的。水莞兒慢慢也就想通了，大凡男人有點地位，有點錢財，不是蓋房子就是納女子，要麼就是買車子，或者大修土堆子（祖墳），總要折騰的，只不過每個人的偏好不同。這京都的九六城裡，妻妾成群的家庭多了，也不見得誰家見天抹淚兒，有多難為情的，還不是該幹啥幹啥，該咋過咋過吧，誰叫咱攤上這麼一個丈夫呢！

人過得高不高興，全看自己的心情。水莞兒心情調整好了，就張羅著騰房子，買家具，縫被褥，添灶具，抹牆掃舍，整理院落，整整忙了二十多天，把家裡收拾得齊齊整整。她還在新縫的被子中間故意留下一顆針，設想那個小女人晚上睡覺時被扎著後，肯定會出一點點血，她還要裝模作樣道地歉說自己年紀大了，丟三落四，可能是沒來得及拔針又忙別的事去了，讓妹妹一到家就見紅，真是該死！讓那個小賤人也知道知道，她眼裡揉不得沙子。可是過了幾天，她又把那顆針取了下來，怕萬一扎著夫君，她還捨不得呢！

遠在疏勒的班超，可沒有心思揣測水莞兒的想法。接到撤退命令的時候，他除了震驚就是不解，根本沒法說服自己。正是春寒料峭的季節，米夏的肚子已經很大了，見天要其媽媽妹妹陪著走動，晒太陽，晚上就纏著班超摸她的肚皮，講故事給胎兒聽。陶醉的時候，她會笑班超小樹林裡做愛，馬背上落籽生根，這孩子來得頗不尋常，在肚子裡頭也不老實。

按說班超中年納妾，又是個異域美女，熱情奔放，極識風情，與中原女子的含蓄害羞一點都不同，白天把他伺候得妥妥帖帖，晚上把他溫暖得舒舒坦坦，又懷上他班家的血脈，他該是夢裡都會笑醒。可自從婚禮上接到警報，他就沒有開心日子過了，真可謂樂極生悲！這半年來備戰防敵，如履薄冰，心如大山壓，頭比身子重，有時候應付米夏，也是一臉苦笑，讓人家嗔怪會影響胎兒長醜。

班超記得：西域都護府開府後，他曾帶霍延等人輾轉去拜會陳睦，建議同他東西夾擊，嚴密監視龜茲這個匈奴人深耕幾十年的大國。龜茲的人口占西域四分之一，其取捨傾向對其他地方的影響很大。當時陳睦志得意滿，又與己校尉關寵都在車師前庭境內，距離比較近，根本就沒把他的三十幾個人放在眼裡，甚至話都說得很氣人：「你還是省省吧，就你那點人馬！」在都護府當府丞的郭恂，建議陳睦考慮一下班超的建議，畢竟班超先到一步，和匈奴人較過量，對西域的情況比較了解。陳睦白了郭恂一眼，說你要覺得都護府盛不下你這尊大佛，可以跟班超走！郭恂也是沒有血氣，要是跟班超走了，也不至於慘死烏壘。

一腔熱血的班超，被這個剛愎自用的都護拒之門外，覺得比人在臉上扇了個大巴掌還難受，第二天就打道回府了。經過甜水泉的時候，他特別囑咐韓陽需不時往陽關走動，打探來自關內的消息。韓陽是從溫校尉那裡獲知陳睦敗亡和明帝八月初六病死，就日夜緊趕，往疏勒報告。班超除了震驚，還有惋惜。惋惜與他一起在鄯善做事的郭恂，惋惜在來西域的路上與他相處不錯的關寵，惋惜都護府那幾千士兵。為了不讓盤橐城重蹈烏壘城的覆轍，他把戰備的事情抓得很緊，不能因為絲毫的馬虎，害得許多人送命……

由於婚禮尚未結束，班超就連夜部署防務了，新婚之夜——這個多少女人又盼又懼的神祕的夜晚，新娘子守了大半夜空房。

等到黎明，班超身體已經有些疲乏，進了房間，看見新婦卻還坐在潔白的布單上等著，嘴上沒說，心裡肯定有怨氣。他想著人家少女一個，初為人婦，也不能冷淡了，便強打起精神，與人盡那新郎官的義務。炕上的交歡，自是比小樹林寬敞從容。但班超實在疲憊，一陣下來，已是大汗淋漓，像一隻爬到高桿上下來的猴子，扯一把被子就找周公聊天去了。睡醒的時候，發現米夏從外面進來，一手拎隻公雞，一手拿著剪刀，要班超剪下雞頭。班超說殺雞不在外面殺，咋還弄到屋裡來了。米夏把嘴一篤，示意不要聲張，還有幾分神祕。待班超鉸斷雞脖子，她就倒提著公雞，任憑撲啦啦的無頭雞血，噴灑到白布單上。

班超大為不解，卻見米夏將染了雞血的白布單拿到外面，掛在特別顯眼的地方，回屋就朝他傻笑著說：「這個單子是個證據，將來要拿到洛陽給你的家人看的。讓他們知道我米夏公主是個純潔處女，嫁到你家才被你禍害了的，今後你家的人一點都不能輕看我。」

「隨你吧！」班超苦笑了一下，覺得純粹是多此一舉。

吃過朝食，班超就去見老丈人，請忠以國王名義釋出戰時動員令，將十五歲以上男子全部武裝起來，作為預備隊，一旦戰事發生，立刻全民皆兵。另外責令遠鄉僻壤堅壁清野，將暫時不吃的糧食草料運進城裡，免為敵人所用。然後派人往于闐、拘彌和莎車，讓他們做好支援疏勒的準備。黎弇昨夜就命令部隊在城北和城東兩個隘口加固工事，遠遠放出哨探。他有點不放心，就喊醒在城樓上值了一夜班的霍延，一起往城外視察，臨出門還在馬上給董健打招呼，讓他提高警惕。

不知是匈奴人也像陳睦一樣瞧不起班超呢，還是他們暫時只想做一些試探，幾次小規模的進攻都被班超帶領的疏勒軍民打退後，有近半年疏勒以南以及天山南道暫時無事了。耿恭的情況他是不久前才知道的，他為朝廷有耿恭這樣勇挫匈奴的英雄而自豪，為有耿恭這樣的鄉黨而驕傲，也發誓要像耿恭那樣，做個頂天立地的英雄。可是，太尉府卻在這個時候，向他送達了皇帝要他撤退回京的命令。他的第一反應就是劉炟是被太監下了藥，或者是腦袋被德陽殿的門給擠了，正常的皇帝不會做出如此荒唐的決定。

作為一個世家子弟，班超考慮的不是個人別家舍子，遠赴絕域，出生入死，虎口拔牙，辛辛苦苦幹這麼幾年，好不容易有點成就，皇帝一句話就前功盡棄了。他清楚個人的得失在朝廷利益面前，孰輕孰重。朝廷的任何一項政策，都可以使一些人成為既得利益者，而另外的一些人則必然成為犧牲品。但放棄西域，漢朝獲得的只是邊防預算的暫時略微減少，造成邊關不寧、群寇亂擾後再大舉發兵攻打平定，卻有可能掏空國庫，步雄圖大略的漢武帝傾國之力伐匈的後塵。

那真不是一場合算的戰爭！真不知那些戴著太傅帝師冠冕的老朽，是怎樣給劉炟宣講這段歷史的，也不知章帝為何就不能認真想一想，他的父皇為何要重新經營西域！就在十月初一寒衣節那天，班超還按照關內的習俗，在盤橐城專門安牌位，領著部屬隨員和疏勒官吏祭拜明帝。大家一起追憶明帝一生的偉大功績，除了廣開言路、嚴察外戚、重用人才、根治黃河水患以外，重要的一項就是與匈奴爭西域，重開「絲綢之路」，溝通與西方世界的連繫。

匈奴人崇拜狼，這是一群狼一樣的人。從匈奴人嘴裡奪食，既要拚實力，又要拚智慧，這期間經歷了多少磨難，費了多少周折，不在其中，難解其味。眼下雖然天山南路北道受挫，但南道依然暢通，西域有今天的局面實在來之不易。古人說：三年無改方為孝。明帝劉莊屍骨未寒，作為繼位之君的兒子劉炟，怎麼能這麼快就變了章法呢？這是孝嗎？

那時有妄議朝廷的罪名，說皇帝的不是，是要被下獄甚至處死的。所以班超的所有疑惑和牢騷，都不能與人言，只能裝在肚子裡，讓其發酵，最後從肛門裡排出去。漢家的理念是君要臣死，臣不得不死，沒有人追究君王的要求合不合理。謹遵皇命，是做忠臣的起碼操守，就是有多少想法也只能回洛陽去再說了。班超找到忠，給他看朝廷的公文。忠愣了半天沒吱聲，吱聲就像雷霆，與以往的溫和平靜判若兩人。

既有今日，何必當初！忠不能理解朝廷那個新皇帝，西域這麼大一塊子，說不要就不要了。他反覆問班超：「你走了，讓我怎麼辦？我可是漢朝任命的國王，要是撇下國人跟你去洛陽，漢朝會收留一個亡國小王嗎？若是留下抗擊匈奴，我有那個實力嗎？有漢使在，還能聯合莎車、于闐，大家有個照應；沒有了漢使，個個都是老大，誰聽誰的？我嘛，死活固然重要，但中國王也當過了，福也享了，沒有多少遺憾。可是老百姓呢？與其人亡城毀，不如歸附匈奴，苟活保命——活著總比死了強，兩害相權取其輕——這都是你教我的！」

忠這些想法正好觸動了班超的神經，讓他無言以對。米夏已經是七八個月的身子，所有的人都認為大肚女人走不出西域，鬧不好就是兩條人命。但米夏怕這一別永遠不會再見，拚著命也要跟班超走，弄得班超帶也不是，不帶也不是。還是母親心疼女兒，無論如何都不讓米夏跟班超走，說是等快生時，將她送到偏遠的鄉下親戚那裡，以防萬一。先將孩子生下來，以後的事走一步看一步。

米夏一聽要與夫君分別，有可能就是訣別，就抱住班超哭成了淚人，咋都不讓走。王室的女眷們也是哭著勸，勸著哭，強烈的愧疚讓班超五內俱焚，他覺得自己當時的衝動，簡直就是荒唐，順著桿子就爬，根本沒考慮後果，把自己的快樂，建立在別人的痛苦之上，讓一個熱情美麗的女人，成了政治的犧牲品。他罵自己是個王八蛋，豬狗不如的東西！一個連即將臨盆的老婆都保護不了的漢軍司馬，哪裡還有資格稱男人！

在這個關鍵的時刻，甘英的一句話提醒了班超：「凡事冷靜！」帶兵的人最需要的是保持鎮定，因為他是朝廷命官，他來西域是職務行為，不是一個普通人的個人行為，他身後還有三十幾個弟兄。既然任務結束了，他有責任把大家帶回去。他把白狐在于闐弄的那塊玉珮找出來，擦得乾乾淨淨，送給米夏，算是留給孩子的紀念，承諾一有條件就來接他們母子，然後與這個淚人緊緊相擁。米夏要他臨別再盡一次丈夫之職，可他躺進被窩，任是用盡一切手段也毫無激情，只好相擁一夜，約好次日不去送行，忠一家都不去送行。

然而，送行的人還是很多的，從盤橐城一直排到路口，有官吏，也有百姓。輔國侯也森耷拉著腦袋，一臉愕然的吉迪也沒有帶鼓樂隊。人們只是看著漢使離開，幾乎沒有人出聲。只有都尉黎弇穿戴得整齊，直接走到班超跟前，弱弱地問了一聲：「能不走嗎？」見班超搖頭，他就流著淚說：「漢使棄疏勒而去，說明漢皇帝不要我們了。你們一走，疏勒必然會被匈奴所滅。與其日後被敵羞辱而死，還不如今天魂隨你們東去洛陽，給皇帝陛下託個夢，告訴他不該這樣，不像個兒子娃娃。我先走了！」說完就拔出寶劍，引頸自刎了。

盤桓

事情發生得太突然，沒有任何人有一點防範。黎弇這樣一個愛兵如子的將軍，就這麼自己奔了黃泉。班超難過地抱起黎弇的遺體，看他脖頸的刀口還在往外流血，氣卻已經絕了。回想不久前還一起觀摩士兵的演練，還一起商量田慮的婚典，那時的黎弇還信心滿滿，說只要有大漢做靠山，不怕匈奴來犯。如今他的話餘音猶在，人卻陰陽兩界，怎不叫人傷心欲絕，悲淚泉湧！所有在場的人都淚眼婆娑，泣不成聲。田慮夫婦更是跪地嚎啕，惹得一群送別的官吏也都哭出了聲音。

黎弇是田慮的岳父。他在三個多月前將自己的女兒嫁給了田慮，如今也身懷六甲了。好在時間較短，班超安排她隨他們一起回關內。誰知他來送女兒，是斷了女兒的念想，也對疏勒的前途徹底失望了。他是在以死抗相勸，還是以死抗爭？班超怕此事發酵，攪動軍心，趕忙輕輕放下遺體，帶領使團全體隊員三鞠躬，然後狠下心下了一道命令：「田慮留下善後，其餘人立即上馬出發。」

沒走幾步，忽聽身後傳來嗚咽的嗩吶，是一個熟悉的調子，接著就有人反覆在吟唱——

西域的月兒兮又明又亮，
西域的河水兮又渾又涼，
河水悠悠，揉碎了月光，
河邊的姑娘兮顧盼張望……

同樣的歌曲，今天咋唱得如此淒涼！以至於出城好一段了，似乎還有餘音繞耳，反覆迴盪。只聽董健喊了聲「不好，沙塵暴來了！」突然間狂風大作，沙飛土揚，霎時吹得天昏地暗，人在對面互不相見，一張口就吃進滿嘴沙塵，戰馬也不停地嘶叫、噴鼻涕，發洩它們的怨憤。

這是沙漠綠洲每年春天都會遇到的天氣，只不過出現在今天，讓人心情更加凝重，似乎是天在留人。班超他們在黑暗裡摸索了大半天，弄得灰頭土臉，眼眶、鼻孔、耳朵、口腔甚至脖領裡邊全是沙子，就跟在沙丘上滾了一天一樣。失去了方向感的戰馬，馱著一群閉著眼睛的將士，差不多繞疏勒城轉了一圈，還在城邊，只好就近找一個小村借宿。

晚上風小一些的時候，班超派祭參進城一趟，送些葬賻給田慮，囑他料理完喪事見機行事，然後悄悄看一眼米夏公主，不要驚動任何人。祭參後半夜回來，說米夏公主住進娘家，情緒不大好。城裡人心惶惶，瘋傳匈奴馬上就來。班超咳了一聲，仰躺在地，悶了一夜，第二天就向于闐行進。路過莎車的時候，他同國王齊黎談到以後的形勢，齊黎說：「既然皇帝都不要西域了，司馬又何必多操此心！」

因為話不投機，班超只在莎車待了一天。沿途其他小國，基本上是住一夜就走，及至到了于闐，他才知道，回頭的路沒有那麼順當。

于闐這幾年從天山南道得到的商旅收入，已經占到全部收入的一半以上，有一千五六百關內的商人、匠人和農民常住于闐。老道的廣德比誰都看重這條「絲綢之路」，比誰都不願意班超離開。他的邏輯是隻要班超在，就是漢朝還管著西域，民心就會安定，匈奴就有所顧忌，要是班超走了，關內來的人都走了，大家都知道漢朝撒手西域，人心馬上就會浮動，匈奴很快就會捲土重來。班超強調皇命在身，身不由己，這不是個人所能左右的，朝廷能派人，也就能撤人，主動權不在使團手裡。

白狐聽著兩個人的話說不到一起，眼珠一轉，計上心來。他是個典型的江湖之人，重情講義氣，沒有太多的官場忌諱，覺著班超轟轟烈烈出來，現在這麼垂頭喪氣回去，十分憋屈。關鍵是當初信誓旦旦，高調宣示，漢朝要保護西域各國，讓人家絕了匈奴，現在自食其言，又不管了，讓人家何去何從？這樣出爾反爾，以後誰還會再相信漢朝？廣德為歸漢可以說把後路都斷了，現在朝廷讓使團拍屁股走人，可真不仗義。

義字當先的白狐對班超說：「于闐王的意思，走不走今天先不說了，讓我們在于闐休整幾天，大家買點羊脂玉，回去送個人情什麼的，你看行不行？」

班超想了想，待幾天也無妨。白狐又用塞語問廣德：「你送到洛陽的質子回來了嗎？」

廣德一怔，突然笑了。他覺得白狐是暗示他提條件，這樣大家都好接受，於是安排晚上在國賓館為使團接風。

酒過三巡，廣德顯得很傷感，訴說于闐為了歸附大漢王朝，與匈奴徹底決裂，把所有的家當都押上了，他殺了匈奴監國使團幾十人，匈奴人對于闐恨得要死，殺了他送去當質子的長子，雙方算是結了死仇。漢使這次再一走，匈奴肯定回來。于闐目前的實力還不足以與匈奴抗衡，他讓班超將心比心，換位思考，讓他這個國王何去何從。他一再強調，小國無外交，西域這些國家都是在漢帝國和匈奴的夾縫裡求生存。于闐目前的情況是被漢使拉著爬山，爬到了半山腰，漢使現在一鬆手，于闐就滾下去了。明人不說暗話，漢朝不要于闐，于闐不可能獨立。要是不從匈奴，蔥嶺底下這片綠洲就得血流成河，冤死多少無辜；要是從了匈奴，先不說心裡過不去，已經送去洛陽的小兒子，會不會又被漢朝殺了？他為了與漢和好已經失去了一個兒子，難道漢使眼巴巴看著他再失去另一個嗎？

廣德一副可憐巴巴的樣子，連連嘆氣。他幾乎用哀求的語氣對班超說：「我知道于闐國小，攔不住班超，也不攔。為今之計，我馬上派人去洛陽接兒子。只要我兒子安全回來，我就放漢使離開于闐，離開西域了。」

班超想了想，廣德這一席話入情入理，邏輯嚴謹，像個老江湖。他還沒意識到這是廣德的計策。但他知道廣德這一招是個緩兵之計，對朝廷也是個能過得去的說辭。他需要再仔細評估一下，再決定走留，嘴上卻說：「于闐王這是綁架，是囚禁漢使的行為啊！」

「不至於，不至於。」白狐過來打哈哈，要給廣德敬酒。「我這次跟司馬回朝後，就解甲歸田了。到時想來于闐混口飯吃，不知于闐王能否收留。」

廣德心有靈犀，明白這是白狐給他墊話，滿口答應。「像白譯長這樣走遍天下的人才，要不是司馬不放，我早都想要了。」

班超也清楚白狐是拿話激他，瞪了白狐一眼：「你現在不同以往，是我的幫手。敢背叛我，小心腦袋！來，給本司馬敬酒！」

這氣氛就和諧了。大家一笑，再飲一陣，宴會很快就結束了。回到驛館後，霍延不解地問班超：「難道司馬大人敢抗命不遵？」

「不敢！」班超說，「不過這兩年盡忙了公事，也沒在西域看看風景，臨走就看幾眼吧！」

四月的于闐春光旖旎，滿世界蜂飛蝶舞。桃紅落了，梨花盛開，農夫在田裡備耕，牛拉的鐵犁頭，沙土像水浪一樣翻滾。小麥已經高調拔節，路邊都能聽到蹭蹭的生長聲。廣德一大早就派都尉來驛館請班超，與一幫隨從往城外踏青。廣德的興致很高，一會兒指著滿地的落英說今年是水果的大年，一會兒讓班超看河邊的稻田，一眼望不到邊。廣德坦陳這都是關內來的人開的，手邊的已經種了一季，遠處是新開墾的，今年就能插秧。離河岸不遠的那個新村，有一百多戶，住的全是關內的移民。照目前的勢頭發展下去，還得建幾個新村。這于闐河兩岸的稻田，至少還能往前延伸幾十里。

于闐實行的新政策是：關內的人來開田，誰開的是誰的，一律免稅三年。這樣墾荒者有利可圖，王府也不吃虧。那地荒著也是荒著，開出來就有收成。現在的官倉有兩年的積蓄，等這些新田有一半產糧了，一年的收成足可吃四五年，還能養活更多的人。人一多，需求就多了，要吃要穿要住要玩，于闐的市場就大了，國庫的收入自然就增加，就有錢買好馬，造好兵器，打造堅固的城池。那時就是匈奴犯境，只要兵民堅守不出，看誰熬得過誰，敵人只能乾瞪眼，糧草盡了自然退去。

班超本來毫無遊春的興致，但看到廣德說得頭頭是道，頗合兵法，很快就興奮起來了。他驚嘆兩年前不見棺材不落淚的廣德，竟然能在這麼短的時間從關內動員來這麼多人，參與當地的農業生產，又對經濟發展和防務建設有比較長遠的規畫，簡直令人刮目相看，打心裡敬佩。他問廣德這些想法從何而來，廣德用手一指，但見路邊有一位蜂農頂著草帽，從蜂箱裡取出一排蜂巢，輕輕抖落成堆的蜜蜂，然後把蜂巢放在裝有搖桿的木桶裡轉搖，一邊對身旁的兩個年輕人說些什麼。

廣德招呼一聲，那位四十多歲的男子，就帶著兩個年輕小夥過來了。廣德介紹說：「這是王府的大博士和他的兩個學生。」

大博士是廣德聽一位來自關內的桑農介紹，從江夏郡請來的高人。這人從小敬慕東漢初年的著名隱士嚴子陵，所以起名高子陵。高子陵飽讀詩書，耕讀孝親，扇枕溫席，在鄉里教授孩子，朝廷多次招募都不出仕。但他久有遊歷西域之心，廣德派人重禮相請，來了就喜歡上了于闐，並給廣德出了不少好點子，後面這些墾荒的人基本都是他叫來的。他還喜歡養蜂，說常年跟蜜蜂在一起不得病。

班超粗粗打量一番高子陵，中等個頭，略微偏瘦，眼睛不甚大，卻也明亮有神，眉宇間透出幾分書卷之雅，嘴角翕動時又似有幾分固執。班超誇他說：「高博士學富五車，對于闐貢獻很大。單就從關內移民開荒這一點就了不起，補了屯田校尉體制的大缺口，意義深遠。請受仲升一拜。」

高子陵趕緊回拜，稱道：「班司馬以幾十人輕旅，殺虜扶民，通天山南道，建驛站郵亭，引先進農具，已屬奇功，豈是高某能及百之一二！班司馬一定要受子陵一拜。」

倆人見了禮，頗有點他鄉遇故知的感覺，就聊起各自以前在市井鄉村的風俗習慣、生活見聞。越聊越投機，越說越親近，三扯兩拉又牽出明帝在世時，朝廷動用幾百億金錢、造福萬世的一個大工程，就是起用一個叫王景的能人治理黃河，開鑿山阜，修渠築堤，自滎陽東至千乘海口千餘里，改善了汴口水門工程，使「河汴分流」，收到防洪、航運和穩定河道的巨大效益，養了河岸幾百萬人口，可保黃河千年無患。

他倆說的這些，別人又插不上嘴。廣德見他倆聊得投機，心下大喜。提出現轉一轉，後面回王宮邊喝奶茶邊聊。一行人又往上游的攔水壩走了走，看見蔥嶺下來的雪水，順一小段石頭小壩，緩緩引進灌溉管道，再流進阡陌交錯的田裡，無聲無息，滋潤樹木禾苗，不由得感嘆大自然的造化，真是一方水土養一方人吶！

晌午的時候，回到王府。王府外的廣場上擠滿了人，有吏有民，不少是關內移民，男女老少，黑壓壓一片。班超使團的隊員們，都在廣場，被老百姓圍著說話，似乎交流得還很激烈。有人喊了一句：

「司馬大人回來了！」人們就呼呼啦啦跪下了，磕頭作揖，央求漢使不要走，不要撇下于闐的新老民眾，不要讓他們剛剛開始的好日子就此斷送。還有一群人過來抱住班超的馬頭、馬腿，哭訴他們東湊西借到于闐，與當地人合作墾荒，累死累活一個冬春，好不容易開出了稻田，就指望插秧播種的收成呢！要是就此東返，不說回去還債，路費也沒有哇！要是不走，肯定會被匈奴殺害。

那些人們一把鼻涕一把淚，很是傷心的樣子，惹得班超也鼻子酸酸的。他不知這是廣德策劃的還是民眾自發的，也沒必要去深究。但他深刻地意識到：東返已經不是緩一些時日的問題了，必須中止。男子漢一諾千金，豈能自食其言！咱是有保護百姓承諾的，鳴鑼打鼓高喊過，不能就這麼半途而廢，將人家又推到匈奴人的刀下，任人宰割。娘的，豁出去了！皇帝可以負天下，我班超不能負西域！一股豪氣不由湧上班超的心間，他迅速翻身下馬，跪地一拜：「于闐的新老鄉親們，我班超不走了！」

話音擲地，廣場上頓時鴉雀無聲，俄而又響起一片歡呼，大人笑，孩子叫，歡咍嘔噱，彈冠相慶。高子陵拱手祝賀班司馬做了一個明智的決定，相信他此生絕不會後悔。廣德一拍大腿，請漢使團到王府，他要親自給大家烤全羊。班超環顧左右，打問有沒有不想吃肉的。

白狐乘機撩撥隊友說：「烤全羊可是招待特別尊貴的客人才上的，又是于闐王親手烤，意義又不一樣，聽著都流口水，哪能錯過機會！」

「司馬老兄，你是老大。你說走咱就走，你說不走咱就不走。你說到哪兒咱就到哪兒，你說吃啥咱就吃啥！」董健最是乾脆，抱著長刀席地一坐。大家都樂呵呵的，跟著他坐下，鼓掌贊同。

這就等於統一認識了。

班超的作風是雷厲風行，現場辦公，說了就幹，定了就辦。他起身跟廣德說：「于闐王盛情，令某感動。既然你親自犒賞我等，我們也不能白吃。本司馬要跟著學一手，下次回請你于闐王。」

廣德在烹製烤全羊之前，先講了一個故事。說的是很久以前，有一戶人家出門走親戚，家裡突然起了火，火勢凶猛，很快就烈焰沖天，把院子裡的稭稈、木料和房子家具都燒光了。等主人從親戚家匆匆趕回來時，只見一片廢墟，驚得呆若木雞。忽然，一陣濃郁的香味撲鼻而來。主人循著香味找去，發現原來是從一隻燒焦的小羊身上發出來的。主人看那小羊被烤得皮開肉綻，焦黃焦黃，用手一撕，一條羊腿就下來了。他嘗了又嘗，味道美極了，不由得轉憂為喜，也不用為燒掉了院子傷心了，因為他發現了吃羊肉的新方法。

從那以後，烤全羊就上了富貴人家的餐檯，也越來越講究味道和烤炙工藝。先是選羊，要一歲多點的羊娃子，過老肉柴，口感差，過小太嫩，沒嚼頭。其次是現宰現殺，血流乾淨後，放進滾水鍋裡趁熱煺毛，取出內臟，刮洗乾淨，放在案子上入味。入味是個很細膩的工作，先要配料，將生薑和大蔥剁成細丁，把安息茴香七份、益州八角一份、羌地花椒兩份共置入石臼，舂成極細的調和粉末，再將蔥薑丁與調和混合，加等份的細青鹽，裝進陶罐，打三十個雞蛋，只把蛋清分出來，倒進陶罐，用桃木小棒攪拌均勻，然後往羊體周身內外搓抹，抹完再往腹腔裡裝三顆洋蔥、一把生薑片，整個入味的程序結束，接下來就可以入饢烤炙了。

餅饢半地下半地上，地上有三尺來高，口小腹大，用黃泥抹面，除了烤全羊，平時都用來烤餅。那邊殺羊的時候，這邊就用桃木、柳木和沙棗木棒子，在餅饢底燒成旺火，將饢壁燒得半紅。待羊體入好味，四條腿掛在鐵鉤上，再往周身抹一遍胡麻油，就可徐徐吊進餅饢，腹朝上，背朝下，調整好位置，最後合上厚重的蓋子。

聽這一口吃的如此複雜，班超的眼睛睜得很大，祭參把舌頭伸得老長。在等待肉熟的過程，所有的人圍著翁坑席地而坐，一邊磕著瓜子、吃著饊子、喝著奶茶，一邊說著閒話。約莫一個多時辰，打開翁蓋，一股奇香撲面而來，慢慢取出成品，但見羊體熱氣騰騰，色澤黃紅，油亮發光。

廣德幾乎把五個老婆和一大幫僕人都用上了，但入味、入甕等主要工序還是親力親為。班超發現這個廣德是個很會生活的人，當得國王，也下得廚房，五個老婆相互配合默契，說說笑笑，似乎沒有任何芥蒂。等到全羊烤成，往羊頭繫上紅綢，羊嘴塞一把苜蓿，色香味美全齊了。再讓僕人抬著繞場一周，把大家的饞蟲都勾了出來。廣德這才不急不慢，用一把鋒利的小刀，將肉切成條，一條配一個饢餅，由老婆們分送給眾人。班超咬了一口，感覺皮脆肉嫩，肥而不膩，酥馨可口，香氣沁脾，由衷地給廣德豎起大拇指，大家也都把拇指豎起來，齊聲送上一個大大的贊。

正當賓主大快朵頤之時，高子陵帶人抬著幾罐燒酒過來了。如此美食，怎能沒有酒呢！於是就擺上酒具，大家痛飲起來。高子陵建議班超就在于闐住下了，這地方遠離匈奴，近靠漢羌，只要城堅糧足，不怕匈奴來犯。有他和班超倆人一塊幫著廣德，沒準能在此建設一個世外桃源。于闐王府比較簡單，官也不多，不像漢廷朝堂那麼複雜，勾心鬥角。關鍵是廣德還能聽進咱的主張建議，下一步可將學堂建起來，教授漢字。這裡沒有文字，只有幾個簡單的塞族符號，生活經驗沒法記錄，僅靠口口相傳，難免掛一漏萬，不利於社會發展。

班超深以為然，覺得廣德招了一個有大智慧的人才，高子陵也找到了施展抱負的用武之地，倆人配合，定能使于闐的社會經濟獲得較快的發展。但是他與高子陵身分不同，高子陵是廣德請來的高人，閒雲野鶴，個人行為；他是漢朝的符號，職務決定作用，脫了漢使這套衣服，什麼也不是，所以他不能久居于闐，他要去抗擊匈奴的前線，有他在疏勒頂著，于闐就是安全的。

廣德看倆人談得熱火，趕過來敬酒，三人席地圍成小圈，交流想法。班超用樹枝在地上畫圖，分析西域的敵我態勢，指出不拔掉龜茲這顆釘子，西域難言永久太平。是時，廣德的老婆們已經找來了樂手和一幫姑娘，吹打彈唱，舞蹈起來，一個個去拉班超的隊員，田慮、白狐已經和她們打成一片，其他人會不會都被拉起來胡亂扭著。廣德的大老婆躬身請班超也一起跳，班超不會，連忙推辭。廣德說：「這有什麼會不會的，跟著鼓點蹦躂就行。」說著，就和高子陵一起，連拉帶拽，將班超也推入人堆，手之舞之，足之蹈之，不多時就不踩別人的腳了。

廣德的小老婆叫白狐對班超說：「聽說班司馬娶了疏勒公主，我家公主已經嫁人，你看這些姑娘可有中意的，于闐王可以給她一個公主身分，馬上拜堂成親。」

班超踹了白狐一腳，說：「老子在疏勒那邊已經很麻煩了，你要害死老子呀！」

白狐呲牙咧嘴，另有一番說辭：「王妃的意思是男人老婆越多，說明本事越大，越讓人家看著眼紅，老婆也覺得臉上有光，你才搞一個算不得什麼！」

這西域還真是別有洞天，確實不同關內漢俗！班超冷笑，讓白狐轉告小王妃：「于闐不是使團久居之地，女人他就不要了。」

白狐膩歪歪地說：「你不要是你不要，弟兄們可都旱了好久了，不給潤滑潤滑，會出人命的！」

班超沉吟一會兒，跟大家約法一條：窯子可以去逛，不得禍害良家女子！就在大家高興起鬨的時候，班超突然覺得：使團的任務艱難，不是一年兩年就能完成的，大家要在西域待著，不會說當地話沒法與人溝通，也不知道當地的風俗講究，啥事情都靠翻譯，肯定是不行的！

班超臨時起意，也叫腦力激盪，又加了一條約法：到了疏勒都開始學塞語，一天一句話，學得好的獎勵，學不會不讓吃飯睡覺！有人畏難，嚷嚷著學不會。班超毫不客氣，拿白狐為榜樣。白狐為什麼能幹許多誰都幹不了的事情，就是因為他哪裡的話都懂，到啥地方說啥地方的話，能交朋友。說了白狐，又提米夏。米夏為什麼能學會漢語，就是因為她想和漢人好，跟司馬過日子。為什麼人家西域人能學會漢語，漢人就學不會塞語呢？關鍵是想不想，願不願的問題，不是會不會的問題。最後，學塞語的事情，就這麼定了，強制執行。

半個多月之後，班超帶著他的漢使團又到了疏勒城外。早有放哨的快馬加鞭，到盤槖城下報告。田慮獲此喜訊，一面派人稟告疏勒王，一面叫人放下吊橋，出城迎接。他在安葬了岳父後，就被疏勒王忠強留下任命為都尉，接替黎弇帶領將士守護城池。這會兒見了班超，抱住紫騮馬頭先流了一陣淚，才在董健、霍延幾個勸說下，領著大家進城。忠和一幫官員已等在城門口，見了班超，真是喜出望外，長長舒了一口氣，說了許多翁婿至親的話，還說一聽到消息就派人到鄉下接米夏了。班超謝過疏勒王，同官員們一一見過禮，安頓大家住下，就聽田慮彙報分別後的軍情。

事情還真不簡單，漢使離開幾天後，匈奴人就帶著尉頭的軍隊，策反了疏勒北部與尉頭國接壤的幾個部落，把他們併入了尉頭國。匈奴人還唆使姑墨和尉頭人前來城頭挑釁，被田慮殺了一陣，留下一百多具屍體跑了。田慮也不敢遠追，只能退城防禦。因為有了部族的叛變，城內人心不穩，軍隊一出動，城內就會空虛，會給敵人可乘之機。前幾天兜題又來招降，意思是隻要歸順匈奴，他來監國，忠還繼續做國王。忠以投降事大，需要與幕僚商量為由，打發了兜提，然後就按照班超前時全民動員的方法，叫田慮嚴加防守，隨時準備匈奴來犯。

聽了田慮的彙報，班超非常氣憤：「兜題這隻匈奴狗，王八蛋！老子真是把你放錯了！我這前腳剛走，你後腳就來搗亂，還真讓黎弇給說對了。可惜那位忠烈之士，要是不死，本司馬這次回來，大家還可一起禦敵呢！」

想到黎弇的死勸，班超立刻就想去看他。田慮領著他來到城西的一塊墓地，那裡有一個新的墳堆。班超恭敬地向這位忠烈的前輩獻上鮮花，敬了奠酒。田慮的妻子及其兄弟聽說了，也一起來到墳地。還有一些親戚朋友，也紛紛趕來祭奠。他們哭著請求班超再也別走了，要是再走，還不知有多少人會步都尉的後塵。班超被大家的信任深深感動，在黎弇的墓前發誓：「打不垮匈奴絕不離開！小小尉頭，也敢侵略疏勒，真是人心不足蛇吞象，這個事兒不能忍！」

回到盤橐城，班超就給隊員們開會，進行戰鬥動員。漢使團的弟兄沒有孬種，見班超已經下定了決心，個個摩拳擦掌，準備與敵人幹一場。班超也深知形勢比較嚴峻：匈奴的威脅本來一直就在，眼下朝廷放棄西域，大氣候對抵抗匈奴非常不利。周圍都是見風使舵的主兒，不背叛就是好的，要想借兵主動出擊恐怕不易。他把自己的想法告訴疏勒王，商量將軍隊駐紮在城外的兩大營，由他和忠各指揮一營，田慮跟隨忠，並把霍延派去協助，盡量設法與敵人在城外交戰，降低戰爭對居民生活的影響程度。忠表示打仗的事他不懂，司馬說怎麼辦就怎麼辦。

就這樣堅持了一年多，先後打退兜題十幾次進攻。兜題一看疏勒城久攻不下，也就和他的匈奴監軍一起，帶著部隊撤退了。

戰爭這個怪物，給人類帶來的絕對是災難。但是經歷戰爭的人們，卻可以在戰爭中成長，逐步駕馭戰爭，並想法結束戰爭。結束戰爭的辦法有兩個，一個是談判，一個還是戰爭。有時候兩種辦法也可以交替運用。消停了一個多月後，班超讓忠派了一個使臣，到尉頭去向兜題交涉，只要尉頭交還所占地盤，雙方可以休兵。實際上是試探一下尉頭的虛實，看他們還想耍什麼花招。

兜題現在是尉頭的監國侯，實際上是尉頭的太上皇，尉頭王什麼都得聽他的。他對使臣說：「交還是不可能的，但是尉頭可以保證，在一年之內不再進攻疏勒。」

班超分析：尉頭遠道攻了一年，來回折騰，消耗得差不多了，需要休整；而疏勒守了一年，未傷筋骨，卻是越戰越勇。他決定來個反擊，你不打我了，我去打你！

在這個漢軍司馬的記憶裡，父親的書稿裡對尉頭國的描述是：戶三百，口二千三百，兵八百，東至烏壘城四百一十里，南與疏勒接，山道不通，田蓄水草，居無定所，衣服與烏孫類。

白狐覺得班彪老大人關於尉頭是游牧民族不假，但消息肯定不準確；尉頭最東端到烏壘城也有八九百里，最南端到疏勒也有四百多里；冬春王治尉頭谷，夏秋隨水草移動，人口有近三千。他去過多次，有一次住了兩個多月，還同國王一起登過黑白山。如果長官同意，他可以去偵查一趟，摸摸尉頭大營眼下的確切位置。

「行啊，需要帶幾個人？」班超問。

白狐眼珠一轉說：「我一個人去就行。尉頭小國，人多見錢眼開，多帶點錢就行，人多沒有用！」

班超笑罵道：「你咋和我一個德性呢！」

打尉頭是件大事，需要地方軍隊出師，必須和疏勒王好好溝通。忠開始有點猶豫，顧慮疏勒軍隊沒外出打過仗，能行嗎？班超開導他：天底下沒有行的軍隊，也沒有不行的軍隊。關鍵在於將領有沒有膽略，兵熊熊一個，將熊熊一窩。忠才勉強同意，又埋怨班超，這一年多來盡忙了軍務，也沒好好陪陪老婆。米夏肚子有一點脹了。班超誠懇地向老丈人道歉，承諾等打完這一仗，一定好好陪米夏。

米夏的肚子是脹了，但不是因為生氣。他們倆的第一個孩子由於妊娠後期精神緊張，生下來是個死胎。第二胎懷上後，米夏一直很小心，眼下肚子已經很大了，皮膚繃得緊緊的，昨晚讓他摸了半夜，親熱時還擔心壓著。忠看班超態度很好，就叫班超直接找田慮。田慮雖然是疏勒都尉，也是司馬的部下。司馬叫他幹啥，下命令就行了，打仗的事他確實不懂。

田慮這個人對當官沒有多少興趣，他覺得自己論勇敢打仗還行，要管理近四千人的隊伍，又有騎兵又有步兵，又要布防，又要練兵，他還真是吃力，建議班超給忠談一談，讓董健來當這個都尉。董健把頭一扭，手臂一揚，不幹。他認為別人為當官都能擠破頭，田慮撿了個便宜當上了就好好珍惜，天底下哪有讓官的，他就是接受了也讓人瞧不起，堅決不幹！

班超理解田慮責任重大，扛了一年重擔，累了，想哄著董健上磨。田慮和董健私交太好了，他可以不信自己，但絕不會不信董健。但這個時候換人還真是沒道理，就勸田慮先幹著，過去這一年多幹得也不錯嘛，誰也不是從娘胎裡爬出來就啥都會。只是今後需要幫忙的，只管喊董健去。重要的是盡快培養當地能擔大任的將吏，把駐防的任務交給他們。班超覺得他這支高度機動的部隊，少了誰都覺得缺一塊兒。眼下急迫的是得先商量一下，留多少人守城，去多少人打尉頭，這一仗必須打出威風來！

要想走坦途，先得搬石頭。田慮請求先平了北部的叛亂，為收拾尉頭掃平障礙。班超讓董健協助他，帶五百騎兵出行。這兄弟倆不到十天，就順利歸來，帶回幾個部落的首領和五十多個為惡骨幹，請示如何處置。班超頗為滿意，鑒於田慮這次的身分是疏勒國都尉，應該向疏勒王請示。田慮吐了吐舌頭，又去見忠。忠恨不得將那些叛亂分子全部剁成肉泥，以解心頭之恨。班超非常理解忠的感受，唯覺如此處理過於簡單，不能展現寬嚴相濟的法度，也不能彰顯教育歸化的仁義。然而，這件事他既然讓忠來處理了，就不便直接干預，於是找輔國侯也森，讓他從中斡旋，按照罪惡輕重分別處置，更能獲得人心。

也森倒是會說，拿忠以前行醫打比方，總要按照病情輕重下藥。忠遂和緩，讓也森和廷尉等幾人組成審判庭，將部落首領和主要隨從判了絞刑，剩下的下獄。公開宣判那天，動員了全城的老百姓都來觀看叛徒的下場，對心懷不軌的人形成高壓威懾。行刑之後，梟首城門，果然人心漸趨平靜，一切商事農事，也都很快恢復了正常。

過了十來天，白狐回來了，基本摸清了尉頭的情況。最近尉頭的人和牲口都已經移到最暖和的蔥嶺河北岸，兜題的大營就紮在黑白山腳下，距離疏勒四百五十里，快馬兩天的路程。這黑白山是兩座拔地四五十丈的山頭，相距五里多遠，由中間的緩坡地帶相連，遠看像一輪倒置的玄月；東邊的山頭叫白山，脊上的石頭以白色為主，據說是離太陽較近的緣故，山勢平滑，向東北慢慢伸展，最後散開在緩坡草原；西邊的山頭叫黑山，頂部的石頭以黑色為主，也有各種顏色的彩石，據說離月亮較近，山勢嵯峨，向西北延綿幾百里直達天山冰川，山體內有自然水系，所以山頂的石縫裡有細水流出，水質甘洌，當地人視為「天水」。

「天水」順山石而下，在腳下聚成一個小潭，然後慢慢流出，衝出一條兩步寬的小溪，匯入谷底的日月河。日月河是一條季節河，沿黑山自西北而來，向南匯入蔥嶺河，不下雨的時候，河水連膝蓋都沒不了。由於這裡坡緩向陽，幾天之間春草葳蕤，所以是尉頭春夏之交的重要牧場。有三十多個匈奴騎兵也在這裡，名義上是監軍，實際上是督促尉頭出兵疏勒。

匈奴稔熟以夷制夷的方略，準備讓尉頭先打一陣，消耗疏勒，然後由住在溫宿的姑墨騎兵發起第二波攻擊。但是尉頭王要求打下疏勒後分一半土地，匈奴不同意，雙方討價還價，一時沒有結果。這個時候聞知疏勒收復了叛變的部落，匈奴人認為是尉頭貽誤了戰機，對尉頭王很不滿意。有個匈奴軍官酒後又強睡了尉頭王的女人，尉頭王要匈奴軍官拿自己的女人來給他睡一次扯平，那個匈奴軍官在同事勸說下到龜茲去接自己的女人，偏又碰上另一個軍官趁他不在鳩占鵲巢，情急之下上去一刀割斷姦夫脖子，才知道人家比自己官大，之後被關了幾天，蔫頭耷拉回到尉頭。

尉頭王以為匈奴軍官編故事欺騙自己，硬是不依不饒，匈奴軍官性起，又一刀結果了尉頭王，那幫監國的官吏乾脆立了侯任疏勒監國侯的兜題為王，打算打下疏勒後兩國合併，還以兜題為王。兜題受此願景鼓舞，眼下正在擴兵買馬，蠢蠢欲動，隊伍已經擴到一千二百人。但是尉頭王的弟弟哈力和兩個堂弟暗地不服，正在私下連繫黨羽，準備刺殺兜題。白狐已與其祕密接觸，把帶去的錢大都給了他們，讓其陣前倒戈，答應給長官建議，打敗兜題後讓哈力為王，他們大概能控制五六百人。

班超聽得高興，心裡把白狐喜歡得不行，卻故意說：「你小子越來越膽大了，都敢替本司馬做主了！」見白狐不爭辯，又接著說，「你還建議哥屁，直接承諾人家不更好！」

「我要那樣僭越，你還不把我活剮了！」白狐眼皮一翻，把頭一扭。在這三十多人的隊伍中，也只有他敢這麼隨便同班超說話。

班超越發高興，說：「你這老狐狸，做事總是這麼出人意料，本司馬都不知道該怎麼表揚你了。說說，這次出去又禍害了幾個女人？」

白狐委屈得幾乎掉淚：「你這次可真是冤枉人了！」

白狐還真是冤枉，晚上約了霍延到田慮家裡喝酒。田慮的房子離班超不遠，也在盤櫜城後面。田慮的老婆正在懷娃，身子不自在，勉強煮了一鍋羊肉，洗了一捆大蔥，涼拌了一盤胡蘿蔔絲，炒了一盤胡豆，算是下酒菜，回裡屋休息去了，任他們仨兄弟海飲慢聊。幾盞燒辣的液體下肚，白狐就將心事掏出來了。原來白狐在尉頭有一個相好的，以前在匈奴時交上的，這次過去，在草場上找著了。當地風俗不禁止女人與多名男子為性夥伴，兄弟幾個共妻的也有，與外人共妻的也有，哪個男人進帳，只要在氈房外面插上馬鞭提醒，另外的男人就會自覺退避。

這次白狐進去，又給了金錢，那女人自是喜不自禁，當下抱成一團，翻雲覆雨，變著法子親密。正在酣暢淋漓之時，白狐背上捱了一鞭子，扭頭一看，是一個五六歲大的男孩子，不知何時闖進來的。女人慌亂中穿上衣服，禁住男孩，對白狐說是她兒子，突然又大叫一聲，兩眼在白狐和兒子的臉上輪番看，看著就是一個模子出來的，喜極而悲，扯起白狐就往外推，出了氈房拔下鞭子扔給白狐，叫他以後再也不要來了。根由是她這裡子已經有一個爹認領，這個人正在兜題的軍隊裡當個小官，要是看見白狐，肯定會殺了他。因為傻子都能看出白狐才是兒子真正的父親，錯認別人的種為自己的兒子，這個是會被人笑話的。

白狐猛拉拉從天上掉下個兒子，一時還不能適應，想笑笑不出，想要抱抱兒子，那小子又很抗拒，手裡的馬鞭又揚起來，還要抽他。女人不由分說將白狐推上馬，接過兒子手中的鞭子，在馬屁股上狠狠抽了一下，就把他攆走了。他因為惦記著去見尉頭王，把這事暫時放下了，在草原上跑了十幾天，待到摸清尉頭王被殺，他的兄弟準備起事，約定了連繫暗號，準備啟程返回時，卻碰上兜題來了，一群人馬直接擁到氈房門口。白狐走是走不脫了，慌亂中藏在一堆雜物後面，聽兜題承諾自己當上合併後的大疏勒國王後，尉頭劃為三個部落，由哈力領最大的一部，兩個堂弟各領一部。幸虧白狐事先贈了很多錢，三兄弟虛與委蛇，仍然願意踐行與白狐之約，趁天黑後在草地上篝火燒烤之機，掩護白狐撤走了。

「好事兒，等拿下尉頭，把兒子給你接過來！」

不知什麼時候，班超進來了，聽到白狐的故事，安慰了幾句，又戲謔道：「你一個提上種子亂撒的光棍，現在還為長苗的事犯愁，好像也不合你的性格啊！」

白狐也不示弱，讓個位子給班超坐：「還是像司馬老兄一樣娶個老婆踏實，一次性花錢，一輩子使用，還能知疼知熱，為你燒火做飯，延續香火；不像嫖妓，那塗脂抹粉的笑臉，都是裝出來的，一次一次錢花了，完事就催咱離開，人家好接下一個，咱回到房子還是冰鍋冷灶。」

「你咋盡說大實話！」霍延也有自己的苦衷。「我有老婆不在身邊，急得想要上牆，有幾個錢又想給老婆省著，也跟沒有一樣，還不如你老白風流快活！」

霍延這話本來是和白狐說笑，但在班超聽來卻很是刺耳。他覺得這些三十來歲的年輕人，長期拋家離舍，確實不是個辦法。朝廷的法令是不許將士接家眷出來，也不許官吏娶外邦女人，防的都是叛變。西域歸漢後，當然可以與關內通婚，但西域要還在匈奴手裡，像他和田慮這樣娶了西域女人的是要被處斬的。眼下這個界限比較含混，不能上奏朝廷惹是生非，他不能明著倡導屬下娶當地女子，可誰要娶他還是很高興的。

民族融合，最好的辦法就是混血，兩個民族的血都流到一起了，哪裡還分得出你我，就像甜水泉的韓老丈和那幾家，就是有點芥蒂矛盾也是家長裡短，不會從心裡生分。再說帶兵的人不能光圖自己安逸，也要體恤底下人的感受。眼下只有盡快收復龜茲這個匈奴勢力最大的城池，打通天山南道，才好引軍還鄉，讓老婆孩子在關內的兄弟們，盡快闔家團聚。

田慮的老婆從裡屋出來了，略顯憔悴的臉上掛著尷尬，向班超行了禮，說不知司馬要來，也沒多準備些菜。班超知道眼下蔬菜還沒下來，這就不錯了，哪還有什麼別的菜！主人純粹是客氣。他也不落座，只喝了一盞，就以田妻有身子，勸大家也別叨擾了，跟他到外面轉轉去。出門後又喊上董健、甘英、馬弘和祭參，順著護城河轉到河邊，每人找一塊石頭坐下，在潺潺流水和咕咕蛙鳴中開起了軍事會議。

班超讓大家討論：我們準備打尉頭，尉頭也準備打我們，是我們按原計劃打他去，還是改變一下等他來打，或者半路設伏？討論的結果是原計劃不變，主動進攻，長途奔襲，不能在自己家門口打仗，要在尉頭的地盤上消滅兜題的有生力量，順便安撫民眾，扶立新王，宣達大漢雄威。其實班超也是這麼想的，他就是喜歡讓部下各抒己見，在討論中統一認識，豐富和充實方案，激發大家的鬥志。

漢軍司馬發現自己部下的脾氣想法越來越像他，當即決定：明兒準備，後兒出發，根據白狐提供的地形走向，兩天運動到尉頭大營附近；董健為東路指揮，領一千騎兵繞道北邊，運動到尉頭大營東面的白山上；霍延為西路指揮，領一千騎兵運動到尉頭大營西邊的黑山上；祭參領一百騎兵押運糧草；甘英率五百騎兵隨中軍在正北山谷紮營，多豎旗幟；白狐負責連繫尉頭王的兄弟。第五天黎明發動猛烈攻勢，東西夾擊，速戰速決。田慮帶馬弘在家守城，也是不能掉以輕心。

兵貴神速。一個「快」字，就掌握了戰場的主動。

連縱

當那兜題在氈房捏著一個女人的乳房，賊眉鼠眼比較左右大小的時候，班超已經帶領大軍趁著夜色就位，將尉頭的大營三面控制，只在日月河往南的方向留個口子。但南面幾里就是蔥嶺河，也是死路一條。半夜時分，白狐步行摸進尉頭王兄弟的氈房，叫他們看見天邊的魚肚白往兜題的氈房外放火，火光一起，他的人全部集結，按兵不動，以免誤傷，等漢軍大隊殺下來後配合行動，事成之後你們兄弟就復國了！兄弟仨有點小激動，馬上拿出肉塊和奶茶給白狐吃，之後就靜靜坐在氈房外等天亮，剛見東方天邊有一抹微曦，仨兄弟一起去兜題的大帳外放火，一路連殺三個哨兵。

火光一起，尉頭大營就亂了。睡夢中的兵卒們陸續被喊叫聲驚醒，一個個睡眼惺忪，看見兩個帳篷在燃燒，火勢不大，有的拿起傢伙來撲打，有的遠遠看著，而這當口漢軍的人馬已經從黑白兩面山坡上呈扇面衝了下來，排山倒海般壓到大營，把尉頭軍隊分割成若干小股，圍殲獵殺，運氣不好的立刻掉了腦袋，僥倖活著的上馬就逃。兜題頂著個大腦袋倉皇逃出大帳，與匈奴監國團匯合，喊叫著組織抵抗，一群人趕來簇擁附和，往北跑了一陣，天已大亮，見北邊漢軍旗幟眾多，以為有重兵攔截，忙喊叫哈力帶他的人馬隨他迎擊。哈力倒是集合了人馬，卻是拉出架勢，按兵不動，氣得兜題大罵，要拿他開刀。哈力氣憤不過，領著部兵一齊殺了過去，雙方混戰，衣服又無標識，也不知誰打誰，死傷一地。

匈奴人一看控制不了局面，帶上兜題往南逃跑，沿途又收攏一些散兵，被漢軍壓在蔥嶺河北岸。河水滔滔，下水的多被快箭射落，沒下水的眼看大勢已去，拚命順河岸往上下游逃竄。董健向東往下游追擊，霍延向西往上游攆殺。追擊一陣，班超傳令收兵。霍延很快歸隊，粗略統計，共斬殺叛軍六百多，俘虜三百多人，漢軍兩死五傷，疏勒軍隊也死傷近二百人。

班超令祭參組織醫官盡力救治傷員，安葬遺體，卻為董健久久未歸焦慮不安。剛要霍延帶人去迎，一隊人馬飛奔而來。只見董健急急勒馬，從馬上扔下一大坨肉呼呼的東西。班超定睛一看，卻是兜題，啞然失笑了：「剛才還擔心你窮寇追得太遠，你咋又把這肥豬頭抓回來了？」

不等董健回答，兜題已經翻身跪下，磕頭如搗蒜，倒把班超逗樂了。「呀呀呀！這不是未來大疏勒國的兜題國王嗎，別來無恙？咋又跪到本司馬面前了？多不好意思啊！」

兜題哭得鼻涕眼淚，衣裳的大襟也撕開了，露出半胸的黑毛，似乎被冷汗泡得亂成草堆，但話還說得清楚。他自稱從回國再無犯漢之意，還勸說了龜茲王歸漢，都是匈奴人逼著他領兵犯境，不從就要殺他。現只求司馬大人再饒一命，再也不敢了。班超「嗖——」地一下拔出寶劍，在兜題面前晃了晃。太陽之下劍光閃閃，嚇得兜題又開始用腦袋搗地，在草地上砸出一個碗大的坑。班超沒有理會兜題，慢慢把劍收回來，往劍刃上吹了一口氣，似有微微的哨聲，感覺這把寶劍已經有好長時間沒有沾血了，有點乾硬。他真想一劍砍了這個豬頭，給寶劍潤潤嘴，豈不大快！可是認真一想，又將寶劍徐徐入鞘，決定再饒兜題一次，但不能簡單一放了之。

這時哈力趕過來了，看見兜題舉刀就砍，被董健長刀一橫給架住了。哈力氣憤的是兜提的人剛才與他們混戰，殺死了他百十個人，他的一個堂弟也戰死了，前尉頭王也是兜題帶來的匈奴人殺的，他們要不亂刀剁了此人，難解心頭之恨！白狐趕緊上前勸解，告之漢軍抓的俘虜，要由長官處置，並乘機介紹他們見過班超。哈力兄弟二人匍匐行禮，請大漢司馬為他們做主。班超安慰一番，即令軍民在日月河邊集合。

漢與疏勒聯軍兩千多人馬，旌旗獵獵，兵強馬壯，黑壓壓站滿半個山坡，尉頭軍隊剩下的也就哈力的親兵四百多。牧民拖了好長時間才集合起不到一千，一個個心懷忐忑。班超以大漢朝廷名義，宣布剿滅了尉頭的匈奴傀儡王庭，活捉了兜題，立尉頭先王之弟哈力為新王。哈力向東跪倒，呼叫大漢皇帝陛下萬歲，宣誓效忠朝廷，與匈奴絕交，承諾馬上送長子到疏勒，由漢使轉送進京為質。

班超扶起哈力，勉勵他一定要勤政愛民。尉頭是人口稀少的小國，國小民窮，原先王庭的官員應該減少一些，軍隊保留四百足夠了，多了老百姓是養不起的。人民的安全主要靠大漢的雄威來保證，否則就是全民皆兵，也沒有多大實力。哈力不住地點頭，表示一定按司馬的意思執行。至於三百多俘虜，當眾釋放，讓他們重新放牧為民。俘虜們聽到白狐的翻譯，臉上的恐懼很快消除了，盡皆歡呼，匍匐叩首，感謝漢軍活命之恩。之後就扔下武器，與家人團聚去了。

剩在原地的只有十幾個，哈力指認他們為匈奴騎兵，在尉頭名為監國，實為搶劫，殺人劫財，作惡多端，請求交給他處置。班超想了想，給了哈力面子，猜想哈力不會讓他們活在這個世界，便讓董健派人看著兜提，安排部隊埋鍋造飯。哈力叫人趕來二百隻羊，慰勞漢軍。祭參按市價付錢，尉頭人高興得很，又送來五十匹駿馬，以為貢物。班超代表朝廷表示感謝，又餽贈了一些金錢。

大隊人馬在黑白山之間的緩坡上紮營，住了一夜。次日露水剛落，班超就帶著幾個人登上黑山頭，俯瞰黑白山頭之間的牧場。只見一條細水，蜿蜒流向東南，兩邊綠茵如氈，遠遠鋪向蔥嶺河邊。有氈房升起炊煙，也有牧人驅趕馬群牛群羊群，吆喝牲口的聲音，有點像歌唱，又好像在嚎叫。生活又恢復了原本的樣子，似乎昨天的戰爭並未發生。

接下來的幾天，班超讓兜題帶路，率大隊人馬大張旗鼓，往溫宿邊界巡視。所到部落，皆曉諭民眾，讓他們知道漢朝政治清明，經濟繁榮，文化發達，還讓兜題以身說法，宣傳漢使寬大仁義，對他屢抓屢放。兜題為了不死，哪還管什麼臉面，遊行幾天，雖然口舌辛苦，總算保住了性命，臨走承諾一定勸說龜茲王歸附漢朝。班超明知他是陽奉陰違，也不點破，讓他好自為之。其實他的目的已經達到，踏勘了通往溫宿的道路地形，謀劃了下一次軍事行動的進軍路線，也藉機威懾了當地首鼠兩端的部落。當他看到甘英繪製的行軍路線圖，把基本要素都標識清楚後，才帶領凱旋之師，悠然回到疏勒。

進城的時候，特意安排搞了一個入城式。全體將士著裝整齊，把馬也刷得溜光閃亮，跟在獵獵的旗幟後面，顯得威武雄壯，像個得勝之師的樣子。疏勒王忠聽說自己的女婿帶領軍隊打了勝仗，帶領文武官員到城外迎接，把吉迪的鼓樂團隊也弄來了，場面很熱鬧。班超簡單通報了戰果，忠樂得嘴都合不攏，也不知說些什麼，不住地誇讚將士勇敢，還讓身邊的田慮論功行賞，然後與班超並馬回城。董健、祭參弘隨後護衛，留下霍延和田慮帶領隊伍，往城內幾條大街齊齊顯擺一遍。

副都尉成大這次隨隊參戰，表現不俗。對這個遊行的決定特別讚賞，不停地向街邊的熟人打招呼，瞅機會向霍延和田慮介紹路邊的小吃、商舖和作坊。成大是前都尉黎弇的外甥，從小在赤水河邊長大，後來在王府當差，忠誠做國王後被提拔為右侯。黎弇看他處事穩重，執法有度，就把他調到騎兵營任校尉，到任後待吏士如兄弟，又會嚴格要求，獎懲合理，深得田慮信任。田慮考慮再三，推薦他當了自己的副手。

前次去北部平叛，成大提出讓在北部有親戚的官兵前去親戚家勸降的策略，幾乎瓦解了叛軍三分之一的力量，為部隊蕩平叛軍的營壘，創造了有利的條件。田慮已經考慮讓成大接替自己這個臨時都尉，只等著合適的機會了。他聽成大介紹路邊的一家胡辣羊蹄湯舖，味道很好，思索著說哪天找機會嘗一嘗。正說得高興，前面的隊伍停下了。吉迪跑過來說與一家迎親的隊伍撞了臉，對方不讓道，脾氣還很大。

田慮讓成大前去處理，霍延叫田慮也一起瞧瞧。一瞧是長長的迎親隊伍，前面是鼓樂隊，後面跟著八匹大馬，再後面是新娘子坐的花車，花車後面跟著長長的人群，手裡不是抱著被子就是拿著家具。霍延說：「他們隊短，我們隊長，對方不讓，我們讓吧！」

田慮便給成大使個眼色，叫成大招呼馬隊靠右邊擠，依次往後退。然後親自上前請迎親隊伍通過，還說：「在戰場上遇到敵人那要爭，在街上碰到自家人是讓。」

事主家本來也是賭氣，聽了將領的話，卻也不好意思了。主事的表示也願意讓道，並說：「大軍回營是國家大事，我們娶親是家庭大事，家再大，大不過國。」

這話說得入情入理，感動了霍延和田慮，倆人主動下馬，謝過事主，一再請迎親隊伍先過，還說要讓部隊的士兵都沾點喜氣。那一行人千謝萬謝，吹吹打打過去了，新娘子破例鑽出花車，不時向路邊的官兵送去飛吻。街邊的民眾看到軍隊的將領如此謙卑，也不以勢壓人，心裡高興，就把糖塊、核桃、葡萄乾、無花果乾等能拿出的吃食，使勁往士兵手裡塞，鮮花和笑臉瀰漫了全城。

那些在兜題時代成天被派去拆房拉牲口的疏勒兵士，曾被百姓詛咒慣了。現在第一次感受到出征回來的榮耀，一個個脖子抻得老長，充分享受著路邊老人的誇讚、孩子的羨慕和姑娘的飛吻，臉上充滿了喜悅和自信，內心在感謝漢使，給了他們揚眉吐氣的機會。當然，他們還不知道，一場更大的軍事行動，已經進入緊鑼密鼓的醞釀之中。

眨眼就是夏天，盤槖城後院的大白杏，露出半樹的金黃，輕輕晃一下樹身，高頭就能落下半地成熟的杏子，撿起來用手一擦放進嘴裡，酸甜酸甜，解饞開胃。本來杏樹低處也掛了不少果子，都讓米夏懷孕時摘著吃了，那時她喜酸，不嫌酸杏倒牙。母親笑她的肚子都是青杏吃大的。如今青杏變沒了，米夏公主那渾圓的肚子卻癟了。她與班超的混血兒子，經過一夜的艱難行進，在晨曦微露的時候，終於爬出了母體。名字是在兩個月前就定好的：生兒子叫班勇，生女兒叫班月，只看肚臍下有沒有那隻小牛牛，對號入座。

隨著一聲哇啦大叫，和接生婆「兒子娃娃」的通報，等在產房外面的中年父親，緊綳的臉上綻開了幸福的笑容，得了信兒轉身就走，卻被米夏富態略顯臃腫的媽媽給攔住了：「你等了一夜，難道不想看一眼自己的兒子嗎？」

班超一怔：能看嗎？他之前的兩個孩子，都是水莞兒生下來三天後才給他看，在這之前不允許他進產房，據說進去會撞上產婦身上的晦氣，而過了三天，晦氣就飛走了。他覺得這有點薄待女人，可規矩又是女人在堅守，他也不能不從。到了遙遠的西方異域，這規矩顯然不一樣。父親不但可以進產房，還可以抱一下孩子，看看不睜眼睛的孩子是什麼模樣，親一親生育受累的產婦。這倒是挺有溫情呢！

他半天都沉浸在又做了父親的喜悅裡，對滿頭大汗的米夏說了半袋子感謝的話。接生婆叫他吸奶，他一時不明就裡，轉著圈兒打量這屋裡所有的人。米夏的媽媽笑道：「第一個孩子的第一口奶，都是當爸爸的吃的。你兒子還沒那麼大的力氣，吸不出來！」

「自己的老婆，還有啥不好意思的！」接生婆看班超難為情，連拉帶扯就把班超拉過去了。可當這個做父親的剛吮到一口甜絲絲的乳液時，接生婆又把他拉開了。「哎，當父親的不能再吃了，你再吃你兒子就得餓肚子了！」

班超漲著臉走出產房。生孩子終歸是女人的事，男人也就幫得了這點忙。

米夏給家裡請的傭人是一位中年婦女，只知道她生在杏樹開花時節，自己也生過四個孩子，很會照顧產婦。這會兒已經燉好了母雞，煮了一鍋雞蛋，一個個染上紅色。班超借光吃了一個雞腿，就拎了一籃子紅雞蛋往漢使餐廳，給部下一人一個，讓大夥兒也沾點喜氣。

霍延說一看司馬的高興勁兒，肯定是個帶把兒的！班超點點頭說：「沒錯，我們漢使有了下一代。你們這些當叔叔的，以後可得多罩著點！」說著，要了一片烤餅，在大家一片祝賀聲中吃完，拍了拍手上的殘渣，就叫上董健、霍延、甘英、馬弘、祭參幾個到作戰室開會，研究攻打溫宿和姑墨的方案。他要藉著兒子出世的衝勁兒，盡快定下作戰計劃。

作戰室的牆上掛滿了西域地圖和這一路繪製的詳圖，地上還堆了一個大沙盤，山峰河流平地堆得很像，都是甘英弄的。根據前一時期蒐集的情報，溫宿在尉頭東北的天山南麓，距離三百多里，有兩千二百多戶，八千四百多居民，經濟以牧為主，習俗與尉頭相似，在漢成帝永始二年（15）被姑墨給吞併了。

相比之下，東邊二百七十里外的姑墨就要大得多，原有三千五百多戶，兩萬五千多人，吞併溫宿後人口增加到三萬四千多。姑墨的經濟以農業為主，西邊與溫宿毗鄰地區農牧兼營，境內有銅、鐵和雌黃石礦，王治南城。姑墨是龜茲的忠實追隨者，後來乾脆歸附了龜茲，光軍隊就養了五千三百多人，其中騎兵兩千五百，全部住在溫宿境內，平時與牧民一起逐水草，戰時與東邊南城的步兵遙相呼應，還有強大的龜茲做後援，有很強的作戰能力和廣闊的策略縱深，僅靠漢使輕旅和疏勒的軍隊，顯然難以攻取。

班超想調動天山南道各國軍隊，組成聯軍，首先在氣勢上壓倒對方，然後統籌謀劃致勝之策。

但是西夜、皮山、小宛、戎盧、且末、若羌、無雷、桃槐、精絕、渠勒、身篤這些彈丸小國的軍隊，人少不說，沒有多少戰鬥力。鄯善處在西域門戶位置，頂著車師的壓力，不能輕易動用。掐來算去，只有于闐、拘彌和莎車的騎兵，可以調出六千多，加上疏勒軍隊，也就數量上略微占優，與長途運動的劣勢兩相折抵，也是難操勝券。大家正為這一仗到底怎麼打挖空心思，一個叫周元的伍長跑來找祭參，耳語了幾句。祭參高興地對班超說：「請司馬大人和各位長官移步，看看咱的戰車，能否用在打姑墨的戰場！」

名將家庭出身的祭參，從小著迷木輪車。十七歲那年造了一輛雙輪推車，被他父親看到了，說：「你小子啥時候能造出一部戰車，也算老子沒白養你！」他跟著班超這幾年，一有空閒就在思索步兵打騎兵的戰車。前些時候畫出了圖樣，專門從城內找了幾個木匠和鐵匠來打造。這部戰車長一丈七尺，寬五尺六寸，高八尺三寸，全部用一寸二分厚的胡楊木板榫卯而成，在八個稜邊和前後左右四個面上各加了六道鐵板條，用大蓋鐵釘固定，一般的馬刀很難砍斷。車內結構為兩層，有頂無底：上層載八到十二個弓箭手，下層容十到十二個長槍手，車體左右兩面開有兩排拳頭大的圓孔，每排六個，上排為箭孔，供弓箭手瞄射，下排為長槍孔，配一種五尺長鐵質長槍，頭部一尺為利刃，用來刺割馬腿。中間橫八道龍骨木梁，梁上架有兩排木板，供士兵左右站立，中間一尺半的空隙供人員自如上下。車門開在後面，由兩組插栓固定。前後兩軸，共四個直徑六尺的大輪子。車軸可升降，移動時抬高，防止車體與地面的摩擦，作戰時落地，以增加平穩性。在車體的正面，有一個半尺見方的馭手孔，可以清楚檢視車前道路情況。

整部戰車空載一千六百多斤，需要五匹馬拉，一匹駕轅，四匹拉套，戰場移動時則需要車內士兵助推。基本的戰術設想是：一部戰車就是一個堡壘，可以較好掩蔽步兵。車內的戰鬥人員分為主動和被動兩部分：上層的弓箭手可以近距離射殺三五丈以內敵騎，也可打開頂部活蓋板登頂，射擊十幾丈遠的目標，敵人騎兵的刀劍基本傷害不著，但登頂人員容易被飛矢殺傷，輕易不出；底部長槍手的任務是在敵騎接近或近距離運動時，突出長槍，割斷、割傷或絆倒馬腿，防止敵馬撞車。

班超領著大夥兒把這巨大的戰車裡裡外外看了個遍，又聽了祭參的介紹，樂得合不攏嘴，不住地誇讚祭參能幹。幾個人齊用肩扛腳踹，車體移動很微。又請董健這個大力士騎馬揮刀試砍，跑馬三圈，斜砍豎砍均有鐵條阻擋，無法砍斷車體木板，只有一橫刀斷了板，但由於上下鐵板條固定，斷處只有一分寬的縫子，並不影響防護作用。董健下馬，突然舉起祭參，在空中晃了三下，疼愛地罵道：「說你這碎慫，咋能造出這麼好的東西呢，步兵藏到這傢伙肚子裡，就不怕被騎兵割脖子削腦袋了！」

大家異口同聲向祭參祝賀。霍延也誇讚戰車造得好，但也提出他的擔憂：這傢伙怕火，打仗時先得用水澆溼，車上須得備水，還要增加重量，怕是五匹馬也拉不動。甘英舉著祭參特製的鐵桿長槍，試了試，覺得底層的人過於被動，能不能一半使槍，一般配弩機，弩箭上下交叉，增加殺傷力？祭參聽了這些意見和建議，突然若有所悟，提出在兩側車輪前後各固定八把一尺五寸長的鋼刀，防止敵人過於靠近。

班超認為如能再行改造，戰車將更趨完美，又問祭參多長時間能再造出七部。祭參想了想，回答需要兩個月，因為木板可以從市場採購，但工匠不能亂請，請進來的就得安排住在盤橐城裡，不能洩密。班超欣賞地點點頭，為祭參這年輕人考慮如此周全而高興。當下躍馬出城到都尉府，與田慮商量戰車陣練兵。田慮要求董健幫忙組織，祭參具體指導，事情很快敲定。

回到家裡，班超趕緊給朝廷寫奏疏，解釋他接到詔令就急忙返回，無奈于闐、疏勒、莎車等國王一再阻止，要求朝廷遣返質子後才放他離開西域。為了使團幾十人的生命安全，只好暫時滯留，等待時機。又囑咐甘英去甜水泉，打發韓陽祕密去洛陽給竇固送口信，詳告目前西域的態勢，以及漢使團走留兩種截然相反的結果。竇固自然明白班超的意思，那就是漢廷不能撒手西域。他讓韓陽帶回口信：章帝沒有發回班超的奏疏，也沒有交大臣廷議，大概舉棋不定。班超儘可以便宜行事，該幹啥幹啥，確保全全，爭取主動。這些話不能寫在竹簡上，是為了防人口舌，京城的官場到處都是盯人的眼睛。

有了竇固的支持，班超心裡鎮定許多。每日忙完軍務，就陪妻子逗兒子。中年得子，與年輕時榮升父親的心態截然不同，也更懂得愛孩子。有時孩子尿他一身，他不但不生氣，反而樂呵呵的，戲稱童子尿是藥引子，能使人增加精神。這時米夏就一臉深情地看著他，或者往他身邊蹭，要做愛，也不管白天晚上。常常在這時候，班超就摟著米夏罵「小淫婦」。天底下老夫少妻，總要互相遷就的。

倏忽到了九月底，八部戰車打造完成，對步兵進行的車戰陣法訓練，也告一段落。在班勇百日這天，班超安排進行了一次步騎兵聯合演練，邀請忠及疏勒王府的主要官員到場觀摩。大家對場上的龐然大物讚不絕口，一看祭參的陣戰法，個個瞪大了眼睛。田慮請疏勒王忠看指揮演練的副都尉成大，像不像個大將軍。忠笑著說：「這小子原來挺會辦事，現在指揮軍隊也有點意思。」田慮就順勢提出讓成大接替他的職務。

忠已多次聽田慮推薦成大，這會兒就徵詢班超的意見。班超安排田慮領軍只是過渡，這時也覺得應該歸隊了。因此，演練一結束，忠就任命成大為都尉，統領疏勒軍隊，任命輔國侯也森的兒子番辰，和一個叫坎墾的為左、右副都尉。成大請求田慮擔任監軍，平時不必過問日常軍務，只在關鍵時刻能給予支持就行。班超也同意了，就和忠一起發出邀請，讓大家直接到使團的餐廳吃兒子的百日宴。

食物都是疏勒王讓家人準備的，借餐廳一用主要是人多，家裡擺不開，同時也因為他的幾十個部下嫌家裡拘束，放不開。可是這樣一來，讓疏勒的官員們為難了，誰也沒有準備禮物，當地的規矩是不能空手吃別人家的宴席。班超揮揮手說：「什麼規矩不規矩的，你們看得起漢使，來了就是給孩子添福。」

人們這才不拘束了。席間賓主盡歡，董健喝翻了也森、成大，再也沒人敢和他叫陣。這時米夏抱來了小班勇，在小牛牛上繫了一條紅繩子，以為標識。客人們這個撥拉一下，那個撥拉一下，竟把個小牛牛撥拉躁了，一股熱流從那小壺嘴裡射出來，逗得大家開懷大笑。忠看小傢伙尿得挺有勁兒，預測他將來一定是個大將軍，湊上前接了半碗童子尿，兌在酒裡，問誰要和他分享。

霍延好不容易弄到半觚童子尿，卻被田慮搶著喝了。田慮要沾小班勇的光，引導他家也生兒子。米夏笑他傻：「你老婆肚裡是男是女早都成型了，你說引兒子就能引出來呀？」

正熱鬧間，有人提出班勇算疏勒人還是關內人的問題。忠以生在疏勒，又是他的外孫為由，主張他是疏勒人。霍延不同意，理由是班司馬的兒子當然是關內人，而且是他的姪兒。

班超揮揮手讓大家停止爭議，學著疏勒人說漢語的口氣說：「我的兒子嘛，既不是關內人，也不是疏勒人。我的兒子嘛，是中國人，道地道地的中國人。《詩經》曰：『民亦勞止，汔可小康，惠此中國，以綏四方。』子曰：『夷狄入中國，則中國之。』中國是個大家庭，不管歸附早晚，大家都是漢朝的子民了，就都是中國人。」

「班司馬言之有據。大家都是中國人，還分什麼關內人、疏勒人！」成大帶頭鼓掌。忠也以為有道理，就提議大家共同為中國人喝一觚。

到了十月，天氣漸冷，派往各國連繫出兵的人陸續回來了。拘彌王承諾出兩千騎兵，于闐王承諾出三千，還自願捐獻大批糧草。唯有莎車王齊黎，一直含混其詞，任祭參磨破嘴皮也沒給個痛快話。開始強調部隊缺乏訓練，恐難以遠征，再說姑墨城堅糧足，難以攻取，又強調糧草不足，不好支應。班超決定親自往莎車去一趟，會會這個齊黎。

齊黎這個人個子不大，但心眼不少，兩隻眼睛滴溜溜亂轉，似乎隨時都在尋找計策。他以為自己是廣德在匈奴人的壓力下擁立的國王，又娶的匈奴妻子，不能與匈奴對抗，他肯定沒考慮漢使兩年前沒有動他，讓他繼續為王，不是看重他的德行，而是為了保持社會穩定，為了尊重他父輩的貢獻。如果與漢朝作對，拿下他、消滅他只是分分鐘的事情。再說軍隊是老百姓稅錢養的地方武裝，不是他齊黎的私家武裝，更不是匈奴人的走狗，事關與匈奴作戰以保西域安泰的時候，就得使用。

儘管如此，班超眼下只是軍司馬，沒有直接調動軍隊的權力，他還是想和齊黎商量。談了兩天都沒有聽到齊黎的痛快話，心裡很不爽。他開始以為齊黎與廣德有殺父之仇，不願與其為伍。說來說去，齊黎也沒提這件事，他便不好主動就此事進行勸慰。他叫祭參帶著他去見丞相且運，詢問當年的收成和國庫積粟。且運與齊黎早有芥蒂，又是齊黎的妹夫，倆人的關係是親上加仇，仇上有親，欲親不易，欲斷不能。

且運實話告訴班超：「莎車是蔥嶺河流域最大的綠洲，是西域糧倉。每年麥稻兩熟，一年收穫，三年無憂。現今不往匈奴輸糧，國庫充盈，附近小國都來莎車買糧。」且運不光這麼說，還親自陪班超到糧庫檢視，故意讓許多人看見，報告給齊黎，多少有點挾漢自重的意思。

班超感謝且運的支持，讓祭參拿出一些錢幣做酬謝。且運堅辭不受，話語之間，似乎很理解漢使深入西域人地兩生、遠離朝廷、補給困難、做什麼都要錢的境況，建議把錢用到更需要的地方。班超見他這麼高的姿態，很感動。他堅持要餽贈，不能虧待友人。千說萬說，且運收了一個錢，算作紀念。

次日一早，班超又去見都尉江瑟，請都尉陪同視察防務，觀看部隊訓練。在演兵場，班超找了幾個士兵與他鬥劍，覺得兵士的戰鬥素養還是有一些的，並不像齊黎所稱不堪一擊。他專門用半天時間登上城牆，徒步轉了一圈。莎車城大牆高，護城河既寬且深，又引入了蔥嶺河水，加上城內糧草充裕，真正是個易守難攻的城池。

想當年莎車先王賢也是一代梟雄，要不是中了廣德的誘騙之計，應該還能在位，而與這位在長安西市待過十多年的「關內通」談出兵之事，肯定要比他的兒子容易得多。不過，以前于闐王與莎車王之間的恩怨，他不便過問，倒是廣德本人，還是很明智，也夠義氣，是個不錯的朋友。莎車王齊黎要有他一半，事情也不會這麼難纏。過了幾天，班超還不見齊黎說話，便準備回疏勒了，他不能成天用熱臉蹭別人的冷屁股。但在臨走之前，他想去祭拜先王陵墓，做最後的爭取。齊黎沒奈何，不得不一同前往。

莎車王陵在城東的祈福臺旁邊，祈福臺修建於漢宣帝元康元年（前65），高十二丈，上面建有亭臺和牌樓，牌坊上「同尊漢室共拒匈奴」八個篆字還歷歷在目。穿過祈福臺旁的一排圓柱，就到了一片松樹和沙棗掩蔽的陵園。隆冬的沙棗樹只剩下濃密的枝椏，在瑟瑟的寒風裡顫抖，唯有青松雖然站滿塵土，總還透著綠意。

這裡埋葬著萬年、呼塗徵、弟、忠武王延、懷德王康和賢等六任莎車王，陵寢都不大，一人多高，由土坯砌成，外面用黃泥抹光，每座陵前都有一個一尺多高的奠臺。其中萬年是烏孫王翁歸靡與解憂公主的次子，早年在長安學習期間認識老莎車王，倆人結為忘年之交。老王沒有子嗣，為了依靠漢朝，同時強化與西域大國烏孫的邦交，請求朝廷任命萬年在他死後接任莎車王。

西漢帝國特別重視這次任命，特派使者奚充國持節護送萬年到莎車。萬年上任後勵精圖治，極力擺脫匈奴的控制和奴役。匈奴聞知後十分震驚，很快派間諜在莎車王廷內部挑撥離間，唆使老王的弟弟呼屠徵次年發動政變，殺莎車王萬年自立，連漢朝的特命使節奚充國也殺了。這個呼屠徵真是膽大包天，他不但殺了奚充國，還攻擊劫掠南道諸國，並與他們歃血為盟，背叛西漢，從鄯善國向西都斷絕交通，連都護鄭吉、校尉司馬意都被困在北路諸國之間。護送大宛貴客回國路徑烏孫的衛侯馮奉世聽到這個消息，非常吃驚。他與副手嚴昌商量後認為：如果不火速攻擊，莎車國就會日益強大，這樣形勢就難以控制，一定會危及整個西域。而過班師回朝後再領兵出來，肯定還會貽誤戰機。所以他一面派人飛報漢宣帝劉詢，一面發他的軍隊和天山南北道還沒有叛漢的軍隊一萬五千多人馬，日夜兼程殺到莎車。呼屠徵一看抵擋不住，畏罪自殺，馮將軍將他的首級傳到了長安。當時馮將軍還與龜茲、溫宿、姑墨、于闐、皮山諸國，在這個祈福臺踐盟，共拒匈奴。牌坊上刻的那八個篆字，就是馮將軍親自書寫的。

此後，弟成為新的莎車王。弟十七歲登基，在位七十二年，是西域在位時間最長的長壽國王。弟的兒子延曾在長安當質子，十六年的京師生活使他對漢朝的經濟、社會、文化有了比較深刻的了解，還在西市開了一家貿易貨棧，專門售賣西域特產。返回西域繼承莎車王之位後，他依照漢朝的典章制度治理莎車國，常告誡兒子們，漢如高山，足可仰賴，只有世世代代侍奉漢家，才有太平日子過。

王莽天鳳五年（18）延死後，諡忠武王，其子康繼位。當時，王莽被各地豪強搞得焦頭爛額，無暇顧及西域，匈奴迅速控制了除莎車之外的西域諸國。在康的保護下，漢在西域尚存的吏卒及其家屬千餘人免於匈奴人的殺戮。建武五年（29），因莎車王康抗擊匈奴有功，光武帝委託竇融大將軍封康為漢莎車建功懷德王、西域大都尉，代漢朝管轄西域諸國。康死後，諡其宣成王。

延、康父子是漢代西域僅有的有諡號的兩個人。在延、康父子的治理下，東漢初年莎車成為西域強國，是漢朝無力經營西域時唯一能與匈奴對抗的西域國家。康雖英雄，但死得突然，其兒子還沒有從長安歸來，弟弟賢就捷足先登，自己繼任王位了。賢也曾多次到過長安，對秦始皇和漢武帝特別崇拜，上任後很快滅了扜彌、西夜兩國。建武十四年（38），賢與鄯善王安聯合遣使朝貢東漢，言西域為匈奴重斂所苦，皆願歸屬漢，請恢復設定都護。三年後，賢再次請求東漢派都護。光武帝以天下初定為由，無心經營西域，只委託竇融轉賜賢「漢大將軍」。賢便退而求其次，詐稱西域大都護，對西域諸國徵稅。之後又發兵，先後兼併了鄯善、龜茲、于闐等國，將勢力擴張到蔥嶺以西，成了西域無出其右的霸主。可惜在永平五年（62）大意引禍，被于闐王廣德給殺了。

人死無語，只留名聲。在承載著莎車和西域歷史的墓園，班超帶領甘英、祭參等隨從向歷代莎車王的墳墓獻花、奠酒、三鞠躬，然後即席說道：「本司馬今天來掃墓，緬懷幾代莎車前王，頗多感想。莎車是個美麗的地方，也是個富庶的地方，還是個傳統上與漢朝有著良好關係的國家。幾代前王大都是有德之人，他們生前治理莎車的功績，人民不會忘記，朝廷也不會忘記。特別是宣成王在危險關頭，保護西域都護府官吏士家屬、抗擊匈奴的義舉美德，將世世代代被傳頌下去。我多麼希望先王的在天之靈，能保佑莎車，這次與西域其他國家站在同一戰線，共同打擊匈奴勢力，遠離來自北方的威脅呀……」

班超這些話，雖然是面對死人說的，但絕對是說給活人聽的。齊黎終於頂不住漢軍司馬用死人壓活人、用祖先壓子孫這一招了，不管心裡有多不願意，也只好承諾派騎兵二千、步兵一千參戰了。班超當即對齊黎的決定給予很高的評價，稱此舉足以告慰先祖之靈。並請漢使觀看歌舞，以為送行。舞臺就在王宮，離國賓館不遠。

莎車歌舞優美動人，是「絲綢之路」一絕。班超一直無暇觀看，今得一飽眼福，沒想到連耳朵也跟著沾光。舞者有男有女，通通體型高挑，服裝華麗，一會兒群舞，一會兒獨舞，一會兒雙人舞，間或男舞，間或女舞，時而歡快，時而舒緩，配以男女混聲歌唱，高亢嘹亮，餘韻悠長，而伴舞的音樂，以絃樂為主，輔之以嗩吶、胡笙、手鼓，吹拉彈擊，猶如天籟，與漢樂頗不相同。

領舞的姑娘十分年輕，白頸長脖，身材窈窕，竟能背腰騰挪，深藍色的大眼像會說話似的，給人留下深刻的印象。齊黎說那是她的外甥女，名叫挲萊，但沒提國相且運的名字。班超仔細思索，倒真與廣德有幾分相像。待至晚宴，見了且運，誇他有個漂亮女兒，真是福氣。沒想到且運突然一拜，求司馬大人做主，要將愛女配與祭參。班超一愣：「把他家的，這是咋回事呢？」

年輕人的事情，有時爆發得特別突然。祭參前次來莎車，在河邊遛馬時偶遇且運的女兒，倆人對視了幾眼就互相鍾情。姑娘的漢語說得結結巴巴，祭參的塞語也說得不是太溜，卻一點也不影響兩情相悅，一有功夫就往河邊約會，並私下訂了終身。其實祭參根本不知道，這是且運特別安排的，他想借女兒的婚事與漢軍聯姻，鞏固自己在莎車的地位，以抗衡齊黎對他的打壓。

雖然十多年過去了，且運背主叛國的事情一直是齊黎的痛，但且運同妻子好像又過得挺美滿，讓齊黎這個當大舅哥的很難下決心誅殺，倆人就彆扭了十五年。班超顧慮且運是為了自己什麼都不管不顧的人，怕祭參摻和到他那個複雜的家庭裡，會招致很多麻煩，甚至會影響到漢使與莎車的關係。但他回顧祭參，見小夥子臉面紅紅的，似有幾分靦腆，但他勇敢地請求道：「婚姻大事理應父母做主，但小姪父母均已離世，現在西域事司馬如叔父，就請叔父大人周全吧！」

且運主動嫁女，祭參自己樂意，齊黎也在一旁撮合，班超就沒有不答應的理由了。在他看來，年輕人願意在西域成家，能增進民族融合，消除漢人與西域居民的陌生感，有利於穩定軍心，也減少官兵到外面尋花問柳的風險，沒有什麼不好。於是他對祭參說：「你這小崽子遛趟馬就能遛回一個媳婦，要是讓你放一群馬，不會帶一群媳婦回來吧！」

祭參一臉臊紅，使勁搔著後腦。他那個熱情的老丈人真是善解人意，當夜就讓他成了名副其實的新女婿，並在次日派了一大幫人，跟在班超的後面，熱熱鬧鬧前往疏勒送親。

班超傳——不敢望到酒泉郡，但願生入玉門關

作　　者：郎春
發 行 人：黃振庭
出 版 者：崧燁文化事業有限公司
發 行 者：崧燁文化事業有限公司
E-mail：sonbookservice@gmail.com
粉 絲 頁：https://www.facebook.com/sonbookss/
網　　址：https://sonbook.net/
地　　址：台北市中正區重慶南路一段 61 號 8 樓
8F., No.61, Sec. 1, Chongqing S. Rd., Zhongzheng Dist., Taipei City 100, Taiwan

電　　話：(02)2370-3310
傳　　真：(02)2388-1990
印　　刷：京峯數位服務有限公司
律師顧問：廣華律師事務所 張珮琦律師

版權聲明

本書版權為淞博数字科技所有授權崧燁文化事業有限公司獨家發行電子書及紙本書。若有其他相關權利及授權需求請與本公司聯繫。

未經書面許可，不得複製、發行。

定　　價：330 元
發行日期：2024 年 09 月第一版
◎本書以 POD 印製
Design Assets from Freepik.com

國家圖書館出版品預行編目資料

班超傳——不敢望到酒泉郡，但願生入玉門關 / 郎春 著 . -- 第一版 . -- 臺北市：崧燁文化事業有限公司，2024.09
面；　公分
POD 版
ISBN 978-626-394-858-7(平裝)
857.7　113013418

電子書購買

爽讀 APP

臉書